Née en 1971, Sandrine Destombes a toujours vécu à Paris. Après avoir suivi des études à l'École supérieure de réalisation audiovisuelle, elle travaille dans la production d'événements et profite de son temps libre pour écrire des polars, son domaine de prédilection : *La Faiseuse d'anges* (Nouvelles Plumes, 2015), *L'Arlequin* (Nouvelles Plumes, 2016), *Ainsi sera-t-il* (Nouvelles Plumes, 2017), *Les Jumeaux de Piolenc* (Hugo & Cie, 2018 ; Pocket, 2019), *Ils étaient cinq* (Nouvelles Plumes, 2018 ; Pocket, 2019), *Le Prieuré de Crest* (Hugo & Cie, 2019 ; Pocket, 2020) et *Madame B* (Hugo & Cie, 2020).

LE PRIEURÉ
DE CREST

SANDRINE DESTOMBES

LE PRIEURÉ DE CREST

Hugo ❖ Thriller

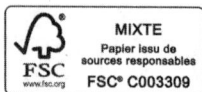

© Hugo Thriller, 2018

ISBN : 978-2-266-30665-2
Dépôt légal : août 2020

Nous sommes les petites-filles des sorcières
que vous n'avez pas pu brûler !
Spectacle de Christine Delmotte,
Avignon off 2018.

À Éric.

1

Vendredi 2 mai

Cela faisait déjà deux heures que le sous-lieutenant Benoit maugréait seul dans ce fourré, tandis que son collègue patientait dans la Renault Megane stationnée en retrait de la route. En intégrant la communauté des brigades de Crest, Benoit avait d'autres ambitions que de se terrer derrière un buisson, un radar laser en guise de jumelles. C'était la troisième fois cette semaine que le gendarme était affecté aux contrôles routiers. La D538 n'avait plus aucun secret pour lui et ce n'était pas vraiment le fait d'armes dont il avait envie de se vanter.

Des excès de vitesse, le sous-lieutenant en avait déjà relevé quatre dans cette descente en ligne droite. Il faut dire que les nouvelles réglementations ne faisaient toujours pas l'unanimité dans la région. À titre personnel, Benoit n'était pas loin de partager l'avis des râleurs, mais c'était un membre des forces de l'ordre et on ne lui demandait pas son avis.

À la vue de la Peugeot 205 en approche, un léger sourire se dessina sur ses lèvres. Cette voiture était à ses yeux une antiquité. Son père lui parlait souvent de celle qu'il avait eue pour ses dix-huit ans et de la façon dont il s'en était servi pour draguer sa mère. Benoit senior avait entretenu sa 205 aussi tendrement qu'il se serait occupé d'un animal de compagnie. La voiture était devenue un membre à part entière de la famille. Lorsqu'elle les avait lâchés, un beau matin sur une route de campagne, les Benoit avaient respecté une semaine de deuil avant d'admettre qu'il fallait la remplacer.

Celle qui empruntait la descente de la D538 ne tarderait pas elle aussi à rendre l'âme, le sous-lieutenant en était persuadé, aussi n'était-il pas étonné qu'elle roule à si faible allure. Il allait baisser ses jumelles et s'octroyer une pause lorsqu'il vit la voiture faire une embardée. Le conducteur redressa rapidement sa trajectoire avant de perdre à nouveau le contrôle. De là où il se trouvait, Benoit avait l'impression de regarder une chorégraphie à quatre roues. La voiture zigzaguait sur toute la largeur de la départementale.

Benoit se hâta de prévenir son collègue pour que celui-ci avance la Renault bleue de façon à être visible de la route. La manœuvre achevée, le sous-lieutenant se positionna sur l'asphalte, une main tendue vers l'avant, l'autre tenant un sifflet qu'il n'avait pas utilisé depuis longtemps.

La menace eut l'effet escompté. La 205 cessa ses virages hasardeux et stabilisa sa course avant de se ranger sur le bas-côté.

Le conducteur était une femme d'une quarantaine d'années qui s'empressa de donner des explications sur sa conduite avant même que le gendarme n'ait le temps d'ouvrir la bouche.

— Je suis désolée, monsieur l'agent, j'ai fait tomber mon téléphone en voulant installer le kit mains libres.

Le sous-lieutenant Benoit avait entendu maintes excuses plus bancales que celles-là mais la nervosité de son interlocutrice lui donna envie d'accroître la pression. C'était son petit plaisir. Il n'en était pas fier, mais jouer de son autorité était un moyen de supporter plus facilement les missions auxquelles ses supérieurs l'affectaient.

— Quel âge a votre enfant ? demanda-t-il froidement en désignant du menton la petite fille qui était assise à l'avant, côté passager.

— Huit ans, pourquoi ?

— Sa place est à l'arrière, madame. Vous enfreignez le code de la route en l'installant à côté de vous, ce qui est passible d'une amende.

— C'est qu'elle est grande pour son âge, se défendit la femme, et elle a mal au cœur à l'arrière.

La conductrice était visiblement de plus en plus paniquée. Elle ne cessait de tourner la tête vers la droite, puis vers le gendarme, les sourcils relevés en accent circonflexe, accélérant son débit.

— Nous n'allons pas très loin, monsieur l'agent…

— Lieutenant !

— Oui, pardon, lieutenant. Je dois faire une course en ville. On est quasiment arrivées. S'il vous plaît, soyez gentil.

— Je n'ai pas à être gentil, madame, rétorqua Benoit, même s'il commençait à prendre cette femme en pitié. Vous conduisiez de manière imprudente alors que vous êtes responsable de la sécurité de cette enfant.

Les accidents n'arrivent pas forcément sur les grands trajets. Vous devriez le savoir.

La femme expira longuement avant de tenter une dernière négociation.

— Ma fille ne se sent pas très bien en ce moment. J'ai voulu lui faire plaisir.

Le ton était empreint de tristesse et le sous-lieutenant Benoit considéra qu'il avait assez torturé cette mère de famille. Il se baissa jusqu'à pouvoir s'accouder à la fenêtre du conducteur et s'adressa, le cou tendu, à la petite fille :

— C'est bon pour cette fois mais, jusqu'à tes dix ans, il faudra que tu montes à l'arrière, d'accord ? Sinon, c'est ta maman qui risque d'être punie et je suis sûr que ce n'est pas ce que tu veux.

L'enfant qui n'avait rien dit jusqu'ici lui jeta un regard dur avant de s'exprimer froidement :

— C'est pas ma mère !

La conductrice se mordit les lèvres, ce qui n'échappa pas à Benoit. Il l'interrogea du regard mais cette dernière l'ignora et s'adressa doucement à l'enfant :

— Ne va pas embrouiller ce monsieur, Léa. Tu es comme ma fille, c'est ça qui compte, et tu le sais.

— Arrête de dire ça ! cria tout à coup l'enfant. Vous dites toutes ça mais c'est pas vrai. T'es pas ma mère, aucune de vous n'est ma mère. Je veux qu'on me rende ma maman !

La femme se tourna alors lentement vers le gendarme et s'adressa à lui à voix basse :

— Sa mère est morte le mois dernier. Infarctus. Depuis, nous tentons de faire de notre mieux, mais ce n'est pas tous les jours facile.

— Elle est pas morte ! hurla la petite fille de plus belle. Elle est partie. Et c'est à cause de vous !

— Ne dis pas de bêtises, Léa, intervint la femme en posant une main ferme sur son bras. Tu vois bien que ce n'est pas le moment.

Le ton s'était durci, suffisamment pour que le sous-lieutenant Benoit ressente le besoin d'intervenir. Il prit une voix douce pour s'adresser directement à l'enfant :

— Qu'est-ce que tu entends par « c'est à cause de vous », Léa ?

— Ne l'écoutez pas, lieutenant, réagit vivement la conductrice. Elle est en colère après tout le monde et dit n'importe quoi !

— Laissez-la répondre ! dit-il cette fois plus brutalement.

La femme se tut, mais ses gestes étaient de plus en plus nerveux. Benoit l'observait du coin de l'œil, attendant la réponse de la petite fille.

L'enfant finit par obtempérer, d'un air boudeur, comme si elle était persuadée que ses propos ne seraient de toute façon pas écoutés :

— Maman m'a dit qu'il fallait qu'on parte. Que nous, on l'avait trouvé, le 6-6-B, et qu'il fallait qu'on s'en aille loin d'ici. Elle m'a dit de préparer mes affaires pendant qu'elle allait chercher la voiture. J'ai attendu très longtemps mais elle est jamais revenue. C'est Hélène qui a dit qu'elle était morte. Elle a dit que son cœur s'était arrêté de battre. Comme ça, tout simplement. Que ça arrive parfois. Moi je suis sûre que c'est pas vrai. Je suis sûre qu'elle est partie à cause d'elles. Parce que maman avait trouvé le 6-6-B.

La conductrice respirait difficilement. Benoit devinait qu'elle se retenait de hurler sur cette enfant.

Ses propos étaient totalement incohérents pour le lieutenant, mais l'attitude de la femme qui l'accompagnait lui parut suffisamment suspecte pour intervenir.

— Madame, je vais vous demander de sortir du véhicule, s'il vous plaît.

Aurait-il pu dire autre chose, agir différemment ? Cette question, le sous-lieutenant Benoit devait se la poser longtemps, très longtemps. Il se remémorerait cette scène dans les moindres détails, cherchant à savoir s'il aurait pu éviter les événements qui en découlèrent. À partir de ce jour, de cet instant, la vie du gendarme ne fut plus jamais la même et jamais plus on ne lui demanderait de s'occuper des contrôles routiers.

2

Tout se passa très vite. Alors que le sous-lieutenant Benoit s'écartait pour laisser sortir la conductrice, celle-ci avait enclenché son moteur et déboîté comme une furie, manquant de peu d'écraser le pied du gendarme.

Benoit pouvait entendre les premiers rapports de vitesse poussés à l'extrême alors qu'il courait rejoindre son collègue dans la Renault Megane. Le gyrophare et la sirène étaient déjà opérationnels et les deux hommes se lancèrent à la poursuite de la 205. Ils savaient qu'il leur faudrait peu de temps pour la rattraper, les pilotes respectifs n'étant pas à armes égales, mais se retrouver pare-chocs contre pare-chocs n'était pas une fin en soi. La subtilité de la manœuvre consistait à faire décélérer le fugitif jusqu'à ce qu'il se range sur le bascôté. Nombreux étaient ceux qui s'y pliaient de leur plein gré dès qu'ils voyaient le gyrophare se rapprocher à vive allure dans leur rétroviseur. Le coup de sang passé, plus d'un resquilleur sur deux revenait à la raison et implorait l'indulgence des gendarmes avant qu'ils ne remplissent le procès-verbal.

Restaient tout de même ceux qu'il fallait poursuivre sur plusieurs kilomètres sans provoquer d'accident. Dans ce cas, les gendarmes appelaient des renforts, s'armaient de patience et attendaient le bon moment, la bonne signalisation ou le barrage de leurs collègues pour stopper la course-poursuite.

Ils avaient rattrapé la 205 en moins d'une minute mais la conductrice ne semblait pas vouloir leur faciliter la tâche. Plutôt que de lever le pied, elle fit hurler les rapports de sa cinquième et se positionna vers l'avant du volant, espérant vainement influer sur la vitesse de sa voiture en pesant de tout son poids dans la descente.

Le sous-lieutenant Benoit décrocha la radio embarquée et rapporta la situation. La plaque d'immatriculation était maculée de boue et il dut se contenter de décrire le véhicule. On lui promit aussitôt des renforts. Un barrage serait mis en place un kilomètre en amont de l'intersection des D104 et D164.

— S'ils n'arrivent pas à temps, on est bon pour un rodéo en ville ! marmonna le collègue de Benoit.

— Ils y seront, rétorqua ce dernier qui ne supportait plus le pessimisme de son coéquipier. C'est le premier pont du mois de mai. Autant dire que le centre de Crest est blindé de touristes à cette heure-là. Ils le savent aussi bien que nous !

— Si tu le dis…

Un silence pesant s'installa entre les deux hommes. Concentrés sur la route, chacun tentait d'oublier le hurlement de la sirène qui ne faisait qu'accroître la tension déjà présente dans l'habitacle. Avant que la Renault bleue ne prenne en chasse la 205, Benoit n'avait apporté qu'une seule précision à son collègue :

une enfant était à bord, à la place du mort. L'enjeu pour eux, maintenant, était de faire en sorte qu'elle ne paie pas de sa vie les erreurs d'un adulte trop nerveux.

Lorsque les renforts annoncèrent à la radio que le barrage était en place, les deux hommes soufflèrent malgré eux. Leur répit ne dura cependant pas plus de quelques secondes. Il avait suffi d'un virage, un seul, pour que la conductrice perde le contrôle de son véhicule. Un virage pourtant signalé en amont, protégé par une glissière de sécurité. Un virage que tout le monde connaissait dans la région, situé peu avant Lambres. Soit cette femme n'était pas du coin, soit le stress lui avait fait perdre la raison, car personne ne se serait engagé dans cette courbe sans avoir freiné quelques mètres avant.

La barrière métallique céda sous l'impact et la voiture finit sa course trois mètres plus bas, le toit encastré dans un arbre, le coffre en l'air. Les passagères se retrouvèrent prisonnières entre la voiture et le tronc du chêne.

En quelques secondes, les deux gendarmes se mirent en ordre de bataille. Le sous-lieutenant Benoit avertit les renforts et se dirigea vers le lieu de l'accident, tandis que son collègue installait un dispositif de sécurité pour éviter toute autre collision.

Benoit dut se mettre à plat ventre pour entrevoir les victimes. Le buste de la conductrice avait traversé le pare-brise et pendait mollement entre le capot et l'arbre qui avait arrêté sa course. Ses yeux grands ouverts n'exprimaient plus rien. Du sang coulait de sa lèvre et remontait vers son front, lui bariolant le visage comme une peinture de guerre.

Benoit ne pouvait pas voir la place du passager d'où il était. Il tenta de faire le tour du véhicule. La broussaille était tellement dense qu'il n'arrivait pas à se frayer un chemin. Il lui suffit de se souvenir du visage de la petite Léa et de sa colère d'enfant teintée de désespoir pour que sa motivation décuple. Il arracha une branche morte et commença à frapper les ronces avec une telle hargne qu'elles finirent par plier jusqu'à s'affaisser.

En arrivant au niveau de la porte passager, Benoit était en nage, les bras griffés de toutes parts, pourtant c'est de son cœur que provenait la douleur la plus vive. Il s'était contracté jusqu'à l'empêcher de respirer lorsqu'il avait vu l'enfant immobile, le corps retenu au siège grâce à la ceinture de sécurité qui était en train de lui lacérer le cou. Elle avait les yeux fermés et une entaille au front que Benoit devinait profonde. Il s'approcha tant bien que mal pour tâter le pouls de Léa mais le sien battait tellement fort qu'il n'osait se faire confiance. Quand il fut certain que la petite fille respirait encore, il tenta de décrocher la ceinture de sécurité. Il savait qu'il devait attendre les secours et ne surtout pas intervenir, mais le visage de Léa commençait à bleuir et le temps pressait. Il débloqua alors le système de verrouillage et récupéra de justesse l'enfant dont le corps avait basculé en avant. Les jambes repliées, Benoit tint Léa à bout de bras jusqu'à ce que les secours arrivent. Pendant de longues minutes, alors que ses membres se tétanisaient, Benoit espéra entendre le son de sa voix, mais la petite fille ne bougea pas d'un cil.

Léa reçut les premiers soins dans l'ambulance qui partit sirène hurlante. Pour la femme qui l'accompagnait, plus rien ne pressait. Il allait falloir la sortir de l'amas de ferraille dans lequel elle était imbriquée puis inspecter la voiture et ses environs afin de mettre la main sur un sac à main ou un téléphone portable. Un élément qui pourrait fournir aux gendarmes l'identité de cette femme et peut-être de cette petite fille de huit ans qui n'était pas son enfant.

3

Le débriefing du sous-lieutenant Benoit avait duré plus de trois heures. Les équipes de la scientifique étaient encore à pied d'œuvre sur le lieu de l'accident, mais elles n'avaient jusqu'ici trouvé aucun élément permettant l'identification des passagères.

La plaque d'immatriculation indiquait que la 205 appartenait à une femme de quatre-vingt-deux ans, décédée dix-huit mois plus tôt. Avant de mourir, l'octogénaire avait légué sa maison à une branche de la SPA. En revanche, aucune démarche n'avait été enregistrée au sujet du véhicule. Une enquête était en cours de ce côté-là. La vieille femme n'ayant pas de descendant, il allait falloir interroger ses voisins, trouver une personne qui serait capable de leur dire qui avait récupéré cette voiture.

Sur la scène de l'accident, les recherches n'étaient pas plus fructueuses. Aucun sac à main, aucune pièce d'identité dans la boîte à gants. Le cellulaire de la conductrice n'avait pas été retrouvé non plus.

Le sous-lieutenant Benoit, le seul à avoir échangé avec les occupantes de la voiture, dut répéter plus d'une fois ce qui s'était passé :

— La fugitive m'a dit qu'elle avait fait une embardée à cause de son téléphone portable.

— Vous l'avez vu ce téléphone ?

— Négatif, mais ça ne veut pas dire qu'elle n'en avait pas. J'étais concentré sur la petite fille.

Son supérieur émit un claquement de langue. Un tic que ses hommes connaissaient bien. Il signifiait que le capitaine Marchal perdait patience.

— Si vous ne voulez pas que les Experts débarquent, il faudrait voir à être plus précis, lieutenant !

Le sous-lieutenant Benoit savait que par « Experts », son supérieur parlait des membres du PJGN, le Pôle judiciaire de la Gendarmerie nationale, une unité qu'il rêvait secrètement d'intégrer, même si cela signifiait quitter sa région natale pour se rapprocher de la capitale.

— Vous pensez vraiment qu'ils vont se déplacer pour ça ? demanda Benoit sans pouvoir masquer son excitation. Les accidents de la route, ce n'est pas vraiment leur domaine de compétences.

— Les accidents de la route, peut-être pas, mais si on se réfère à votre témoignage, l'affaire semble un peu plus compliquée que ça, vous ne croyez pas ? Si je résume la situation : on a une femme non identifiée qui transporte, dans une voiture non répertoriée, une petite fille de huit ans qui se trouve pour l'instant entre la vie et la mort et dont on ne sait absolument rien si ce n'est son prénom. Cette petite fille vous dit que sa mère a disparu parce qu'elle a trouvé le 6-6-B, ce qui entraîne comme réaction chez la conductrice un délit de fuite dont l'issue lui sera fatale. Je ne sais pas vous, mais moi cette histoire ne me dit rien qui vaille. Donc pour la dernière fois, êtes-vous sûr de n'avoir rien oublié ?

Benoit réfléchit intensément avant de répondre par l'affirmative. Il aurait souhaité avoir plus à dire et pouvoir apporter un début d'explication, mais il n'en avait pas. Bien sûr, s'il avait su comment tout cela évoluerait, il aurait certainement demandé à Léa de clarifier ses propos. De lui expliquer, par exemple, ce que signifiait le 6-6-B.

C'est d'ailleurs à elle qu'il pensait à cet instant précis. Les spécialistes parlaient d'un hématome sous-dural. Benoit n'y connaissait pas grand-chose en médecine. Il avait tout de même compris que les jours de l'enfant étaient comptés. Les chirurgiens souhaitaient opérer mais c'était prendre un risque sans connaître les allergies ou antécédents de Léa. Une autre méthode avait été évoquée : drainage par cathéter mis en place par trépanation. Là encore, le sous-lieutenant n'avait pas tout compris. Il s'était juste fait la réflexion que c'étaient des mots bien barbares pour parler d'une petite fille de huit ans.

Léa avait évoqué une certaine Hélène. C'est cette femme qui lui avait annoncé la mort de sa mère. Là encore, ce n'était pas suffisant pour lancer une recherche. On ne pouvait pas partir en chasse avec seul un prénom à brandir.

Un des collègues de Benoit se concentrait sur la piste de la mère. Vu l'âge de l'enfant, on pouvait décemment estimer qu'elle avait entre trente et quarante-cinq ans. Si une femme de cet âge était morte

23

d'un infarctus dans la région, ils pourraient facilement retrouver sa trace. Fallait-il encore que Léa et sa mère soient de la région. Fallait-il surtout que la mère de Léa soit morte.

Un portrait de la petite allait bientôt être diffusé sur tous les canaux médiatiques. La gendarmerie attendait le feu vert du procureur. L'appel à témoin était encore leur meilleure chance à ce stade de pouvoir attribuer un nom de famille à cette enfant et, de là, retrouver ses parents.

Par acquit de conscience, le capitaine Marchal avait affecté un de ses hommes sur les possibles significations du 6-6-B. Il ne souhaitait pas axer son enquête uniquement sur les propos d'une petite fille mais cette combinaison de chiffres et de lettres ne lui évoquait rien de bon.

Les premiers résultats affichés sur Internet menaient à des impasses. En fonction des espaces que l'on attribuait entre les 6 et le B, on pouvait tomber sur une ligne de bus de Dublin ou sur une règle de golf visant à disqualifier le participant qui n'aurait pas renvoyé sa carte de points dûment remplie et contresignée. Une occurrence attira néanmoins l'attention du gendarme : le 66b était une codification qui renvoyait à un texte de Platon, *Le Sentier de la raison*, et qui se trouvait dans la première partie du *Phédon*. Socrate y expliquait à ses disciples comment la mort permettait à l'âme du philosophe de se libérer de ses contraintes physiques et donc de découvrir enfin la Vérité.

— Et en quoi cela vous paraît-il pertinent, lieutenant ? s'était agacé le capitaine Marchal.

— Je ne sais pas encore mon capitaine, je pense qu'il ne faut rien négliger.

— Nous serions à la recherche d'un tueur en série qui tatoue le front de ses victimes d'un 66B, je ne dis pas, mais ce n'est pas notre cas ici !

Le capitaine Marchal aurait aimé ne jamais avoir prononcé ces mots. Quelqu'un de plus superstitieux que lui aurait même dit qu'il avait cherché ce qui allait suivre.

4

Le capitaine Marchal avait pris un instant pour digérer l'information qu'on venait de lui communiquer.
Ses hommes avaient vu son visage se décomposer le
temps d'un bref échange téléphonique et attendaient
maintenant qu'il s'explique.

Ce qui n'était jusqu'ici qu'une simple intuition
pour le chef de la brigade venait de se confirmer. Les
Experts débarqueraient en fin de journée, il ne fallait
plus en douter. Enquêter sur un délit de fuite était une
chose. Repêcher le cadavre d'un homme aux yeux
énucléés et au front tailladé en était une autre.

Le capitaine Marchal s'était rendu sur la rive de la
Drôme où le cadavre attendait d'être transporté à la
morgue. Le sous-lieutenant Benoit avait tenu à l'accompagner. Encore sous tension, il ressentait le besoin
de se rendre utile. Marchal avait cependant calmé ses
ardeurs :

— Nous ne sommes là que pour transmettre les premières constatations, lieutenant. Dans quelques heures,

nous passerons la main aux collègues et nous reprendrons nos activités comme si rien ne s'était passé.

— Et Léa ? C'est aussi le PJGN qui va se charger de retrouver ses parents ?

La question ressemblait à une supplique, ce qui n'échappa pas au capitaine.

— Vous n'êtes pas responsable de cette enfant, Benoit. Et vous n'êtes pour rien dans ce qui lui est arrivé. Mais non. Le délit de fuite devrait rester notre affaire, à moins bien sûr que le PJGN ne le voie autrement.

Le légiste estimait que le corps était resté moins de six heures dans l'eau. Il devait faire une autopsie avant de se prononcer sur les causes de la mort. La noyade ne lui paraissait cependant pas une option à retenir.

— Votre gars flottait quand il a été aperçu par un promeneur. M'est avis qu'il a été jeté un peu en amont et qu'il a dérivé jusqu'ici. Heureusement que les racines de ce peuplier l'ont retenu sinon on aurait pu le retrouver demain à une soixantaine de kilomètres.

— On peut voir son visage ? demanda Benoit, grillant la priorité à son supérieur.

Le légiste ouvrit le sac mortuaire et écarta les pans d'un coup sec. Le sous-lieutenant retint un haut-le-cœur, tandis que le capitaine émit son petit claquement de langue qui ne devait certainement pas exprimer de l'impatience cette fois-ci.

Les orbites de l'homme étaient gorgées d'eau et des lambeaux de peau se décollaient de son front. Benoit fronçait les sourcils comme s'il cherchait une explication à cet acharnement. Le légiste vint lui apporter un début de réponse :

— On pourrait croire que celui ou celle qui lui a fait ça a juste tailladé notre bougre à la va-vite mais j'ai pu observer les chairs de près et les reconstituer sommairement en vous attendant. Elles se sont décollées avec l'eau, ce qui rend l'inscription moins lisible.

— Laissez-moi deviner, l'interrompit le capitaine. Il y est inscrit 66B, c'est bien ça ?

— Pas du tout ! répondit le légiste interloqué. Pour ma part, je trouvais ça déjà suffisamment intrigant mais je sens que je vais vous décevoir. Votre assassin a fait dans le basique. Trois bâtons plus ou moins parallèles. Il faudra regarder ça de plus près mais je ne pense pas qu'il ait fait ça avec un outil spécifique. Le trait n'est pas assez régulier. Je pencherais pour un couteau. Encore une fois, il va falloir me laisser un peu de temps.

Le sous-lieutenant Benoit observait son supérieur du coin de l'œil, attendant une réaction ou un ordre à suivre, mais le capitaine semblait préoccupé par autre chose. Il inclinait la tête comme s'il cherchait à observer le cadavre sous différents angles.

— Quelque chose ne va pas, mon capitaine ? finit par lâcher Benoit, impatient.

— Ce visage ne vous rappelle rien ?

Le capitaine s'était exprimé à la cantonade mais ne semblait pas attendre de réponse. Le lieutenant et le légiste s'approchèrent tout de même du faciès boursouflé pour tenter de deviner à quoi cet homme avait pu ressembler avant d'être stigmatisé de la sorte. C'était la première fois que Benoit observait un visage aux orbites évidées et il avait du mal à prendre le recul nécessaire pour avoir une vision d'ensemble.

Le légiste fut le premier à se prononcer. Il était catégorique. Il n'avait jamais vu cet homme. Le sous-lieutenant le suivit de près.

Marchal, toujours absorbé par ses pensées, sortit son téléphone portable et s'éloigna de quelques pas pour passer un appel. Benoit, qui ne pouvait entendre la conversation, commença à faire les cent pas le long de la Drôme. Il avait besoin d'extérioriser la tension qui ne le quittait plus depuis ce moment où il avait vu cette 205 déboucher sur la départementale.

Se pouvait-il que ces deux événements soient liés ? Dans ce cas, quel pouvait être le rapport entre une petite fille de huit ans et un homme énucléé, puis jeté comme un déchet dans une rivière ? Et ces trois barres, étaient-elles une autre partie d'un code, un élément qu'il fallait ajouter au 6-6-B ?

Le capitaine le sortit de ses divagations en s'approchant du sac mortuaire, les mâchoires serrées. Il s'adressa au légiste d'un ton ferme comme s'il s'agissait d'un de ses hommes :

— Aidez-moi à le retourner, docteur !

Le médecin s'exécuta et à deux, non sans efforts, ils retournèrent le cadavre sur le ventre. Marchal dégagea les cheveux encore trempés de la nuque de l'homme et positionna son téléphone portable juste à côté. Cette fois, son claquement de langue n'eut rien de mystérieux pour ceux qui l'entouraient. L'affaire prenait un nouveau tournant. Le capitaine le confirma en s'adressant à son lieutenant :

— Je vous ai promis les Experts d'ici ce soir ? Attendez-vous à toute la cavalerie ! La capitale va débarquer en force à l'instant même où j'aurai transmis mon rapport.

Fier de son effet d'annonce, le capitaine jugea qu'il était temps de donner plus d'explications.

— Cet homme est recherché depuis plus de dix ans par la BNRF[1]! Le tatouage qu'il a à la base du cou était la confirmation qui me manquait. Je savais bien que sa tête me disait quelque chose. J'ai dû voir son portrait une bonne vingtaine de fois. Il faut dire que sur la photo il avait encore ses deux yeux, que je trouvais d'ailleurs arrogants. Au moins, maintenant on sait que ce n'est pas un saint qui vient d'être jeté à la baille. Je ne dis pas qu'il méritait son sort mais, personnellement, ça me détend un peu les trapèzes. En revanche, faut s'attendre à un sacré bazar d'ici quelques heures si tout le monde débarque à Crest. Il va falloir leur organiser un camp de base. Tout compte fait, lieutenant, je ne serais pas étonné que vous puissiez rester sur cette enquête.

Benoit, qui jubilait intérieurement à cette idée, prit sur lui pour ne rien laisser paraître.

— Vous pensez vraiment qu'ils vont accepter ma présence ?

Le capitaine Marchal ne put s'empêcher de sourire face à l'excitation de son lieutenant. Il ne pouvait pas lui en vouloir. Après tout, lui aussi avait eu des envies d'aventure au même âge. Il répondit tout en regagnant son véhicule :

— Il leur faudra quelqu'un du pays s'ils veulent obtenir la coopération des habitants du coin. Ces gars-là sont bons, très bons même, mais quand il s'agit

---

1. Brigade nationale de recherche des fugitifs.

de boire un café avec la petite dame du quartier ou d'obtenir des informations de la part du postier, je peux vous dire qu'ils sont bien contents d'avoir la gendarmerie locale à leur côté.

5

Le capitaine Marchal avait vu juste sur toute la ligne. Les équipes du Pôle judiciaire de la Gendarmerie nationale et de la Brigade nationale de recherche des fugitifs arrivèrent de concert à Valence par le dernier train en provenance de Paris. La gendarmerie locale mit un véhicule de fonction à la disposition des Experts tandis que les limiers de la Police nationale eurent droit à une voiture de location.

Le sous-lieutenant Benoit avait demandé à faire partie du comité d'accueil. Toute cette agitation était nouvelle pour lui et il ressentait un besoin irrépressible d'être au cœur de l'action. Son supérieur semblait tirer profit de cet excès de zèle. À cinq ans de la retraite, il n'aimait pas spécialement qu'on vienne lui bousculer son organisation et une enquête conjointe police-gendarmerie était assurément un fait assez exceptionnel pour que son humeur en soit altérée. Lui et ses hommes allaient se retrouver à devoir jouer les chauffeurs et secrétaires de ces élites. Si son sous-lieutenant était prêt à se dévouer pour la cause, il ne voyait aucune raison de le lui refuser.

Il avait été convenu que tous se retrouveraient directement à la morgue afin de valider l'identité du cadavre et observer les supplices qui lui avaient été infligés.

Benoit s'était installé en retrait pour laisser de l'espace autour de la table d'autopsie. Le corps, il considérait qu'il l'avait assez vu ; quant aux odeurs qui en émanaient, elles lui paraissaient nettement plus supportables à cette distance.

Il fallut moins d'une minute au chef de la Brigade nationale de recherche des fugitifs pour asséner son verdict. L'homme étendu sur la table était bel et bien Christophe Huguet. Sa cavale durait depuis onze ans et personne n'allait le pleurer.

— Quel est son parcours ? ne put s'empêcher de demander Benoit tandis que tous les regards se tournaient vers lui.

— Vous êtes ?

— Sous-lieutenant Benoit de la communauté des brigades, répondit-il avec moins d'assurance.

Le chef de brigade l'observa attentivement et dut estimer que ce jeune gendarme méritait sa confiance car il s'exécuta sans aucune retenue :

— J'imagine que vous avez entendu parler de Dupont de Ligonnès ? Eh bien considérez cet homme comme son petit frère.

Benoit, qui ne savait pas cacher son jeu, afficha son incompréhension.

— Disons qu'Huguet a un tableau de chasse un poil moins intéressant que Dupont. Et surtout, nous lui avons fait beaucoup moins de publicité. Parfois, la discrétion nous rend service. En l'occurrence, pour Huguet, ça n'a pas vraiment été payant. Jusqu'à aujourd'hui, nous n'avions rien de rien. Cet homme a réussi à passer sous les radars. Un vrai fantôme.

— Quand vous dites que son tableau de chasse est moins intéressant, qu'entendez-vous par là exactement ?

C'était le capitaine des Experts qui s'était exprimé. Il était descendu pour enquêter sur la mort de cet homme et il avait moyen d'en apprendre plus sur lui en deux minutes, dans cette pièce, qu'en une semaine dans un bureau.

— Dupont de Ligonnès a disparu en laissant derrière lui le corps de sa femme et de ses quatre enfants. Huguet s'est contenté de laisser celui de son épouse, de sa belle-mère et du chien.

— Du chien ? répéta bêtement Benoit. Pourquoi tuer son chien ?

— J'en déduis que vous ne voyez pas d'inconvénient à ce qu'on puisse tuer sa belle-mère ! répondit le chef de brigade le plus sérieusement du monde.

— Du tout… balbutia le sous-lieutenant, ce n'est pas ce que je voulais dire…

— Je vous charrie ! le coupa le flic cette fois un grand sourire aux lèvres. Si ça peut vous rassurer, on s'est tous fait la même réflexion. Un chien n'est pas vraiment un témoin utile. Il aurait pu l'épargner. Je ne sais pas vous, mais moi, ça m'a tout de suite rendu ce bonhomme antipathique.

Benoit avait du mal à dire si le chef de brigade se jouait encore de lui. La désinvolture avec laquelle il s'exprimait avait quelque chose de dérangeant dans ces locaux aseptisés. Benoit avait entendu dire que l'ambiance était souvent plus familière dans les rangs de la police, que leurs hommes se relâchaient facilement. Il pensait jusqu'ici que c'était la jalousie qui alimentait ces rumeurs. Peut-être y avait-il finalement un fond de vrai.

Le capitaine du pôle judiciaire de la gendarmerie ressemblait déjà plus à ce qu'il avait l'habitude de côtoyer. Le dos bien droit, le cheveu ras, la discipline transpirait par tous ses pores. Pourtant, le sous-lieutenant Benoit était persuadé d'avoir vu une étincelle dans ses yeux quand le chef de la brigade l'avait chahuté. Il n'avait décelé aucun sourire, juste un pincement au coin des lèvres qui pouvait laisser croire que la joute l'avait amusé.

Puisque l'homme allongé sur la table n'était plus vraiment à considérer comme un fugitif, Benoit devinait que les équipes de la BNRF n'allaient pas s'attarder dans la région. Le chef des Experts serait donc l'homme à suivre dans les jours à venir. Benoit devait vite le cerner et s'en faire apprécier s'il ne voulait pas être renvoyé aux contrôles routiers.

Le policier confirma presque aussitôt ses pensées. Il passa un coup de fil rapide et s'exprima sans s'adresser à qui que ce soit en particulier :

— Bon, ce n'est pas tout ça, mais Huguet n'était déjà pas notre priorité de son vivant, alors autant dire qu'on vous laisse la main avec plaisir. Si vous avez besoin de renseignements sur le bonhomme, n'hésitez pas. Mes équipes vous enverront son dossier. Pour ma part, je me contenterai de votre rapport. En attendant, je repars en quête de notre cavalier qu'on s'attend, à tout moment, à voir surgir hors de la nuit.

Il n'était point besoin d'explication supplémentaire. Tout le monde comprenait que la BNRF était à la recherche de celui qui se faisait appeler Zorro. L'homme venait de s'échapper pour la troisième fois du centre pénitentiaire. Une évasion haute en couleur, comme à son habitude. Un hélicoptère, dix ambulances qui l'attendaient un peu plus loin et qui étaient parties dans toutes les directions. Seule l'une d'elles avait à son bord le fugitif, mais personne n'avait su laquelle suivre. Son surnom, il se l'était attribué dans un manifeste envoyé aux médias. Ses braquages étaient selon lui pour la bonne cause, pour une répartition plus équitable des richesses. Zorro prétendait distribuer l'argent, qu'il récupérait après avoir refourgué son butin, auprès des plus démunis. Jusqu'ici, aucun indice ne pouvait confirmer ce fait. D'un autre côté, qui aurait avoué avoir touché le pactole grâce à l'ennemi public numéro un ? En attendant, le malfrat avait toute la sympathie du grand public. Vraie ou pas, la légende de Zorro perdurait.

Pour leur part, les Experts s'attardèrent encore une demi-heure sur le corps avant que leur chef ne demande qu'on les conduise à leur QG.

Benoit se porta bien évidemment volontaire et poussa le vice jusqu'à leur proposer de leur faire livrer un repas.

— Nous avons mangé dans le train, lieutenant, répondit froidement le capitaine du PJGN, ce ne sera pas la peine. Vous pouvez disposer.

— J'aimerais rester, mon capitaine.

La manœuvre frôlait l'insubordination. Le sous-lieutenant Benoit n'avait aucune raison valable pour traîner dans les pattes de ces Experts. Il était à leur service et non l'inverse. Si un supérieur lui disait de disposer, Benoit devait s'y plier, il connaissait la règle. Pourtant, le gendarme de vingt-quatre ans était persuadé qu'il avait une carte à jouer. Benoit était attiré par la criminalistique comme un aimant, or ces hommes y dédiaient leur vie. Ils agissaient sur tout le territoire français, étaient appelés en renfort par toutes les brigades de la gendarmerie. Cette famille, il rêvait depuis trop longtemps de l'intégrer pour retourner à sa caserne comme il le faisait chaque soir depuis deux ans.

— Je peux vous être utile, mon capitaine, dit-il avec une pointe de désespoir dans la voix. Je suis né ici ! Je connais tout le monde et les gens du coin me font confiance. Vous aurez besoin de quelqu'un comme moi pour mener votre enquête.

L'argument ne tenait pas vraiment la route, Benoit le savait parfaitement et s'attendait à une fin de non-recevoir. Le capitaine le prit à contre-pied :

— C'est bien vous qui avez été témoin du délit de fuite plus tôt dans la journée ?

— Affirmatif !

— Le procureur nous a demandé d'épauler votre brigade sur cette enquête tant que nous serons dans la région. J'ai cru comprendre que vous étiez en sous-effectif avec tous ces ponts.

Benoit allait rétorquer que ce n'était pas le cas, mais il comprit que l'homme avait choisi cette formulation pour ne pas donner l'impression d'imposer un commandement supérieur qui aurait pu froisser le capitaine Marchal et ses hommes.

— Je viens d'ailleurs de recevoir l'accord du procureur pour lancer l'appel à témoin, continua le chef des Experts. Une de nos priorités est de savoir qui est cette petite. Je vous laisse coordonner tout ça, je veux quelqu'un au standard vingt-quatre heures sur vingt-quatre, et ne mettez pas un novice au bout de la ligne ! Il faut s'attendre à beaucoup de déchets et je n'ai pas envie que nous perdions notre temps à suivre des pistes douteuses.

— Considérez que c'est déjà fait, répondit crânement Benoit, la main en salut.

6

Samedi 3 mai

À huit heures du matin, plus de cinquante appels avaient été recensés. Le sous-lieutenant Benoit était arrivé deux heures plus tôt pour faire le tri des témoignages avant de présenter au capitaine Daloz ceux qui lui paraissaient dignes d'intérêt.

Daloz et ses Experts avaient été installés dans un hôtel proche du QG. Le capitaine aurait préféré dormir à la caserne, rester au cœur de l'action, mais la gendarmerie de Crest n'avait pas assez d'espace pour les recevoir, lui et ses deux lieutenants.

Benoit avait pu faire leur connaissance un peu plus amplement la veille, en fin de soirée. Les lieutenants Vernet et Gardel avaient chacun leur spécificité. Vernet avait suivi une spécialisation dans les sciences du comportement tandis que Gardel était leur as en technologie. Benoit n'avait pu s'empêcher de penser que c'était plutôt rare de trouver une femme dans cette branche. La lieutenante avait dû deviner ses pensées, à moins qu'elle ne soit habituée à cette réaction, car elle avait haussé les sourcils avant de lui sourire d'un air narquois. Le sous-lieutenant s'était senti rougir.

Les trois Experts étaient déjà en place quand Benoit vint leur présenter son rapport.

— On vous écoute, lieutenant, attaqua Daloz tout en récupérant le dossier.

— Rien de probant pour l'instant, mon capitaine. Comme vous l'aviez prévu, beaucoup d'élucubrations que j'ai d'ores et déjà mises de côté. Je ne pensais pas que les gens pouvaient avoir autant d'imagination. Léa serait pour certains la fille cachée du président de la République, d'autres sont persuadés que c'est une star du petit écran.

— Et on est sûrs que ce n'en est pas une ?

Benoit eut l'impression de recevoir un coup en travers de la gorge. Cette théorie lui avait paru totalement farfelue mais, à bien y réfléchir, rien ne lui permettait de l'écarter d'un revers de la main. Des stars, il en naissait tous les jours. Ce n'étaient pour la plupart que des étoiles filantes, mais Benoit, qui ne regardait pour ainsi dire jamais la télévision, était très mal placé pour émettre un avis sur la question.

— Je vais vérifier ce point immédiatement, dit-il penaud.

— Ne vous fatiguez pas, Gardel s'en est déjà occupée. Figurez-vous que le réceptionniste de notre hôtel nous a fait part de cette possibilité au petit déjeuner. Je ne serais d'ailleurs pas étonné que ce soit lui qui vous ait appelé. Il avait l'air sûr de son coup et n'a pas dû apprécier notre manque d'intérêt.

— Et donc ?

— Et donc il y a bien une petite fille qui ressemble de loin à Léa et dont on peut voir en ce moment le visage tous les matins, sur une chaîne câblée. Le problème, c'est que notre informateur ne semble pas au fait des doublages et des rediffusions. L'enfant en question doit avoir aujourd'hui une trentaine d'années, et si elle n'a pas quitté son pays d'origine, elle doit certainement être en train de chercher un rôle de femme fatale à Hollywood à l'heure où je vous parle.

Le sous-lieutenant ne cacha pas son soulagement. Si cette piste avait été la bonne, sa première action face à ces Experts aurait été de l'écarter.

— La confiance n'exclut pas le contrôle, lieutenant, le tança Daloz. J'attends de mes hommes qu'ils soient rigoureux. Si vous voulez jouer à nos côtés, je vous conseille de vous plier au plus vite à cette discipline.

— Bien reçu, mon capitaine.

— Que peut-on trouver dans votre rapport ? reprit-il, signifiant que l'incident était clos.

Benoit se força à reprendre contenance et débita le laïus qu'il avait préparé quelques minutes plus tôt :

— Deux commerçants crestois, mon capitaine. La boulangère et le pharmacien. Les deux m'ont affirmé avoir vu la petite Léa en compagnie d'une femme qu'elle appelait « maman ». Ils ont fait une brève description de la femme en question, elle ne ressemble en aucun point à la conductrice de la 205. Blonde, élancée, plutôt discrète et dans les trente-cinq, quarante ans.

— Quand ont-ils vu la mère et sa fille pour la dernière fois ?

— Aucun des deux n'a pu l'affirmer de manière catégorique. La boulangère se souvient très bien d'avoir offert des œufs en chocolat à la petite pour les fêtes de Pâques mais ne peut pas s'avancer plus. Le pharmacien est resté encore plus flou.

— Il n'a pas enregistré d'ordonnance à son nom ?

— Non, j'ai bien pensé à vérifier ce point. Elle n'achetait que des produits homéopathiques.

— Très bien, ça vaut quand même le coup de les rencontrer. Ils auront peut-être omis un détail utile à l'enquête. Je vous laisse y aller avec Vernet. Vous faites les présentations puis vous laissez le lieutenant mener l'entretien. Est-ce que c'est clair ?

— Très clair, mon capitaine.

Le lieutenant Vernet avait déjà attrapé sa veste mais Benoit ne bougeait pas. Il continuait à fixer Daloz, reportant son poids d'un pied à l'autre.

— Un souci, lieutenant ?

Benoit hésita l'espace d'une respiration puis se lança :

— Je sais que je suis là pour vous assister, mon capitaine, mais il y a un point que je ne saisis pas. Vous êtes descendus suite à la découverte du corps dans la Drôme, c'est bien ça ?

— Correct.

— Pourtant vous semblez vous intéresser priori-tairement au cas de la petite Léa, comme si les deux affaires pouvaient être liées. Est-ce que vous auriez connaissance de quelque chose qu'on ne sait pas ?

Le capitaine Daloz posa le stylo qu'il avait à la main et se cala au fond de son fauteuil avant de lui répondre droit dans les yeux.

— N'allez pas croire que nous sommes là pour comploter dans votre dos, lieutenant. Vous avez rai-son sur un point, mes hommes et moi sommes descen-dus pour résoudre le meurtre de Christophe Huguet. Sans les marques sur son front, nous vous aurions certainement laissé la primeur de cette enquête, mais comme vous vous en doutez, des stigmates sur un cadavre ont tendance à mettre tous nos signaux en alerte. Maintenant, concernant la petite Léa, je ne vous cacherai pas que c'est plutôt la femme qui l'accompagnait qui m'intéresse. On ne s'enfuit pas si on n'a rien à se reprocher. Bien sûr, peut-être que notre conductrice savait que les papiers de sa voiture n'étaient pas en règle et que ce seul point a suffi à la faire paniquer. Cependant, lorsqu'un homme est retrouvé dans une rivière quelques heures plus tard, à une dizaine de kilomètres, et que le légiste nous suggère que sa mort se situe environ trois heures avant le délit de fuite en question, alors oui, j'avoue, je deviens un tantinet suspicieux. Est-ce que cela répond à votre question, lieutenant ?

Benoit salua son supérieur en guise de réponse.

Installé au volant de la Renault Megane, le sous-lieutenant avait mille questions qui lui brûlaient les lèvres. Vernet devait avoir trois ou quatre ans de plus que lui, pas de quoi l'impressionner, et s'il voulait en apprendre davantage sur le Pôle judiciaire de la gendarmerie, c'était le moment rêvé. Il comprit trop tard que son approche pouvait prêter à confusion.

— La lieutenante et vous travaillez depuis longtemps au PJGN ?

— Trois ans. Et si tu comptes t'attaquer à Gardel, je te conseille d'être plus subtil ! Depuis le temps que je la pratique, je peux te dire qu'elle n'est pas vraiment du genre conciliante.

Benoit quitta la route un instant des yeux pour observer son passager. Se moquait-il de lui ou avait-il réellement mal interprété ses propos ? Le tutoiement l'avait également déstabilisé. La familiarité n'était pas vraiment de rigueur dans sa caserne, aussi préféra-t-il rester à sa place.

— Je crois que je me suis mal exprimé, mon lieutenant. Votre parcours m'intéresse, c'est tout.

— Comme tu voudras. Et tu peux oublier le « vous » et les titres en passant. Enfin, tant que nous ne sommes pas face au capitaine. Tu t'en crois capable ?

— Ça devrait pouvoir se faire, répondit Benoit, déjà plus détendu.

— Alors, que veux-tu savoir exactement ?

— Tout !

La réponse était tellement spontanée que Vernet explosa de rire avant de se lancer dans un soliloque enthousiaste.

En se garant devant la boulangerie, le sous-lieutenant Benoit avait presque l'impression de faire partie de la maison. Il ressentait néanmoins une pointe de culpabilité à l'idée de se réjouir de cette situation alors qu'une petite fille était en ce moment même entre la vie et la mort et qu'un cadavre se faisait disséquer à deux cents mètres de là.

7

Le sous-lieutenant Benoit n'avait pas menti lorsqu'il disait connaître tout le monde à Crest. Il aurait
peut-être dû préciser que la réciproque n'était pas
toujours à son avantage. En seulement trois échanges
avec la boulangère, le lieutenant Vernet avait compris
que Benoit n'inspirait pas forcément le respect que son
uniforme était censé lui procurer.

— C'est toi qu'ils envoient ! avait-elle marmonné
en se tournant vers ses panières. Ben ils ne sont pas
près de la retrouver, la mère de la petite, c'est moi qui
te le dis.

Benoit était resté courtois et professionnel en présentant son coéquipier et en exposant succinctement le
sujet qui les amenait.

— Mais ils savent, tes patrons, que tu me dois
encore cent francs ? avait relancé la virago, mains sur
les hanches.

— Cent francs ? Mais si je vous dois cinq euros,
c'est le bout du monde ! Et je vous ai proposé au
moins dix fois de vous rembourser !

Benoit était devenu rouge à l'évocation de cette affaire qui remontait visiblement à une époque ancestrale, mais la boulangère avait encore quelques comptes à solder.

— Ben voyons ! C'est facile de dire ça maintenant. Et tous les tracas que tu m'as causés, tu vas les rembourser aussi ?

— On est en train de parler de bonbons, madame Paquin ! se défendit maladroitement Benoit. Et j'avais sept ans. Le simple fait de parler encore en francs devrait vous mettre la puce à l'oreille. Y a prescription !

— Mouais, on ne m'ôtera pas de la tête que les mauvaises graines, ça pousse de travers. M'enfin, j'imagine que vous avez plus urgent à faire que d'écouter les problèmes d'une honnête commerçante ! Dites-moi comment je peux vous être utile, monsieur l'agent, dit-elle toute mièvre en se tournant ostensiblement vers celui qu'elle ne connaissait pas.

Vernet fit mine de débarquer et joua son rôle à la perfection. Il réussit l'exploit de charmer la boulangère en l'espace d'un instant. Il faut dire que le lieutenant maîtrisait l'art de la séduction. Il s'était exprimé d'une voix à la fois suave et autoritaire mettant aussitôt la commerçante dans les meilleures dispositions.

Benoit observait la scène tel un élève en plein cours magistral. Il n'intervenait pas, osait à peine respirer, mais il enregistrait la moindre variation de ton, la formulation des questions. Résultat, Mme Paquin était prête à y passer la journée, si ça pouvait les aider.

Malheureusement, non, elle ne pouvait pas leur en dire plus qu'elle ne l'avait déjà fait. Elle ne connaissait pas cette femme, ni cette enfant. Oui, elle était persuadée qu'elles étaient mère et fille mais non, ce n'étaient pas des clientes régulières. S'il fallait parler de périodicité ? Une fois par mois, au maximum. Non, elle ne se souvenait pas de la première fois où elle les avait vues. Cela remontait peut-être à un an, peut-être moins. Il faut dire qu'elle avait beaucoup de clients et pas que des réguliers. La tour médiévale attirait beaucoup de touristes.

Vernet avait été obligé de manger une chouquette, pour lui faire plaisir ; Benoit ne s'en était pas vu proposer.

Trois clients attendaient, plus ou moins patiemment, que l'entretien soit fini pour obtenir leur baguette. L'Expert proposa à la boulangère de faire une petite pause, le temps de les servir, mais Mme Paquin préférait continuer. Une petite fille attendait de retrouver sa maman. Cette dernière phrase avait donné la nausée à Benoit. Il connaissait trop bien cette vieille bique pour ne pas savoir que la petite Léa était le cadet de ses soucis.

Lorsque Vernet annonça qu'ils en avaient fini, Benoit crut que la boulangère allait défaillir, ce qui ne l'empêcha pas de trouver assez de force pour lui lancer un regard noir lorsqu'il la salua à son tour.

La pharmacie se trouvant à moins de deux cents mètres de la boulangerie, Benoit profita de cette marche pour continuer son propre interrogatoire. Le capitaine Daloz l'impressionnait et il espérait que Vernet accepterait de lui en dire plus sur son parcours.

— Le capitaine n'aime pas spécialement parler de lui, répondit le lieutenant cette fois sérieusement. Ne va pas le chercher sur ce terrain-là. Contente-toi de faire ton boulot et si tu le fais bien, y aura aucun problème.

Daloz a la discipline dans le sang, un truc qu'il a dû récolter sur trois générations si tu veux mon avis, mais c'est un type bien. Il ne cherche pas des cadors ou des cowboys, juste des hommes fiables sur qui il peut compter. En échange, tu peux être assuré qu'il ne te lâchera pas. En gros, il veut être certain que tu es prêt à partir à la guerre à ses côtés. Et depuis quatre ans que je le fréquente, je peux te dire que ce gars-là, je suis prêt à le suivre où il veut, qu'il me le demande ou pas. En plus, tu verras, il n'est pas dénué d'humour.

— Ah bon ?

— OK, j'admets que ce n'est pas flagrant au premier abord mais laisse-lui un peu de temps.

Le pharmacien les attendait derrière un comptoir en marge des caisses. Ses réponses ressemblaient à s'y méprendre à celles de la boulangère. La femme ne venait pas régulièrement et n'achetait rien sur ordonnance. Pour lui, la petite Léa était assurément la fille de cette femme. Il y avait d'ailleurs une ressemblance indéniable. Il ne se souvenait pas exactement des produits achetés mais c'étaient pour la plupart des huiles essentielles qui pouvaient s'utiliser dans différents domaines. La dernière fois qu'il les avait vues ? Ça devait remonter à un mois, facilement. Peut-être deux. Les gendarmes, déçus, s'apprêtaient à partir quand une jeune fille en blouse blanche se rapprocha d'eux.

— Excusez-moi, dit-elle timidement, vous parlez de la petite fille dont on a diffusé le portrait ?

— Absolument, répondit Vernet. Vous la connaissez ?

— Non, pas vraiment. Je l'ai vue plusieurs fois avec sa mère.

— Je leur ai déjà dit tout ça ! intervint le pharmacien, clairement agacé par cette interruption.

— Désolée, docteur, je ne savais pas. Vous leur avez aussi parlé de l'homme qui les accompagnait ?

— L'homme ? Quel homme ?

Benoit avait été le premier à réagir, aussi la jeune fille s'adressa directement à lui pour développer.

— Je ne connais pas son nom mais je suis sûre qu'il vit dans la région. Je l'ai croisé plusieurs fois en ville. La dernière fois que je l'ai vu, c'était ici. Il était avec la mère de l'enfant et ils semblaient… assez proches.

La jeune fille avait légèrement baissé les yeux en disant cela, ce qui n'avait pas échappé à Vernet.

— Vous voulez dire qu'ils étaient ensemble ? demanda-t-il délicatement.

— C'est l'impression qu'ils donnaient en tout cas.

— Et vous ne vous souvenez pas d'un détail qui nous permettrait de trouver cet homme ?

— Je l'ai vu une fois à la supérette bio qui se trouve cours de Verdun. Ah, et je pense qu'il a un chat !

— Qu'est-ce qui vous fait dire ça ?

— La dernière fois, sa veste était couverte de poils et il avait des micro-griffures sur les mains. Pour en avoir deux à la maison, je sais que ce sont des signes qui ne trompent pas.

— Soit, nous recherchons désormais un homme qui mange bio et qui possède un chat, souffla Vernet comme pour lui-même.

Par acquit de conscience, l'Expert montra à la jeune fille la photo de Christophe Huguet, un cliché qu'il avait récupéré dans le dossier de la BNRF, du temps de son vivant. Bien sûr, ce n'était pas l'homme en question, c'eût été trop facile.

Benoit demanda au pharmacien et à son étudiante de passer à la gendarmerie pour les aider à établir un portrait-robot. La boulangère s'y plierait aussi. Si les dessins se ressemblaient, ils pourraient le diffuser.

Un texto de Gardel les convoquant à la morgue de Valence leur donna leur prochaine destination.

8

La lieutenante Gardel et le capitaine Daloz se trouvaient déjà sur place quand Benoit et Vernet pous-
sèrent les battants de la morgue située au centre
hospitalier de Valence, à une trentaine de kilomètres
de Crest. Le légiste tenait une scie électrique à la main
et Benoit ne put s'empêcher de penser qu'ils auraient
mieux fait de rouler plus doucement pour éviter cette
étape.
Le bruit du métal s'enfonçant dans la cage tho-
racique de Christophe Huguet coupa court à toute
tentative de conversation. La veille, le cadavre était
encore intact, et Benoit avait réussi à faire bonne
figure le temps des premières constatations. À la vue
de ce corps, entièrement nu et à la merci d'une batte-
rie d'instruments de torture, le sous-lieutenant n'était
pas sûr de contenir la bile qui remontait le long de
son œsophage. Le légiste, lui, était sans conteste dans
son élément. La scie mise en pause, on l'entendit fre-
donner un air de Verdi que Benoit reconnut aisément
pour l'avoir entendu maintes fois chanté par sa mère.
Cette aria du *Rigoletto*, il l'avait toujours associée à

des moments allègres de son enfance et à des sourires tendres. En un instant, le légiste lui avait terni cette image à jamais.

— En temps normal, j'ai un assistant, dit le médecin en attrapant un écarteur, mais on est samedi et avec tous ces ponts il faut bien faire des roulements. Tout ça pour dire que ce sera un peu plus long que d'habitude, mais j'imagine que vous préférez ça plutôt que d'attendre lundi, n'est-ce pas ?

Daloz se contenta de hocher la tête en guise d'assentiment. Même si les Experts semblaient plus habitués à ce genre de situation que ne l'était Benoit, ils gardaient un visage fermé. Le légiste ne s'en formalisa pas et continua à parler tout seul. Il décrivit chaque étape de son examen, s'adressant autant à son dictaphone qu'aux témoins qui l'entouraient. Benoit le voyait manipuler des organes, les mettre en balance avant de les disséquer. Ses yeux refusaient de quitter les mains du médecin alors que son estomac le suppliait de sortir de la pièce. Le légiste finit par s'en apercevoir et tendit un bras vers la droite sans le regarder :

— Il y a du jus de citron dans le petit réfrigérateur. Prenez-en un verre, ça vous fera du bien. Mais lisez bien les étiquettes, ce serait dommage de vous tromper de carafe !

Benoit, qui ne doutait pas un instant que cette remarque s'adressait à lui, se dirigea un peu honteux vers le frigo. Personne ne lui fit la moindre remarque et il les remercia muettement pour ça.

Après une heure d'observation, de manipulation et de jargon médical que seul le légiste comprenait, les premières conclusions tombèrent enfin.

La mort n'était pas due à une noyade. Le peu d'eau que contenaient les poumons aurait suffi à l'attester mais le médecin avait pu le constater bien avant cela.

— Tous les organes de cet homme ont été rongés, pour ne pas dire désagrégés. Il a dû souffrir le martyre, si vous voulez mon avis. Les analyses toxicologiques seront plus précises que moi mais je pencherais pour de l'antigel ou une saloperie du genre.

— Vous voulez dire qu'on lui a fait ingurgiter de l'antigel alors qu'il était encore en vie ?

Le ton de Daloz n'avait rien de dramatique. Juste factuel.

— C'est ce que je vais mettre dans mon rapport, capitaine.

— Les incisions sur le front et les yeux ?

— Non, là votre homme était déjà mort. Aucun doute là-dessus.

— Vernet, vos premières impressions ?

Le lieutenant devait être habitué à ce genre d'injonction car il s'exécuta aussitôt :

— L'antigel, ou tout autre poison, fait immédiatement penser à une femme, mais si je vous suis bien, docteur, Huguet en a avalé une grosse quantité.

— À vue de nez, je dirais un litre, en effet.

— C'est là que ça coince. Pour lui faire ingurgiter ça, il a fallu le faire de force. On est loin d'un peu d'arsenic dilué dans un verre de vin.

— Là-dessus, j'ai ma petite théorie, dit le légiste fier de lui. J'ai constaté un hématome à la base du crâne ainsi que des traces de ligatures au niveau des poignets. Tout porte à croire que votre homme a été assommé avant d'être attaché.

Un silence s'imposa. Benoit devinait que chacun reconstituait la scène en pensée et, comme personne n'opposa d'arguments contradictoires, il en déduisit que l'idée d'une femme meurtrière restait d'actualité.

— Pour les entailles, reprit Vernet, il faut généralement y voir une stigmatisation, une marque indélébile à titre de châtiment. Le fait qu'elles soient au nombre de trois nous laisse l'embarras du choix sur l'interprétation qu'on peut en faire. Même si on laisse de côté l'aspect religieux de la Sainte Trinité, il reste un tas de possibilités. Pour certains, le trois symbolise la créativité et la sociabilité, alors que pour d'autres, à l'inverse, il est synonyme d'arrogance, de vanité et même de superficialité.

— Je veux toutes les interprétations par écrit, le coupa Daloz, on ne sait jamais. Tout ça prendra peut-être un sens à un moment donné. Et pour les yeux, qu'est-ce que vous pouvez nous dire ?

— Les yeux, c'est plus compliqué, mon capitaine.

Vernet se lança alors dans un exposé tellement dense que Benoit eut du mal à suivre. Les yeux pouvaient symboliser différentes choses selon l'axe qu'on prenait. Dans la plupart des religions, ils représentaient la perception spirituelle, l'intelligence divine. En psychologie, on parlait en revanche de compréhension existentielle. Si un œil vous rendait mal à l'aise, cela signifiait que vous souffriez d'un complexe de castration ou de culpabilité. Rêver de plusieurs yeux trahissait souvent le sentiment paranoïaque d'être épié, surveillé. Mais l'œil était également le symbole de la lumière, de la connaissance universelle, notamment par son aspect d'omniscience.

En entendant ces mots, Benoit repensa aussitôt au texte de Platon, *Le Sentier de la raison*, codifié 66b. La mort, ultime étape pour accéder à la Vérité. Daloz et ses hommes avaient lu le dossier des premières recherches, ils connaissaient donc eux aussi l'existence de ce texte. S'ils n'en parlaient pas, c'est qu'ils devaient attendre la fin de l'exposé. Le lieutenant énumérait un tas d'autres informations. La dernière, d'ailleurs, les décontenança.

— Bien sûr, reste l'aspect sexuel. L'œil peut être un symbole de perversité et de décadence, ou encore, de manière plus concrète, un objet de jouissance.

— De jouissance ? ne put s'empêcher de répéter Benoit. T'es sérieux ?

Vernet lui jeta un regard noir et Benoit comprit trop tard que cette familiarité n'avait pas lieu d'être en présence du capitaine. Il se reprit maladroitement, répétant sa question avec le vouvoiement qui s'imposait. Vernet répondit comme si de rien n'était.

— Il vous suffit de lire *Histoire de l'œil* de Georges Bataille et vous verrez que je n'invente rien. Après, il faut aimer les trucs tordus. Personnellement, je n'irais pas offrir ce livre à ma grand-mère ou à ma nièce de douze ans.

Ainsi Vernet conclut-il son exposé. Il se tourna vers Daloz, attendant sa réaction, mais le capitaine semblait digérer toutes les données. Benoit l'imaginait les classifier mentalement par ordre de pertinence. Il jubila lorsqu'il l'entendit rendre son verdict :

— Nous ne pouvons mettre aucune théorie de côté mais je voudrais que l'un de vous se penche sur le texte de Platon relevé hier par un de nos collègues. J'ai conscience que le 6-6-B ne concerne pas cette enquête, tout du moins pas pour l'instant, aussi je ne voudrais pas que vous perdiez trop de temps dessus. Maintenant, en imaginant que les yeux soient un symbole de vérité absolue, reste encore à comprendre pourquoi quelqu'un chercherait à les retirer.

Gardel, qui ne s'était pas encore exprimée, évoqua cependant une autre possibilité. Les yeux avaient peut-être été arrachés en guise de trophée.

— Si c'est bien une femme qui a fait ça, répondit aussitôt Vernet, c'est peu probable. Les femmes sont plus pragmatiques que les hommes et n'ont pas besoin de se gargariser de leurs actes au risque de laisser des preuves derrière elles. Il est donc rare qu'elles accumulent des trophées.

— Rien ne prouve en effet que c'est une femme qui a fait ça, tempéra Daloz, donc une fois de plus, aucune théorie n'est à écarter.

Il eut à peine le temps de finir sa phrase qu'un gendarme déboula dans la morgue, le souffle court. Daloz reconnut aussitôt le sous-officier de la gendarmerie locale chargé de la surveillance de Léa, deux étages plus haut. Et cette entrée en force ne pouvait rien présager de bon.

9

Le gendarme avait exposé la situation tandis que les Experts, suivis de Benoit, remontaient les escaliers quatre à quatre. Une infirmière s'était présentée et avait expliqué devoir transporter Léa à l'IRM pour des examens complémentaires. Ce n'était pas la première fois que cela arrivait depuis que l'enfant était hospitalisée. Léa était toujours plongée dans le coma et son état était surveillé de près.

C'est quand le médecin-chef était entré dans la chambre vide quelques minutes plus tard et qu'il en était ressorti étonné que le gendarme s'était inquiété. L'homme en blouse avait d'abord tenté de calmer le jeu, arguant qu'il arrivait qu'une instruction soit mal interprétée. Les deux hommes étaient alors partis à la recherche du lit, avaient inspecté toutes les salles d'examen, pour enfin admettre l'inconcevable. Léa venait d'être enlevée.

— Quelqu'un l'a vue sortir ? s'enquit Daloz toujours au pas de course.

— Négatif, mon capitaine. Ni par l'entrée principale, ni par celle des urgences. Nous pensons qu'elle est encore dans le bâtiment.

— Qui ça, nous ?

— Le médecin et moi-même, répondit le gendarme avec embarras, conscient que son avis n'avait pas beaucoup de poids à cet instant précis.

L'alerte avait été donnée dans les secondes suivant le constat et toutes les portes des autres services étaient désormais surveillées, mais le centre hospitalier était immense. Avec une dizaine de bâtiments, plus de deux mille cinq cents employés et pas loin de sept cent cinquante lits, retrouver une infirmière qui n'avait pas sa place ici ne serait pas une mince affaire.

La brigade d'intervention était déjà en route et on installa les Experts dans le centre de contrôle qui donnait accès à toutes les caméras de surveillance.

Un interne se présenta spontanément à la porte. La femme qui avait enlevé Léa l'avait bousculé avec le lit et lui avait tenu des propos incohérents. Lui-même, déjà passablement énervé à ce moment-là, n'y avait pas prêté attention jusqu'à ce qu'on l'informe de la situation.

— Comme je l'ai déjà expliqué à vos collègues, dit-il, c'était très confus et je n'ai pas vraiment écouté ce qu'elle disait. J'ai cru qu'elle râlait en boucle et je n'avais pas envie de servir de bouc émissaire.

— De quoi vous vous souvenez exactement ? insista Daloz.

— Elle a parlé d'une sœur, je crois. Oui, c'est ça, d'une sœur qui pouvait la sauver. Le reste n'était vraiment pas clair. Elle répétait toujours la même phrase en boucle, et comme elle marmonnait, je n'entendais qu'un mot sur deux. Au final, j'ai cru qu'elle voulait se rendre au bâtiment B, alors je lui ai indiqué le chemin et c'est là qu'elle m'a bousculé.

— Pourquoi le bâtiment B ?

— Dans sa phrase, y avait le mot 6B alors j'ai cru que c'était là qu'elle voulait aller.

Un froid s'installa instantanément dans la pièce. L'interne dut s'en rendre compte car il commença à se basculer d'un pied sur l'autre, les mains nouées, cherchant la sortie du regard. Daloz n'en avait pourtant pas fini avec lui.

— Êtes-vous sûr qu'elle n'a pas plutôt dit 6-6-B ?

— Si, c'est ça ! s'exclama l'interne enthousiaste. J'ai cru qu'elle bégayait, mais oui, vous avez raison, c'est bien ce qu'elle disait. 6-6-B, j'en suis sûr maintenant.

L'étudiant en médecine ne pouvait malheureusement pas leur dire quelle direction l'infirmière avait prise après leur altercation. Cette information leur parvint peu de temps après, d'un agent de la sécurité.

On avait vu l'infirmière se diriger avec le lit vers l'aile est, une zone du bâtiment en travaux. Elle avait réussi à barricader la seule issue qui permettait d'y accéder.

Cette nouvelle affecta le moral des troupes. Une femme retenant en otage une petite fille qui nécessitait une surveillance médicale de chaque instant était certainement le pire des scenarii auquel ils pouvaient être confrontés.

La brigade d'intervention se pencha sur les plans fournis par l'hôpital tandis que la lieutenante Gardel tentait d'établir un moyen de communication. Les lignes téléphoniques étaient désactivées mais les haut-parleurs fonctionnaient encore. Gardel s'affairait, accroupie dans un local technique d'où dégueulait une multitude de câbles, pour réactiver le système. En cas de succès, cela permettrait à Daloz de s'adresser à la kidnappeuse, en aucun cas d'entendre ses revendications. Ce n'était pas l'idéal mais c'était mieux que rien.

Deux snipers de la brigade d'intervention s'installèrent en hauteur, à une centaine de mètres du bâtiment. Ils n'avaient pour l'instant aucun visuel de la ravisseuse, ils se tenaient prêts au cas où. Un autre avait grimpé sur le toit et se dirigeait maintenant vers une bouche d'aération. Si les propos de l'entrepreneur des travaux étaient justes, il n'y avait qu'une seule pièce saine assez spacieuse pour contenir un lit. Toutes les autres étaient impraticables. Elle se trouvait juste en dessous d'un conduit d'aération. Il fut décidé de faire descendre une mini-caméra par les gaines. S'ils pouvaient obtenir un visuel de la situation, ce serait une première bataille de gagnée. Parler à l'aveugle à un kidnappeur était toujours risqué. Si Daloz pouvait observer ses réactions, alors le capitaine pourrait adapter ses propos.

La caméra renvoya une image assez nette pour qu'on puisse se rendre compte de la situation. L'infirmière faisait les cent pas dans un coin de la pièce. Elle se figeait parfois avant de basculer son corps d'avant en arrière. On pouvait voir ses lèvres bouger. Le lit était placé à l'opposé. Seule la moitié inférieure était visible. Impossible donc d'observer le visage de l'enfant. Benoit, paralysé devant l'écran, était d'une certaine façon heureux de savoir que la petite Léa n'avait pas conscience de ce qui se passait autour d'elle.

Lorsque Daloz commença à parler dans le micro d'ordre, l'infirmière sursauta et se mit à paniquer. Le capitaine tenta de la rassurer en prenant une voix posée, mais la femme tournait en rond comme un lion en cage, cherchant des yeux d'où le son émanait. Elle finit par lever la tête et distingua l'enceinte incrustée dans le plafond. Sans le savoir, la ravisseuse, en faisant cela, pointait son visage vers la caméra dissimulée dans la bouche d'aération. Persuadée qu'on pouvait l'entendre, elle s'adressa à l'enceinte. Son débit était soutenu, les mots semblaient se bousculer, si bien que personne n'arrivait à distinguer sur ses lèvres ce qu'elle tentait de dire. Daloz comprit que la situation lui échappait lorsque la femme se mit à crier. Il ne pouvait pas l'entendre mais il le devinait sans peine. Le regard hystérique et le cou tendu à l'extrême, l'infirmière perdait totalement le contrôle. Quand elle tendit un bras au plafond, et donc vers la caméra, le capitaine crut d'abord qu'elle dressait vers lui un poing rageur.

Il ne comprit que trop tard ce qu'elle tenait dans sa main.

10

Une lumière intense aveugla la caméra tandis que retentissait au loin le souffle de la déflagration. Tous ceux qui se trouvaient dans la salle de contrôle fixaient le moniteur empli de neige. Un silence de mort s'était imposé.

Le capitaine Daloz fut le premier à réagir. Les yeux toujours rivés à l'écran, il s'exprima d'une voix blanche :

— Vernet, Gardel, je veux que vous coordonniez les secours. L'entrepreneur nous a dit qu'aucun de ses hommes ne travaillait aujourd'hui, espérons qu'il n'y en ait pas un qui ait décidé de faire de l'excès de zèle. Vérifiez que les conduites d'oxygène sont bien hors d'usage avant de laisser les pompiers entrer dans le bâtiment. Prévenez-les que deux personnes se trouvent de façon certaine dans cette aile et que nous n'avons aucun moyen de savoir si elles sont encore en vie.

Benoit observait le capitaine énumérer ses ordres. Il cherchait à déceler une trace d'émotion, un battement de cils qui aurait trahi son ressenti à cet instant

précis. Le détachement de Daloz était à la fois gla-
çant et admirable. Le sous-lieutenant comprenait qu'il
avait encore beaucoup de chemin à faire. Il aurait aimé
avoir la même maîtrise, être capable de faire disparaître cette boule coincée dans sa gorge qui le faisait
suffoquer. Il dut faire un effort considérable pour s'exprimer sans trembler :

— Et moi, mon capitaine, quels sont mes ordres ?

— Je veux que vous fassiez venir le responsable de
la sécurité. Demandez-lui d'envoyer immédiatement
les images enregistrées à Pontoise. Gardel vous donnera l'adresse. Qu'il nous imprime également le portrait de cette infirmière. Prévenez votre capitaine que
nous allons avoir besoin de renfort. Je veux que tout
le personnel de l'hôpital voie cette photo. Si personne
ne la reconnaît, retour à Crest pour interroger les commerçants.

Il fallut attendre presque quatre heures avant de
pouvoir pénétrer dans la pièce sinistrée. Seul un pan
de mur s'était affaissé, ce qui indiquait que la charge
explosive était moins violente que le bruit l'avait
laissé supposer, mais un incendie s'était propagé dans
les couloirs, ralentissant fortement la progression des
pompiers. Le corps de l'infirmière était entièrement
morcelé. Sa tête avait été propulsée dans un recoin de
la pièce tandis que le buste gisait, sans jambes, à l'endroit même où se tenait la ravisseuse avant de se faire
exploser.

Trois poutrelles d'acier s'étaient écroulées et blo-
quaient l'accès au lit de Léa. Tout le monde attendait
fébrilement que les pompiers manœuvrent. Personne

n'osait parler. Quand le talkie-walkie se mit à grésiller, Benoit ferma les yeux.

— Le lit est vide, cracha le boîtier noir. Je répète, le lit est vide. Il n'y a que des oreillers éventrés.

Le sous-lieutenant Benoit relâcha doucement l'air qui lui comprimait les poumons et adressa muettement des remerciements, les yeux levés au ciel. Benoit n'était pas croyant, sauf ce jour-là, peut-être.

Le procureur, déjà sur place, n'avait pas masqué son soulagement. La presse, qui avait été alertée juste après la déflagration, l'attendait dans une salle de conférences improvisée, à l'intérieur du bâtiment principal.

— Vous êtes sûr que vous n'avez aucune bille à me donner ?

La question s'adressait à Daloz.

— Rien pour l'instant, mais je peux vous assurer que mes hommes sont à pied d'œuvre à l'heure où nous parlons.

— Je n'en doute pas. Et vous me confirmez que vous n'avez eu aucune revendication, pas de « *Allahu akbar* » ?

— Je ne peux vous le confirmer, monsieur, étant donné que nous ne pouvions pas entendre ce qu'elle disait. Les images ont été transférées à Pontoise. Nous avons sur place des spécialistes qui peuvent lire sur les lèvres. J'attends leur rapport d'une minute à l'autre. Maintenant, je ne pense vraiment pas que la piste terroriste soit à retenir. Quelque chose nous échappe pour l'instant, je ne vous dirai pas le contraire, mais je suis persuadé que Daesh n'a rien à voir avec cette affaire.

— Très bien ! Alors vous allez me retirer les « je pense » ou « je suis persuadé », et vous me refaites le même discours devant nos amis de la presse. Tâchez d'être convaincant, capitaine, si vous ne voulez pas que la région devienne en un instant le centre d'intérêt du monde entier. Je ne veux pas que l'un d'eux aille écrire le mot « attentat » en une de son torchon. Parlez d'un acte isolé, d'une femme instable échappée de l'asile, dites bien ce que vous voulez, je m'en contrefous, mais faites comprendre à ces vautours qu'il n'y a rien à manger pour eux ici. Si on peut éviter un déplacement du ministre de l'Intérieur, je ne vous cache pas que ça me soulagerait. Après tout, on ne déplore qu'une seule victime, et vu que c'est elle qui a activé la bombe, on n'est pas loin de pouvoir parler de suicide. Le fait qu'elle ait tenté d'enlever une enfant juste avant peut très bien relever du secret de l'instruction. J'en fais mon affaire.

— Il y a des témoins, précisa Daloz.

— Soit ! Évitons tant que possible le sujet et si quelqu'un nous interroge là-dessus, contentons-nous de dire que la petite Léa n'était pas dans la pièce au moment du drame et que ses jours ne sont pas en danger.

— Nous n'en savons rien.

— Eux non plus ! s'énerva le procureur. De toute façon, personne n'a encore pu identifier cette petite, donc j'attends de pied ferme celui qui viendra me demander des comptes à son sujet. Ne vous méprenez pas capitaine, si je fais ça, c'est pour vous laisser un champ d'action. Si vous pensez qu'il est préférable de déclencher une psychose dans la région, libre à vous de vous exprimer. Il me semble qu'une explosion dans un centre hospitalier aussi fréquenté devrait largement nous suffire.

La lieutenante Gardel, qui s'était approchée discrètement, se racla la gorge dès que le procureur eut fini sa tirade. Daloz l'invita à parler.

— C'était une diversion, monsieur le procureur, mon capitaine. L'explosion, c'était une diversion.

Il ne fallait pas plus à Daloz pour comprendre mais il laissa Gardel leur donner plus d'explications. Les pompiers avaient retrouvé une perruque blonde sous les décombres, ce qui ne pouvait signifier qu'une chose : l'opération avait été préparée. On ne s'enferme pas dans une pièce avec une bombe sur soi et une perruque pour seul otage. Gardel était donc retournée à la salle de contrôle et avait visionné les enregistrements de toutes les caméras qui filmaient les sorties au moment où tous les yeux étaient braqués vers l'aile est.

Dix minutes après l'explosion, une ambulance, stationnée sur le parking, avait actionné son gyrophare et s'était dirigée vers la sortie principale. Les portes avaient été ouvertes en grand afin de faciliter le va-et-vient des véhicules de secours. Personne ne s'était formalisé de voir sortir une ambulance d'un hôpital qui avait été maintenu en confinement près d'une heure. Seule Gardel avait pu constater qu'aucun conducteur n'était monté à bord du véhicule durant ce laps de temps. Cela signifiait qu'il s'y était installé bien avant. La lieutenante avait donc remonté la chronologie des bandes jusqu'à trouver ce qu'elle cherchait. Une infirmière, qui n'était pas celle recherchée par les gardes à ce moment-là, s'était approchée de cette ambulance en poussant un brancard. Une autre femme en était descendue et l'avait aidée à le hisser à l'arrière du véhicule. Toutes les deux étaient remontées à bord et n'avaient plus bougé. Gardel comprenait qu'elles avaient attendu patiemment leur signal de départ. Une déflagration dans l'aile est.

— Et vous êtes sûre que la petite Léa était sur ce brancard ? demanda le procureur.

— Je ne peux pas l'affirmer à 100 %, monsieur, un drap recouvrait la quasi-totalité du patient. Mais on peut voir sur les images que la taille correspond à celle d'un enfant.

Pour Daloz, cela ne faisait aucun doute. Un leurre parfaitement orchestré, voilà à quoi ils avaient assisté.

— Un leurre ? s'étrangla le procureur. Vous oubliez qu'on a une femme éparpillée aux quatre coins d'une pièce !

— C'est ce qu'il y a de plus inquiétant dans tout ça, si vous voulez mon avis. Les kamikazes sont prêts à mourir pour une cause qu'ils estiment supérieure à leur propre existence. Qu'est-ce qui peut convaincre une femme de se faire exploser, seule dans une pièce confinée, afin de faciliter l'enlèvement d'une petite fille de huit ans ?

11

Le sous-lieutenant Benoit ne savait pas comment interpréter sa nouvelle assignation. D'un côté, il avait l'impression d'avoir fait un pas en arrière en réintégrant sa brigade, de l'autre, il pouvait se dire que le capitaine Daloz avait assez confiance en lui pour lui demander de jouer les agents de liaison. Après tout, c'était de lui que les Experts attendaient un rapport et ce fait en lui-même était assez valorisant.

Le capitaine Marchal semblait, quant à lui, satisfait de la situation. Exécuter les ordres du PJGN n'avait pas l'air de le déranger, bien au contraire. Un meurtre, un attentat à la bombe et l'enlèvement d'une enfant, tout ça sur un rayon de trente kilomètres carrés et en l'espace de vingt-quatre heures, c'était bien plus qu'il ne lui en fallait pour passer la main sans aigreur.

La lieutenante Gardel leur avait envoyé une nouvelle série de clichés. Aux portraits de Léa, de la conductrice de la 205 et de l'infirmière kamikaze, s'ajoutaient maintenant ceux des deux femmes qui s'étaient enfuies à bord de l'ambulance. La plaque du véhicule ainsi que son matricule leur avaient été communiqués. Les hommes de la gendarmerie locale avaient reçu leurs instructions. Certains avaient dressé des barrages sur les routes secondaires en provenance de Valence, les autres balayaient la ville de Crest par groupes de deux et selon un plan précis, présentant les portraits à tous ceux qu'ils croisaient. Preuve que sa place avait quelque peu changé dans l'organisation, Benoit faisait équipe avec le capitaine Marchal.

Il avait réussi à éviter Mme Paquin, refilant l'adresse de la boulangerie à deux de ses collègues, et se dirigeait maintenant vers le Grand Hôtel, un établissement proche de la gare de Crest et non loin de sa fameuse tour. Si personne n'avait encore réagi aux clichés, cela ne pouvait signifier qu'une chose : les protagonistes n'étaient pas des locaux. Tous les habitants ne se connaissaient pas à proprement parler, mais un visage qu'on croisait plusieurs fois par an, on ne pouvait pas l'oublier. Le Grand Hôtel hébergeait les touristes de passage, cela valait le coup d'essayer. Si ça ne donnait rien, Marchal et Benoit passeraient aux autres établissements. Ils savaient que le travail qu'on leur demandait pourrait durer plusieurs jours.

La réceptionniste de l'hôtel se mit en quatre pour les aider. Ces femmes ne lui disaient rien, mais elle fit venir son patron ainsi que deux garçons qui travaillaient en salle. Le résultat fut le même. Une discussion au comptoir de l'hôtel s'ensuivit, captivant un couple de touristes qui y alla de son grain de sel. « Cette petite fille toute seule, à l'hôpital, c'est quand même triste ! C'est fou que ses parents ne se soient pas encore présentés. Vous croyez qu'on va se retrouver avec cette même histoire sordide ? Mais si, vous savez, on lui avait donné un surnom à l'époque. Comment c'était déjà ? Ah oui, la martyre de l'autoroute A10 ! » Le capitaine Marchal durcit immédiatement le ton, rappelant que Léa n'était pas morte, contrairement à la petite Inass, et que son coma était dû à un accident de voiture. Bref, rien dans cette histoire ne pouvait être comparé à ce drame hors du commun qui avait ému la France entière à la fin des années quatre-vingt. Il se garda bien de dire que Léa n'était plus à l'hôpital puisqu'elle avait été enlevée. Marchal connaissait sa ville et ses habitants. Il connaissait l'être humain d'une manière générale. Une information comme celle-ci pouvait avoir des répercussions néfastes sur la population et c'en serait fini de la quiétude crestoise. Les habitants ne parleraient plus que de ça, échafauderaient des théories plus sanglantes les unes que les autres, et ils se retrouveraient, lui et ses hommes, à devoir apaiser des esprits échauffés avant qu'un autre drame n'arrive. Vu le travail qu'on attendait de la gendarmerie locale ces prochains jours, le capitaine Marchal n'avait vraiment pas envie de s'en rajouter.

En ressortant de l'hôtel, les deux gendarmes décidèrent de faire à pied le chemin qui les séparait du prochain établissement. À peine avaient-ils fait cent mètres que Benoit aperçut au loin trois utilitaires jaunes, stationnés en file indienne. Il savait que le personnel d'accueil de La Poste avait déjà été interrogé, mais la présence des voitures attestait que les facteurs avaient fini leur tournée. Le capitaine Marchal dut lire dans ses pensées ; il acquiesça à la proposition muette en allongeant le pas.

Benoît connaissait le facteur qui se trouvait encore sur place. Ils avaient fait leur primaire ensemble, et bien qu'ils aient pris très tôt des voies différentes, on pouvait sentir cette pointe de complicité que gardent à jamais les copains d'enfance.

Le sous-lieutenant ne se faisait aucune illusion. À force de présenter les clichés qu'il avait en main, il finissait par se demander si ces femmes n'étaient pas venues ici juste une journée, le temps de semer la panique, avant de s'enfuir vers une autre destination. Aussi, quand Pascal Forville hocha positivement la tête, il se retint de le prendre dans ses bras.

— Tu es sûr ? s'entendit-il crier malgré lui.

— Celle-là, oui, j'en suis sûr !

Le facteur tendait le portrait de la conductrice de l'ambulance.

— Ça fait longtemps que je ne l'ai pas vue mais c'est elle qui signe les colis au prieuré.

— Au prieuré ?

— Oui, la vieille bâtisse sur la route de Bouchassagne ! Le truc qu'était abandonné et où on allait parfois faire du cross. Tu ne te souviens pas ?

— Ça me dit vaguement quelque chose.

— Ben, des vieilles se sont installées là-bas. Elles ont tout retapé et ça a l'air plutôt pas mal. Elles ont appelé ça le prieuré, ou alors c'en était un avant que ça tombe en ruines, je n'ai pas vraiment pris le temps d'écouter. Tu sais le rythme qu'on nous impose…

— C'était effectivement un prieuré, intervint le capitaine Marchal. Je pensais d'ailleurs que le département avait des projets d'aménagement.

— Ah là, vous m'en demandez trop ! Tout ce que je sais, c'est qu'elles sont un paquet à vivre là-dedans. Ça ne m'étonnerait pas que vous y trouviez les autres que vous venez de montrer.

— Et quand vous dites que « des vieilles se sont installées », qu'est-ce que vous entendez exactement par « vieilles » ?

Marchal savait qu'un conflit de générations allait naître à la prochaine réponse, mais la femme qui se trouvait sur le cliché, et que le facteur venait d'identifier, devait avoir tout au plus une quarantaine d'années. Pascal Forville fit une petite grimace, comprenant sa maladresse, et nuança ses propos :

— Non, mais quand je dis « vieilles », je veux dire des femmes qui doivent avoir l'âge de ma mère, vous voyez ? Je ne sais pas exactement, je dirais dans les quarante ou cinquante ans.

— Et vous êtes sûr que cette femme habite là-bas ?

— Ça doit bien faire un mois que je ne l'ai pas vue mais oui, j'en suis certain !

— Et vous avez son nom ?

— Non. Le courrier est adressé à une association : « Les petites sœurs de Marie Fortunée ».

Benoit en avait assez entendu. Il trépignait littéralement d'impatience d'annoncer la nouvelle aux Experts : ils avaient enfin une piste !

L'entretien achevé, les trois hommes se saluèrent avant que Pascal Forville retienne le sous-lieutenant par le bras.

— Ça m'a fait plaisir de te voir, Perceval ! Tu devrais passer un de ces jours à la maison, histoire de prendre une bière et parler du bon vieux temps.

— Compte sur moi, mentit poliment Benoit.

Le capitaine Marchal attendit que le facteur s'éloigne avant de s'esclaffer :

— Perceval ! Lieutenant Perceval Benoit ! Y a rien à faire, je crois que je ne m'y ferai jamais !

— Je sais, souffla le sous-lieutenant. Vous me l'avez déjà dit, mon capitaine. Une bonne centaine de fois !

12

Le sous-lieutenant Benoit menait le convoi des trois voitures de la gendarmerie qui se dirigeaient vers le prieuré. Une tension palpable s'était installée dans l'habitacle du véhicule de tête. Daloz avait fait répéter plusieurs fois à Benoit le témoignage du facteur, ce qui n'avait pas suffi à combler les quinze minutes de trajet. Le procureur avait saisi un juge d'instruction qui devait les rejoindre sur place avec une commission rogatoire de perquisition.

L'ambulance n'avait toujours pas été retrouvée et la transcription des propos de l'infirmière qui s'était fait exploser prenait plus de temps que prévu. Le prieuré était donc le seul élément solide sur lequel ils pouvaient s'appuyer. Si Léa se trouvait retenue prisonnière dans cette maison, leur seule chance de la sauver était de pouvoir inspecter la bâtisse de fond en comble et en toute légalité. Les ravisseurs ne leur laisseraient pas une deuxième opportunité.

Le capitaine Marchal avait joué de toute son autorité pour récupérer les plans du cadastre. Déplacer l'archiviste un samedi de long week-end, en fin de journée, lui avait paru plus éreintant que le parcours du combattant qu'il imposait à ses hommes, deux fois par semaine.

Le crissement des pneus sur les graviers de la cour alerta une occupante des lieux, qui vint aussitôt à leur rencontre. La jeune femme devait avoir dans les trente-cinq ans. Frêle et le teint pâle, elle semblait tellement effrayée que Benoit eut tout de suite envie de la rassurer. Il resta cependant en retrait. Ce n'était pas à lui de mener les opérations.

Le capitaine Daloz se présenta brièvement et demanda à parler à la responsable de l'association. Toujours sur ses gardes, la jeune femme leur indiqua le chemin.

Benoit fut frappé par la tranquillité qui régnait dans l'enceinte du prieuré. Le bruit de ses bottes et de celles de ses coéquipiers faisait l'effet d'une intrusion malveillante dans un havre de paix.

Une femme, qui avait pour sa part une soixantaine d'années, les attendait sur le perron. Sans dire son nom et les bras croisés, elle se présenta comme étant la responsable de l'association, et tout dans sa gestuelle indiquait clairement son hostilité face à cette intrusion. Pourtant, le sous-lieutenant ne put s'empêcher de penser qu'il émanait de leur hôtesse une lumière apaisante, de celles qu'il avait pu admirer, enfant, lorsque ses grands-parents l'emmenaient au musée. Une madone, voilà comment il l'aurait décrite de prime abord si on le lui avait demandé, ce que personne ne fit, bien évidemment.

Le capitaine Daloz dut ressentir à peu près la même chose car c'est avec une grande courtoisie qu'il s'adressa à elle, s'excusant presque de débarquer de la sorte. Il exposa la raison de la présence de la gendarmerie en quelques mots et demanda, plus qu'il n'exigea, de pouvoir explorer la bâtisse.

— Ne vous faut-il pas une commission rogatoire pour cela ? demanda la femme d'une voix douce.

Elle n'avait pas utilisé le mot « mandat » comme le faisaient la plupart des gens, influencés par les séries américaines. Cela signifiait que cette femme était au fait des procédures judiciaires et cela expliquait aussi certainement son calme apparent.

— Un juge d'instruction est en route, répondit Daloz sur le même ton. Il ne devrait plus tarder.

— Alors je vous propose de venir prendre une tasse de thé en attendant votre émissaire. J'ai bien peur que la cuisine ne soit pas assez grande pour accueillir tous vos hommes, mais qu'ils s'installent dans les jardins. Ils pourront profiter d'un magnifique coucher de soleil.

Benoit observait l'échange avec beaucoup d'intérêt. Il revoyait le capitaine, quelques minutes plus tôt, mâchoires serrées, tambourinant le tableau de bord et enfonçant du pied une pédale d'accélérateur qui n'existait pas. L'homme qu'il écoutait parler à présent avait réussi à masquer tout signe extérieur de nervosité. Daloz venait d'entamer une partie d'échecs et son premier coup consistait à calquer le comportement de son adversaire.

Seuls les Experts et Benoit furent invités à pénétrer dans le bâtiment principal. Daloz demanda au capitaine Marchal de placer ses hommes autour du terrain. Si les ravisseuses de Léa se trouvaient ici, il était hors de question qu'elles puissent leur échapper.

La responsable de l'association, qui finit par décliner son identité, se présenta sous le nom de Joséphine Ballard. Elle servit une tasse de thé à ses invités tout en répondant aux premières questions qui ne lui avaient pas encore été posées :

— Cette association a pour but d'aider les femmes en difficulté. Et quand je parle de difficulté, je ne fais pas de distinction. Cela peut aller d'un mari violent qu'elles tentent de fuir au long chemin de réinsertion après une peine de prison. Le prieuré leur offre en quelque sorte une retraite spirituelle. J'essaie d'aider ces femmes à se réconcilier avec la vie avant de leur donner les armes pour y arriver.

— Les armes ?

— Je suis sûre que vous avez compris ce que je voulais dire, capitaine, dit-elle d'un sourire tout en soutenant le regard de Daloz. J'essaie de leur trouver un emploi, un appartement. Je les aide dans leurs démarches administratives. C'est ce genre d'armes dont je parle.

Le capitaine, sans quitter des yeux son hôte, tendit la main vers Gardel. Benoit comprit qu'il assistait à une mise en scène bien rodée quand la lieutenante lui présenta une tablette, sans demander plus d'explications.

Daloz sélectionna une première photo, celle qui justifiait leur intrusion en ces lieux. Il posa l'appareil devant Joséphine Ballard sans dire un mot. La sexagénaire enfila les lunettes qui pendaient à son cou et examina la conductrice de l'ambulance quelques instants avant de se prononcer d'une voix grave :

— Il s'agit de Violette. Violette Vallet.

— On nous a rapporté qu'elle vivait ici, c'est exact ?

— Elle y vivait, en effet, mais ce n'est plus le cas depuis un mois.

— Et savez-vous où nous pouvons la trouver ?

— Désolée, je n'en ai aucune idée.

— Que pouvez-vous nous dire à son sujet ?

— Je n'aime pas parler de mes pensionnaires, capitaine, donc à moins que vous ne décidiez de m'auditionner officiellement, je préférerais passer à la question suivante.

— Je crois que je n'ai pas été assez clair avec vous, madame Ballard. Nous savons que cette femme, Violette Vallet, a participé à l'enlèvement d'une enfant de huit ans. Une enfant actuellement dans le coma et qui nécessite une surveillance médicale accrue. Alors je vous le redemande gentiment, que pouvez-vous nous dire au sujet de cette femme ?

La tirade cinglante du capitaine n'eut pas l'air d'impressionner celle à qui elle était destinée. Joséphine Ballard souffla sur son thé, en avala une gorgée, avant de répondre d'un ton affable :

— La Violette que je connais ne ferait jamais de mal à un enfant. Ça, je peux vous l'affirmer. Je peux également vous dire que Violette a un doctorat en médecine, même si elle n'a plus le droit d'exercer pour des raisons qui n'ont rien à voir avec ses compétences. Si cette enfant nécessite des soins, comme vous semblez le suggérer, alors cette petite fille est entre de très bonnes mains. Maintenant, si ces réponses ne vous suffisent pas, je suis tout à fait disposée à vous suivre à la gendarmerie pour en discuter. Le temps que votre juge d'instruction établisse les documents nécessaires à mon audition, je pourrai de mon côté contacter un avocat. J'espère d'ailleurs que votre juge ne va pas tarder, sinon vous serez malheureusement venus pour rien.

Quand Benoit s'était fait la réflexion que cette femme était au fait des procédures judiciaires, il était en dessous de la vérité. Elle les maîtrisait parfaitement.

Le capitaine avait d'ailleurs regardé sa montre, affichant son premier signe de faiblesse. Vingt heures et quarante-trois minutes. S'il ne présentait pas de commission rogatoire dans le prochain quart d'heure, la perquisition serait effectivement reportée au lendemain.

13

La juge d'instruction s'était présentée devant les portes du prieuré à vingt et une heures quinze. Confuse, elle avait expliqué avoir été retardée par les barrages routiers mis en place aux alentours de Valence. Le sous-lieutenant Benoit avait vu les veines du cou de Daloz gonfler dangereusement jusqu'à ce qu'il expire très lentement.

Il avait été décidé que des hommes du capitaine Marchal resteraient en planque toute la nuit devant les portes du prieuré, mais également sur le terrain qui jouxtait la propriété, en attendant que la cavalerie ne revienne à six heures du matin comme la loi les y autorisait.

Benoit n'avait pu s'empêcher d'observer longuement la juge d'instruction. Le procureur avait omis de préciser que ce serait une femme qui viendrait à eux, et qu'elle serait jeune, et qu'elle serait belle. Le lieutenant Vernet avait dû lui donner un coup de coude dans les côtes pour qu'il dévie son regard.

Pendant le dernier quart d'heure que leur avait accordé Joséphine Ballard, le capitaine Daloz avait tenté d'obtenir un peu plus d'informations sur Violette Vallet, la conductrice de l'ambulance. Il lui avait été accusé une fin de non-recevoir. Il lui avait ensuite présenté les portraits des deux infirmières : celle qui s'était enfuie avec Violette Vallet, et celle qui s'était fait exploser. La sexagénaire les avait identifiées sans hésiter. La première se nommait Clara Massini tandis que la kamikaze était Corinne Pingeot. Joséphine Ballard avait admis que ces deux femmes étaient passées par son foyer mais que, de la même manière, elles en étaient parties le mois dernier. Lorsque le capitaine avait affiché la photo de Léa, les yeux de Joséphine Ballard s'étaient adoucis. Elle avait posé délicatement ses doigts sur la tablette, souri tristement, pour finalement assurer qu'elle n'avait jamais vu cette enfant. Son geste, elle l'avait justifié par un trop-plein d'empathie. Daloz avait bien été obligé de s'en contenter. Il passa ensuite à la photo de la conductrice morte dans l'accident de voiture et responsable du coma de Léa, mais Ballard hocha la tête de gauche à droite. Était-ce pour gagner du temps ou pour suivre une intuition, le capitaine finit par lui présenter le portrait de Christophe Huguet. La photo, tirée du dossier de la BNRF, le présentait avec ses deux yeux et le front encore lisse. Benoit avait craint que le chef des Experts ne sorte celles de la morgue pour obtenir une première réaction. Il n'en avait rien fait. Comme pour Léa et l'inconnue de la 205, Joséphine Ballard avait affirmé ne pas connaître ce visage, pourtant le sous-lieutenant était persuadé d'avoir vu passer une ombre dans son regard, ce que le capitaine avait certainement dû remarquer, lui aussi. Ce dernier n'avait cependant fait aucune remarque et avait conclu l'entretien en remerciant la sexagénaire pour son hospitalité.

— Il se fait tard, avait-il dit le plus sérieusement du monde, et nous ne voudrions pas vous déranger plus que nous ne l'avons déjà fait. Nous nous permettrons certainement de revenir demain matin, à l'heure où blanchit la campagne, afin de mettre fin à cette discussion devant une autre tasse de thé.

Joséphine Ballard avait cette fois souri franchement, visiblement amusée par la formulation et par l'esprit beau joueur de son adversaire.

Maintenant qu'ils étaient de retour à la gendarmerie, le sous-lieutenant comprenait que le capitaine avait rongé son frein pour mieux préparer la prochaine bataille.

— Cette femme détient toutes les informations dont nous avons besoin pour traquer les ravisseuses, attaqua Daloz. Demain matin, vous pouvez être sûrs que c'est son avocat qui nous attendra sur le perron. Si elle se braque, nous n'avons plus rien. Vernet, votre sentiment ?

— Je pense qu'on a affaire à une femme très intelligente, dont l'autorité affective lui assure la confiance de celles qu'elle accueille. Je pencherais pour un profil narcissique. Elle aime avoir le rôle de la louve protectrice. Ça lui donne un ascendant matériel et psychologique sur ses pensionnaires, déjà émotionnellement fragilisées. Elle a conscience de l'aura bienveillante qu'elle dégage et dont elle tire avantage. Ses pensionnaires doivent certainement la percevoir comme une sorte de gourou. Si vous l'attaquez de front, elle se laissera emprisonner pour refus d'obtempérer. Pour elle, ce sera un moyen de faire briller un peu plus son auréole. Elle ne se positionnera pas en martyr mais en défenderesse de l'opprimé. S'en prendre aux femmes qu'elle protège serait encore pire. Elle ameuterait la presse pour crier à l'injustice et toutes les caméras seraient aussitôt braquées sur nous. Je pense, en revanche, qu'il faut tout miser sur l'enfant. Son émotion m'a paru sincère. Si nous arrivons à la convaincre qu'elle seule peut sauver Léa, elle pourra peut-être y trouver un intérêt.

Daloz remercia son lieutenant d'un mouvement de tête et se tourna vers Gardel. Tandis que Vernet dressait le portrait de Joséphine Ballard, la lieutenante avait passé son temps à pianoter sur un ordinateur. C'était maintenant à elle de faire son rapport.

— Crier à l'injustice est apparemment une spécialité de Joséphine Ballard, mon capitaine. Elle est l'auteure d'une thèse sur les femmes victimes d'erreurs judiciaires dont le sujet principal est l'affaire Marie Besnard, alias « la bonne dame de Loudun », alias « l'empoisonneuse de Loudun », et j'en passe.

— Marie Besnard ! l'interrompit Vernet. Nous avons étudié son cas en cours. Certains la considèrent comme la première tueuse en série. D'autres, au contraire, estiment que Marie Besnard a été victime d'une terrible erreur judiciaire.

— Vous avez bien retenu vos leçons, confirma Gardel en lui adressant un clin d'œil. Après avoir été accusée de douze meurtres par empoisonnement, dont celui de son mari, puis menacée de la peine capitale, Marie Besnard a finalement été acquittée après cinq ans d'emprisonnement.

— Vous dites que ses victimes ont été empoisonnées ? reprit Daloz.

— L'accusation n'a jamais pu le prouver avec certitude, précisa Gardel. L'énigme reste entière à ce jour. Suite à de nombreuses morts dans l'entourage de Marie Besnard, une enquête a été ouverte autorisant l'exhumation des corps. Tous contenaient un taux mortel d'arsenic. Au cours du procès, un expert en toxicologie a démontré que le sol dans lequel les corps avaient été enterrés contenait lui-même un taux anormalement élevé d'arsenic. Résultat : une longue bataille de savants qui n'ont eu cesse de se contredire. Après trois ans d'appels, Marie Besnard a fini par être acquittée.

Daloz ferma les yeux comme pour mieux s'imprégner de la masse d'informations qu'il venait de recevoir de la part de ses deux lieutenants.

— Ce n'est pas tout, mon capitaine, reprit Gardel. Je me suis également renseignée sur le nom de Marie Fortunée.

— Vous voulez dire sur l'association ?

— Non, là-dessus, rien de spécial. L'association a une excellente réputation et semble respecter toutes les règles à la lettre. Je parle du nom que Joséphine Ballard a choisi de déposer : les petites sœurs de Marie Fortunée.

— Eh bien ?

— Je n'ai pas trouvé beaucoup de Marie Fortunée, mais il y en a une qui a retenu mon attention : Marie-Fortunée Capelle-Lafarge.

Vernet surprit tout le monde en frappant la table du plat de la main.

— Mais bien sûr, dit-il pour expliquer son geste, je savais bien que ça me disait quelque chose ! Marie

Fortunée Capelle, mariée à Charles Lafarge. Accusée d'avoir empoisonné son mari. Là encore, une histoire qui divise.

— Tout juste ! confirma Gardel. Marie Lafarge a été condamnée aux travaux forcés à perpétuité mais son état de santé a fait qu'on l'a vite transférée. Elle a fini par être graciée douze ans après sa condamnation et elle est morte quelques mois seulement après avoir été libérée. Les experts n'ont jamais réussi à se mettre d'accord sur la responsabilité de Marie Lafarge dans la mort de son mari. Ses descendants ont d'ailleurs déposé une demande de révision du procès il y a cinq ans de ça.

— Elle est morte en quelle année ? voulut savoir Daloz.

— En 1852, mon capitaine. Autant vous dire que ça ne date pas d'hier mais l'affaire continue de faire débat. Ce serait, selon certains, la première femme victime d'une erreur judiciaire.

— Donc, si je comprends bien, résuma le capitaine, demain nous allons chercher à faire plier une femme autoritaire et narcissique, qui connaît parfaitement ses droits, qui a décidé d'endosser le rôle de la protectrice de ses consœurs opprimées et qui est obsédée par les erreurs judiciaires, c'est bien ça ?

Les deux lieutenants haussèrent les épaules et le sous-lieutenant Benoit ne put se retenir de les imiter.

14

Dimanche 4 mai

À neuf heures du matin, les gendarmes avaient quitté les lieux du prieuré sans avoir trouvé le moindre indice qui aurait pu les mener à Léa. L'avocate de Joséphine Ballard était présente, comme Daloz l'avait pressenti, et personne ne fut étonné que la maîtresse des lieux ait choisi une femme pour la représenter. Pour la première fois de sa vie, le sous-lieutenant Benoit se sentait en totale minorité. La sororité n'était pour lui, jusqu'ici, qu'un mot, un concept tout au plus. Voir toutes ces femmes solidaires, excluant le sexe opposé de leur système de fonctionnement, le mettait particulièrement mal à l'aise. Il avait cherché du regard un jardinier, ou encore un homme à tout faire qui lui aurait prouvé qu'il était difficile de se passer d'un homme, mais même les tâches les plus lourdes étaient réalisées par les membres de l'association.

Joséphine Ballard et son avocate avaient été installées dans la salle d'interrogatoire et attendaient depuis vingt minutes que l'audition commence. Le capitaine Daloz aurait bien évidemment pu écourter ce laps de temps mais c'est de cette façon qu'il avait décidé de commencer la partie sur les conseils du lieutenant Vernet. « Ne lui laissez pas les rênes, avait-il dit à son supérieur. Trop de respect de votre part et elle prendra l'ascendant sans que vous ne vous en rendiez compte. Mais ne la braquez pas non plus, sinon vous ne pourrez plus rien tirer d'elle. »

Le sous-lieutenant Benoit était impressionné par le fonctionnement des Experts. Même s'il ne faisait aucun doute que la hiérarchie était respectée, le capitaine n'hésitait pas à prendre conseil auprès de ses lieutenants. Il les écoutait avec intérêt, profitant de ce que chacun pouvait lui apporter en fonction de sa spécialité. Benoit n'avait connu jusqu'à aujourd'hui que le commandement du capitaine Marchal et, même s'il le considérait comme un chef compétent et juste envers ses hommes, il ne l'avait jamais vu se référer à quelqu'un d'autre que lui-même.

Le capitaine Daloz entra dans la salle d'interrogatoire sans même poser un regard sur les deux femmes qui lui faisaient face. Il avait le nez plongé dans un dossier qu'il devait manifestement faire semblant de lire car tous savaient, à la gendarmerie, à quel point il le connaissait par cœur.

L'avocate se racla la gorge, signe qu'elle était la plus impatiente de sortir. Daloz la toisa avant de s'adresser à Joséphine Ballard :

— Comme votre avocate a dû vous l'expliquer, vous avez répondu à une convocation pour audition libre, ce qui signifie que vous pouvez partir d'ici quand vous le souhaitez. Néanmoins, vous savez que notre but est de retrouver Léa le plus tôt possible afin de lui fournir les soins dont elle a besoin.

— Et je vous ai dit que je ne pouvais pas vous aider.

— Laissez-moi finir, s'il vous plaît.

Le ton n'était pas agressif mais assez froid pour que Ballard attende la suite sans ciller.

— Nous savons que les trois femmes responsables de son enlèvement ont fait un séjour plus ou moins long dans votre établissement.

— Je ne tiens pas une auberge, capitaine, le coupa Ballard un sourire en coin. Ces femmes ont été recueillies par l'association.

Daloz serra les mâchoires et reprit calmement :

— Sans trahir la raison de leur venue, que nous trouverons par nous-mêmes de toute façon, pouvez-vous nous dire pourquoi elles ont décidé de partir, plus ou moins à la même date si je me réfère à vos propos ?

— Je vous l'ai dit, capitaine, ces femmes viennent me voir pour se reconstruire, que ce soit psychologiquement ou financièrement. Quand le but est atteint, elles n'ont plus aucune raison de rester et je les encourage même à partir. L'association est là pour leur donner une seconde chance. Pas pour les faire vivre comme des recluses.

— Et vous pensiez vraiment que ces trois femmes étaient prêtes ?

— Je le pense, oui.

— Donc, le fait que l'une d'elles se soit fait exploser ne vous fait pas remettre votre jugement en question ? Même pas un tant soit peu ?

Daloz avait fait mouche. La sexagénaire avait pincé les lèvres, pour la première fois, et son regard s'était durci jusqu'à ce que l'avocate pose délicatement une main sur son avant-bras. Joséphine Ballard prit une grande inspiration et son visage reprit l'air charitable qu'elle aimait afficher.

— Quand Violette Vallet m'a exprimé son souhait de partir, cela m'a fait plaisir pour elle. Elle était notre plus vieille pensionnaire, j'entends par là qu'elle faisait partie des premières arrivantes, et savoir qu'elle était prête à reprendre sa vie en main était la meilleure chose qui pouvait lui arriver. Je crois que c'est elle qui a motivé Clara et Corinne à la suivre. Peut-être que, dans la précipitation, j'ai moins bien évalué leur dossier.

— La précipitation ?

— Violette m'a parlé d'une opportunité de travail. Un projet ambitieux qui nécessitait un engagement total de sa part mais dont elle ne préférait pas parler pour l'instant car c'était trop prématuré.

— Et vous n'avez pas cherché à en savoir plus ?

— Une fois de plus, capitaine, Les petites sœurs de Marie Fortunée offre un refuge temporaire. Ce n'est pas une prison et je ne suis pas un agent de probation ! Je n'ai pas à mener des interrogatoires comme vous le faites en ce moment même ! Je pensais que Violette m'en parlerait en temps voulu.

Le sourire de Joséphine Ballard ne signifiait qu'une chose. Elle reprenait le contrôle de la situation.

Benoit observait l'échange sur les moniteurs dans une salle adjacente. À côté de lui se trouvaient la juge d'instruction ainsi que Vernet et Gardel. Tous retenaient leur souffle, attendant une information, un début de piste sur lequel se ruer, mais Joséphine Ballard ne semblait pas vouloir leur offrir cette opportunité.

— Tu crois qu'elle ment ? demanda Gardel à son coéquipier.

— Difficile à dire ! Je ne l'imagine pas laisser partir ses pensionnaires dans la nature aussi facilement, sans garder ne serait-ce qu'un lien avec elles. Un petit fil à la patte, si tu vois ce que je veux dire. Mais j'avoue qu'elle est forte. Elle ne laisse rien paraître. Le capitaine va être obligé de la laisser repartir s'il ne veut pas que son avocate intervienne.

— Je vous le confirme, lieutenant !

C'était la juge d'instruction qui s'était exprimée d'un ton péremptoire, surprenant l'assistance.

— Je vous ai laissé me convaincre de faire venir Mme Ballard dans ces locaux mais il s'avère que c'était une perte de temps ! Vous pensez qu'elle ne nous dit pas toute la vérité, je pense personnellement que nous sommes en train de harceler une femme remarquable et je ne suis pas franchement à l'aise avec ça ! J'ai pu voir le travail qu'accomplit l'association et je peux vous assurer que j'aurais préféré ne pas avoir à délivrer cette convocation.

— Vous oubliez Léa et les trois femmes qui l'ont enlevée ?

Benoit s'étonnait lui-même d'avoir osé prononcer ces mots.

— Je n'oublie rien, lieutenant, bien au contraire. Je pense juste que nous nous acharnons sur la mauvaise personne !

Le capitaine Daloz était de toute façon dans une impasse. Joséphine Ballard n'avait rien voulu dire sur les trois femmes qui avaient rejoint son association, prétextant que les gendarmes trouveraient facilement leurs antécédents et que ce qui s'était passé par la suite, dans l'enceinte du prieuré, ne pourrait en rien les aider. Daloz avait perdu cette manche. Il s'apprêtait à signifier la fin de l'audition quand la responsable de l'association le surprit avec une question :

— Pourriez-vous me montrer à nouveau la photo de cette pauvre femme morte dans l'accident de voiture ?

Daloz s'exécuta, se retenant bien de dire que les termes de « pauvre femme » n'étaient pas forcément ceux qui lui venaient à l'esprit en pensant à cette conductrice qui s'était enfuie avec une enfant à bord de son véhicule.

Joséphine Ballard scruta attentivement le cliché de la morgue avant de le reposer sur la table.

— Désolée, la ressemblance est frappante mais je dois forcément me tromper !

Le capitaine la regarda sans rien dire, attendant un développement qui ne pouvait que venir. La sexagénaire prit tout de même son temps avant de clarifier sa pensée.

— Cette femme ressemble à s'y méprendre à une de mes anciennes pensionnaires, Bettina Faulx. Mais une fois de plus, ce ne peut pas être elle.

— Et pourquoi ça ?

— Bettina a rechuté dans la drogue, quelque temps après nous avoir quittées. J'ai appris qu'elle était morte d'une overdose l'hiver dernier.

— Vous avez vu le corps ou assisté à son enterrement ?

— Non, j'avoue que non, mais c'est sa fille qui m'a appelée pour me l'annoncer. Je ne vois pas pourquoi elle m'aurait menti.

— Vous avez son nom ?

— Non, désolée. Je n'ai pas pensé à lui demander. Elle a forcément un autre nom de famille. Faulx était le nom du mari de Bettina mais je sais qu'ils n'ont pas eu d'enfant ensemble. Et ne comptez d'ailleurs pas sur lui pour vous aider. Bettina l'a tué, il y a une quinzaine d'années ! Le côté positif, c'est qu'elle avait réussi à résoudre son problème de drogue pendant qu'elle purgeait sa peine de prison. J'imagine qu'en sortant, le trop-plein de liberté a dû la ramener vers ses anciens démons. Quoi qu'il en soit, une fois encore, je dois me tromper.

À défaut d'obtenir des informations qui lui permettraient de localiser Léa, le capitaine nota ces noms dans le dossier, épaississant un peu plus le mystère qui planait déjà autour de cette affaire.

Une fois Ballard et les deux juristes parties, le capitaine donna ses instructions pour les heures à venir. Savoir si Bettina Faulx était le cadavre qui se trouvait à la morgue ne leur prendrait pas beaucoup de temps. Si cette femme avait fait de la prison, ses empreintes correspondraient aux jeux qu'ils avaient envoyés à Pontoise et dont les résultats devaient tomber le lendemain matin. Les membres du PJGN pouvaient se concentrer sur les ravisseuses. Ils avaient leurs noms, ce qui leur donnait déjà assez de matière pour s'occuper. S'ils ne pouvaient pas localiser ces femmes pour l'instant, connaître leur passé permettrait sûrement de comprendre leurs agissements et d'anticiper leur prochain mouvement.

Le bruit significatif d'un message entrant sur le téléphone de Gardel interrompit Daloz. La lieutenante s'excusa avant de consulter ses mails.

— Le message vient de Pontoise, mon capitaine. Ils viennent de nous faire parvenir la transcription des caméras. Ils ont pu déchiffrer en partie les propos de notre kamikaze.

15

Le texte envoyé par les Experts de Pontoise faisait à peine une demi-page. À première vue, il ressemblait plus à un message codé qu'à la transcription d'un monologue. L'infirmière qui s'était enfermée dans l'aile désaffectée de l'hôpital n'était pas restée constamment face à la caméra et, en toute logique, les spécialistes en lecture labiale n'avaient pu traduire que ce qu'elle avait bien voulu leur montrer. Leur rôle n'était pas d'interpréter ses propos en comblant les vides. Ce travail revenait aux équipes du capitaine Daloz.

Gardel avait fait un agrandissement de la transcription puis l'avait punaisé au mur de la salle de réunion. Elle avait également fait des photocopies pour les membres de l'équipe. Benoit avait ressenti une certaine fierté lorsqu'il avait reçu la sienne. Les Experts le traitaient-ils comme un des leurs ?

Les premières paroles de l'infirmière avaient pu être retranscrites dans leur quasi-totalité :

« VOUS NE COMPRENEZ RIEN. LÉA N'EST PAS UNE PETITE FILLE COMME LES AUTRES. ELLE LE SAVAIT. ELLE NOUS A TRAHI·E·S. »

Les techniciens, ne sachant pas à qui se référait ce « NOUS », s'étaient permis une écriture inclusive afin de laisser la possibilité au capitaine et ses hommes de trancher.

La suite du message était déjà moins claire :

« ELLE NE NOUS A PAS _ LE CHOIX. TOUT ÇA À _ DE LUI. ELLE SAVAIT POURTANT QUE _ SI_B N'EXISTE _. LE _ 6B EST UN MYTHE POUR NOUS_. IL _ SE MÉFIER DU SI_ _. SEULE UNE _ POURRA NOUS SAUVER. »

Les spécialistes avaient ensuite indiqué que les lèvres de l'infirmière n'étaient plus visibles durant une bonne minute. Benoit se souvenait qu'à cet instant la femme tournait sur elle-même, comme un lion en cage, agitant la tête dans tous les sens. C'était peu de temps avant qu'elle ne tende son bras vers la caméra et que ceux qui l'observaient ne comprennent ce qui allait se passer.

Les derniers mots de la kamikaze ressemblaient à une litanie, un mantra qu'elle aurait répété en boucle jusqu'à ce qu'elle trouve le courage d'appuyer sur le détonateur.

« IL FAUT SE _ DU _ 6_. _ UNE SŒUR _NOUS _. _ _ SE MÉFIER DU _ _ _. SEULE UNE SŒUR POURRA _ _. »

La phrase se répétait sur une dizaine de lignes. Jamais les techniciens n'avaient pu la traduire d'un seul tenant mais, mis bout à bout, on pouvait facilement recomposer les derniers mots que l'infirmière avait prononcés avant de se faire exploser.

« Il faut se méfier du 6-6-B. Seule une sœur pourra nous sauver. »

Le capitaine Daloz avait laissé le temps à chacun de déchiffrer sa copie avant d'inscrire cette dernière phrase sur un paperboard. L'idée était que chacun dans cette pièce s'en imprègne. Que cette formule soit mise à la disposition de tous et en tout instant. La première conclusion qu'ils pouvaient en déduire était que la ravisseuse n'avait aucune revendication et que son geste était bel et bien prémédité. Même s'il allait falloir analyser ce message et comprendre son sens caché, il était clair que l'infirmière ne cherchait pas à négocier sa situation. Son mantra faisait office de testament.

Le capitaine Daloz s'attaqua ensuite aux premières phrases. Elles comportaient deux inconnues : qui était « ELLE » et qui représentait le « NOUS » ?

Vernet fut le premier à se lancer. Le « ELLE » pouvait bien évidemment être « LÉA » mais il avait en tête une autre théorie.

— Je pense qu'elle parle de la mère de Léa. Selon la petite, sa mère avait trouvé le 6-6-B. C'est bien ce qu'elle vous a dit, lieutenant ?

— Absolument, répondit Benoit avec assurance. À deux reprises.

— Donc ça colle ! La mère de Léa a trahi je ne sais qui en trouvant ce 6-6-B et ne leur a donc pas « LAISSÉ » le choix.

Le lieutenant se déplaça jusqu'à l'agrandissement punaisé et écrivit au marqueur rouge le mot « LAISSÉ » à la place du tiret. Continuant sa démonstration, il inscrivit les mots manquants dans la séquence suivante tout en déclamant les deux phrases :

— « Tout ça à "CAUSE" de lui. Elle savait pourtant que "LE 6-6-B" n'existe pas. »

Le capitaine Daloz opina du chef, signifiant que cette proposition lui convenait parfaitement.

Restait encore à s'interroger sur le « NOUS ». Benoit leva discrètement une main et Daloz lui donna la parole.

— Depuis deux jours, nous n'avons affaire qu'à des femmes. Que ce soit au prieuré ou à l'hôpital, jamais nous n'avons vu le visage d'un homme.

— Vous oubliez celui que vous avez repêché dans la Drôme !

Le sous-lieutenant fut parcouru d'un frisson en se remémorant les orbites évidées de Christophe Huguet.

— Vous avez raison, mon capitaine, mais sans vouloir vous manquer de respect, rien ne nous permet pour l'instant de lier les deux affaires.

— Vous marquez un point, lieutenant, même si je reste persuadé que tout est connecté d'une façon ou d'une autre. Je ne peux rien prouver pour l'instant, mais je ne serais pas étonné que le « LUI » dont il est question dans ce message se réfère à notre homme. Nous ne l'inscrirons pas au dossier pour le moment, mais gardons ça en tête. Ce que vous voulez nous dire, c'est que le « NOUS » est un nous à entendre au féminin, c'est bien ça ?

— C'est ça !

— Je partage votre avis. Et si je fais une synthèse de ce que nous venons de nous dire, cela signifie que la mère de Léa a trahi ses « sœurs ».

Le capitaine avait indiqué des guillemets avec ses doigts, signifiant ainsi qu'il ne faisait que reprendre le terme utilisé dans la suite du message.

Restait une inconnue que personne n'osa identifier avec certitude. « LE _ 6B EST UN MYTHE POUR NOUS _».

— Un mythe pour nous quoi ? Nous tromper ? Nous tuer ? Pour nous toutes ?

Le capitaine espérait que ses lieutenants émettent d'autres propositions. Après quelques minutes, il fut décidé de laisser cette séquence de côté. Le temps pressait et ils ne pouvaient pas rester bloqués plus longtemps sur cette énigme.

Daloz signifia la fin de la réunion, mais la lieutenante ne semblait pas vouloir bouger. Elle regardait avec attention le message retranscrit ainsi que la phrase écrite en gros sur le paperboard. Sourcils froncés, elle passait de l'un à l'autre comme s'il fallait choisir l'un des deux pour avoir la bonne réponse.

— Quelque chose vous chiffonne, lieutenant ?

Gardel ne répondit pas directement au capitaine et s'adressa à la place à Benoit :

— Est-ce que la conductrice a aussi parlé du 6-6-B ?

— Non, seulement Léa.

— Vous en êtes sûr ? C'est important !

Le sous-lieutenant ferma les yeux pour se remémorer la scène et confirma ce qu'il venait de dire.

— Donc Léa a été la première. Par la suite, qui d'autre nous a parlé du 6-6-B ?

Cette fois, la lieutenante avait regardé un à un les hommes qui se trouvaient dans la pièce. Vernet fut le premier à répondre :

— L'interne de l'hôpital. Celui qui s'est fait bousculer par notre kamikaze.

— Exact ! continua Gardel. Sauf qu'il nous a dit avoir entendu au départ le mot « 6B ». Quand nous lui avons suggéré « 6-6-B », il est allé dans notre sens. Il pensait au départ que l'infirmière bégayait, vous vous souvenez ?

— Où voulez-vous en venir, lieutenant ?

Le capitaine devinait que Gardel avait une idée en tête mais qu'elle n'osait pas l'exposer sans avoir au préalable posé les bases de son raisonnement.

— Je crois, capitaine, que nous faisons fausse route depuis le début. Je pense que la petite Léa nous a induits en erreur, sans le vouloir, et que, depuis, nous interprétons les informations qu'on nous livre pour leur donner le sens que nous souhaitons.

— Soyez plus claire, lieutenant !

— Si on se fie à la retranscription, à aucun moment « 6-6-B » n'est prononcé dans son intégralité. Regardez bien ! On ne voit jamais deux 6 consécutifs dans la note des techniciens. Je pense que Léa ne voulait pas intégrer un code alphanumérique dans sa phrase. Je pense qu'elle utilisait un mot qu'elle ne connaissait pas et qu'elle avait du mal à prononcer.

16

Léa n'était pas la seule à ignorer le mot qu'elle avait utilisé. La lieutenante s'en rendit compte en voyant les visages perplexes de ses coéquipiers. Par délicatesse, Gardel poursuivit sa démonstration comme si les hommes qui l'entouraient savaient de quoi elle parlait.

— Léa voulait dire le cicisbée !

Vernet jeta un coup d'œil rapide vers son supérieur avant de se tourner vers Gardel pour poser la question que tout le monde avait en tête.

— Et qu'est-ce qu'un « cicisbée » ?

— Cicisbée est une variante du mot « sigisbée ». On l'utilise nettement plus rarement dans cette version, plus proche du mot originel « *cicisbeo* ».

— Parce qu'en revanche on utilise fréquemment le mot sigisbée ?

Le ton léger de Vernet réussit à faire sourire l'assistance, la lieutenante en premier. Elle s'éclaircit la voix avant de partager son savoir.

— Désolée, j'oublie parfois que tout le monde n'a pas été élevé par mes parents ! Le sigisbée était le nom donné aux cavaliers des dames du XVIIIe siècle. Il pourrait être comparé au chevalier servant. Il accompagnait les femmes mariées en public, les écoutait ou leur faisait la conversation si c'était ce qu'elles souhaitaient. Il était l'ami commode, celui avec lequel on ne couchait pas mais dont on avait toutes les attentions.

— L'équivalent du meilleur ami homosexuel !

— Sauf qu'homosexuel, il ne l'était pas ! avait répondu la lieutenante très sérieusement. Il s'agissait d'une relation platonique, rien de plus. Certains disaient qu'il pouvait agir à la solde d'un mari jaloux pour espionner l'épouse en toute tranquillité, mais pour la gent féminine, le sigisbée était l'amant de cœur. L'homme parfait, si je devais extrapoler, en toute objectivité bien sûr…

— Parce qu'un homme parfait est un homme qui ne couche pas ? s'était étranglé Vernet, provoquant des ricanements gênés parmi ses collègues.

— J'ai dit que j'extrapolais ! s'amusa Gardel. L'homme parfait est celui qui répondra aux attentes de la femme, quelles qu'elles soient. La femme mariée était souvent délaissée et rarement écoutée. Le sigisbée assurait ce rôle avec charme et courtoisie.

Gardel comprenait que son point de vue n'était pas encore totalement adopté par ses coéquipiers. Sans se démonter, elle se dirigea vers l'agrandissement de la retranscription et se mit à lire à voix haute :

— « Elle ne nous a pas laissé le choix. Tout ça à cause de lui. Elle savait pourtant que le sigisbée n'existe pas. Le sigisbée est un mythe pour nous… », là je sèche, peut-être « pour nous amadouer », je ne sais pas. « Il faut se méfier du sigisbée. Seule une sœur pourra nous sauver. » Voilà, je ne sais pas vous, mais pour moi ce message a déjà nettement plus de sens !

Benoit n'arrivait pas à quitter la lieutenante des yeux. Si on lui avait demandé, à cet instant précis, ce qui l'avait le plus impressionné dans cette démonstration, il n'aurait pas eu assez de vocabulaire pour le formuler. On lui avait présenté la lieutenante Gardel comme une spécialiste des nouvelles technologies et cette femme venait de les moucher dans un tout autre domaine. Devant son air ahuri, la lieutenante afficha un sourire malicieux avant de s'expliquer :

— Mes parents sont agrégés de lettres ! Mon père est enseignant à la Sorbonne et prépare ses étudiants à l'agrégation. Inutile de vous expliquer que pour eux ma voie était toute tracée. J'ai eu le droit à une formation continue dès l'âge de six ans. *Fantômette* et *Le Club des cinq* n'avaient pas vraiment leur place dans ma bibliothèque.

— Et vous avez choisi l'armée ! dit Benoit les yeux ronds.

— À chacun sa rébellion ! répondit Gardel en haussant les épaules. Cela dit, je ne pensais pas que cela pourrait me servir un jour !

La lieutenante avait réussi à convaincre Daloz du bien-fondé de sa théorie. La sororité planait sur l'ensemble de cette affaire, et que le chevalier servant soit considéré comme un mythe pour ces femmes paraissait tout à fait cohérent.

Le capitaine du PJGN se projeta avec cette nouvelle donnée :

— Reprenons les propos de Léa : selon elle, sa mère avait trouvé son « cicisbée ». Donc on a une femme qui pense avoir trouvé son chevalier servant et ce serait pour cette raison qu'elle décide de partir avec sa fille. Certainement pour retrouver cet homme et s'installer avec lui. Si maintenant on se réfère au discours de la kamikaze, en annonçant cela, la mère de Léa a trahi ses sœurs et s'est mise en danger. Qu'ont-elles fait de la mère de Léa, est-elle morte ou retenue quelque part ? Il est trop tôt pour le dire. On sait, en revanche, que ces femmes ont décidé de garder son enfant ! Savoir où se trouvait Léa depuis la disparition de sa mère serait une avancée majeure. À moins que les ravisseuses ne disposent de plusieurs lieux où se cacher, il est fort possible qu'elles soient retournées au même endroit. Reste à savoir également pourquoi ces femmes considèrent que « Léa n'est pas une petite fille comme les autres ». Espérons que cela joue en sa faveur.

— On peut décemment penser que l'homme qui accompagnait la mère de Léa à la pharmacie est le fameux sigisbée, ajouta Vernet converti à son tour. Si on arrive à mettre la main dessus, on pourra comprendre ce qui s'est passé.

— On en est où avec le portrait-robot ? demanda Daloz.

— La jeune fille de la pharmacie est en ce moment même dans les locaux. On devrait avoir quelque chose d'ici la fin de matinée. Cela dit, elle est la seule à s'être souvenue de cet homme. Et quand je dis « souvenue », le mot est fort. En arrivant ici, elle paraissait déjà nettement moins sûre d'elle.

— Oui, mais elle a dit l'avoir vu plusieurs fois en ville, intervint Benoit. Si l'homme est de la région, même avec des traits approximatifs, on a une chance de tomber sur quelqu'un qui le connaisse.

— Je suis d'accord avec le lieutenant Benoit, conclut Daloz. De toute façon, nous devons essayer de faire avec ce qu'on a.

Benoit avait inconsciemment redressé les épaules en entendant le capitaine appuyer son propos.

Malgré un manque évident d'indices concrets, les hommes du PJGN affichaient pour la première fois un air satisfait. Avec ce nouvel éclairage apporté par la lieutenante Gardel, un schéma commençait à se dessiner. Loin d'être abouti, il permettait néanmoins aux enquêteurs d'émerger de la nébuleuse dans laquelle ils naviguaient depuis quarante-huit heures.

Quand, une heure plus tard, un sous-officier vint leur annoncer que l'ambulance qui avait servi au kidnapping venait d'être retrouvée, un vent d'optimisme souffla sur la gendarmerie.

17

Un périmètre de sécurité d'un rayon de trente mètres avait été installé autour de l'ambulance. Laissé à l'abandon sur un sentier à l'orée de la forêt de Saoû, à quelques kilomètres de Crest, le véhicule était vide de tout occupant, ce qui n'empêchait pas les techniciens de la gendarmerie de s'activer tout autour. Les ravisseuses avaient certainement dû laisser des traces de leur passage. Plus que de l'ADN ou des empreintes digitales, qui demanderaient du temps pour être analysés, le capitaine Daloz espérait trouver un indice concret sur leur itinéraire. Une adresse entrée dans le GPS ou un ticket de station-service. N'importe quoi qui les orienterait vers une nouvelle direction.

D'autres pneus que ceux de l'ambulance avaient creusé de profonds sillons dans la terre meuble. Il se pouvait parfaitement que ces traces aient été faites auparavant par une voiture lambda, la veille ou même l'avant-veille, mais Violette Vallet et sa complice avaient forcément eu besoin d'un autre moyen de transport pour quitter cette forêt. Elles n'auraient pas pu porter Léa bien loin avec la perfusion reliée à son bras. Cela pouvait signifier deux choses : soit les ravisseuses avaient laissé une voiture à cet endroit précis, prenant le risque que quelqu'un s'en aperçoive et la déclare abandonnée avant leur retour, soit un ou une complice était venu les récupérer. D'une manière ou d'une autre, cela confirmait une préparation minutieuse de l'enlèvement de Léa.

Depuis vingt-quatre heures, une question tournait en boucle dans la tête du sous-lieutenant Benoit : comment une femme en était arrivée à se faire exploser dans le seul but de détourner l'attention de la sécurité ? « Léa n'est pas une petite fille comme les autres », avait-elle dit avant de mourir, mais que pouvait-elle avoir de si spécial ? Benoit avait beau se remémorer leur échange, tout ce dont il se souvenait c'était une petite fille blonde, aux grands yeux marron, en colère, et qui voulait retrouver sa maman. Elle ne lui avait pas jeté un sort en parlant à l'envers, sa langue ne ressemblait pas à celle d'un lézard et ses yeux ne l'avaient pas foudroyé. En somme, Léa lui avait semblé au contraire être une petite fille de huit ans tout à fait comme les autres. Face à cette ambulance abandonnée en pleine forêt, il se demandait si tout n'aurait pas été plus simple s'il n'avait pas arrêté cette 205, deux jours plus tôt. Sa conductrice n'aurait pas pris la fuite, Léa ne serait pas dans le coma, et le légiste aurait deux femmes de moins à autopsier. Oui, mais personne ne serait aujourd'hui en train de se soucier de cette enfant et de sa mère disparue.

Une blouse blanche avec un badge avait été trouvée dans l'ambulance. Le nom inscrit dessus ne correspondait pas à celui que leur avait donné Joséphine Ballard mais personne n'en était étonné. Il aurait été surprenant que la seconde infirmière affiche délibérément son identité tandis qu'elle poussait le lit de Léa hors de l'hôpital. Violette Vallet, qui s'était installée à la place du conducteur, n'avait laissé pour sa part aucune empreinte sur le volant. Même si les gendarmes avaient pu identifier les deux femmes grâce à la responsable du prieuré, ils auraient préféré pouvoir ajouter au dossier des preuves matérielles. Lancer un avis de recherche sur la base d'un seul témoignage était toujours inconfortable et la juge d'instruction ne manquerait pas de le leur faire remarquer.

Le dernier itinéraire entré dans le GPS indiquait une adresse à Beauvallon, une commune située à une dizaine de kilomètres de Valence et à une vingtaine de l'endroit où ils se trouvaient. Il avait été activé la veille, à huit heures trente du matin, soit plusieurs heures avant les événements. Cette information ne leur était donc d'aucune utilité.

En dehors du matériel médical qu'on trouve habituellement à l'arrière d'une ambulance, les techniciens mirent la main sur un sac à dos contenant des dizaines de boîtes de Risperdal. Quand Daloz interrogea le spécialiste du regard, celui-ci haussa les épaules d'un air las :

— Neuroleptiques ! Ou antipsychotiques, si vous préférez. Et si vous me demandez leur utilité, autant vous dire que vous avez l'embarras du choix : schizophrénie, troubles bipolaires, dépression, anxiété… La liste est longue. Mais ce que je peux vous dire, c'est qu'aucune pharmacie ne délivrerait une telle quantité en une seule fois. Ces médicaments ont dû être volés à l'hôpital.

— On vérifiera avec eux, répondit le capitaine soucieux. Nous sommes d'accord que ces médicaments ne font pas partie du traitement de Léa ?

— Jamais de la vie ! J'ai vu le dossier de la petite. Il n'y a pas grand-chose à faire si ce n'est surveiller ses constantes et faire en sorte qu'elle ne se déshydrate pas. Pour le reste, les chirurgiens ont fait tout ce qu'il y avait à faire. Elle peut très bien se réveiller d'un instant à l'autre. Et c'est seulement à partir de là qu'on pourra estimer les séquelles éventuelles.

— Quelles séquelles ?

— Chez l'enfant, l'espace sous-dural est plus large car le cerveau n'est pas encore totalement développé. Un hématome peut donc plus facilement déchirer les vaisseaux. Mais on n'en est pas là, capitaine. Une fois de plus, j'ai lu le dossier et les médecins semblent confiants.

— Sauf que vous êtes en train de me dire qu'une des ravisseuses souffre peut-être de schizophrénie, de troubles bipolaires ou je ne sais quoi encore.

— Je n'ai rien dit de tel, capitaine. Peut-être que vos kidnappeuses ont volé ces cachets dans le seul but de les revendre au marché noir. Il y en a pour une petite fortune là-dedans !

Daloz afficha une mine sceptique ; de sa poche intérieure il sortit un petit carnet noir que Benoit n'avait encore jamais vu. Il observa le capitaine prendre des notes et se reprocha de ne pas en avoir fait autant depuis le début de l'enquête. S'il voulait devenir un Expert, il devait agir comme tel et être plus minutieux à l'avenir.

Le capitaine héla Vernet au loin et fit signe à Benoit de se rapprocher.

— Je veux que vous retourniez au prieuré et que vous demandiez à Ballard si une de ses pensionnaires était sous traitement médicamenteux.

— Elle ne nous dira jamais rien sans la présence de son avocate, répondit le lieutenant.

— C'est possible, Vernet, mais je veux que vous observiez sa réaction. Je sais que vous êtes constamment en train d'étudier mes moindres battements de cils, et que vous devinez mes pensées avant même que j'aie le temps de les formuler, donc allez plutôt exercer votre talent sur notre chère Ballard ! intima Daloz, un léger sourire en coin.

— Je ne dois pas être si talentueux que ça si vous vous en êtes rendu compte ! répondit le lieutenant d'un air malicieux. J'essaierai d'être plus discret avec elle. Lieutenant Benoit, vous voulez bien me servir de chauffeur pour cette mission ?

Benoit avait déjà sorti ses clés de voiture et jubilait à l'idée de voir Vernet à l'œuvre.

Les deux hommes soulevaient le ruban de sécurité quand ils entendirent le son aigu d'un sifflet. Cela ne pouvait signifier qu'une chose : une découverte majeure venait d'être faite. Tous les gendarmes cessèrent sur-le-champ leurs activités et attendirent que celui qui avait émis l'alerte fasse son rapport. Benoit et Vernet revinrent au pas de course vers Daloz, sachant pertinemment qu'il serait le premier à avoir l'information.

Un gendarme se présenta peu de secondes après, le teint blême.

— Vous devriez venir voir, mon capitaine ! dit-il essoufflé.

— Je vais venir, lieutenant, mais peut-être pouvez-vous nous épargner ce suspense ! Qu'avez-vous trouvé, exactement ?

— Un cadavre, mon capitaine. Et ce n'est pas beau à voir !

18

Le sous-lieutenant Benoit reçut la nouvelle tel un uppercut au niveau du sternum. L'espace d'une fraction de seconde, il imagina le petit corps sans vie de Léa. Sa chevelure blonde mêlée à la terre humide, ses yeux fixant la cime des peupliers à la recherche d'une dernière lumière.

Il dut attendre que le gendarme reprenne son souffle pour que le cauchemar prenne fin. Le cadavre était celui d'un homme.

Les Experts s'étaient rendus à l'extérieur du périmètre de sécurité, là où se trouvait le corps. En chemin, le gendarme cynophile leur avait expliqué s'être laissé guider par son berger allemand, même s'il se méfiait souvent du flair de son compagnon en pleine forêt. Trop de trésors à déterrer pour ce chien d'à peine deux ans, avait-il tenu à préciser.

Quand chacun y alla de sa caresse pour féliciter l'animal, ce dernier s'assit fièrement devant la tombe de fortune, attendant une récompense plus nourricière que son maître finit par lui octroyer.

En dehors des hommes du PJGN et du gendarme cynophile, tous se tenaient à une distance raisonnable, observant de loin le buste fraîchement déterré. Benoit était resté à côté de Vernet et Gardel, affichant ainsi son appartenance au groupe. Il tentait désespérément de ne rien laisser paraître de son malaise. L'odeur de l'humus mélangée à celle de la chair en décomposition lui soulevait le cœur et il se demandait combien d'années il lui faudrait pour être aussi résistant que les deux lieutenants. Le capitaine Daloz, lui, était agenouillé près du corps. Son visage n'était qu'à une trentaine de centimètres de celui du mort. Quand il fit signe à Benoit de le rejoindre, le sous-lieutenant fut partagé entre fierté et anxiété. Malgré la fraîcheur du sous-bois, une perle de sueur s'était formée sur son front. Il n'était pas sûr de pouvoir tenir le coup en s'approchant davantage. Gardel lui tendit alors un minuscule pot et lui mima ce qu'il devait en faire. Benoit appliqua le Baume du tigre sous ses narines et la sensation qu'il en tira le revigora instantanément. Sa nausée se dissipa et son esprit se vivifia. Il se tourna vers la lieutenante pour la remercier mais elle lui fit un clin d'œil avant qu'il n'ait eu le temps de le faire.

Agenouillé à côté du capitaine Daloz, le sous-lieutenant attendait maintenant ses instructions qui tardaient à venir. Benoit se retenait d'une main de peur de basculer sur la dépouille mortelle, et craignait une crampe à garder cette position inconfortable. Au bout d'un temps qui lui parut interminable, Daloz s'adressa enfin à lui :

— Vous étiez présent pour les premières constatations de Christophe Huguet, c'est exact ?

— C'est exact, mon capitaine ! Ainsi que le capitaine Marchal.

— Très bien ! Je veux dans ce cas que vous me donniez vos premières impressions. N'essayez pas de m'épater avec des déductions logiques ou scientifiques, dites-moi tout ce qui vous est passé par la tête depuis que vous observez de près ce cadavre.

Benoit regretta de s'être concentré davantage sur sa position que sur le corps et prit quelques instants pour réfléchir.

— N'ayez pas peur, lieutenant, ceci n'est pas un test ! Faites confiance à votre instinct et dites-moi ce qui vous vient à l'esprit.

Le sous-lieutenant prit une profonde inspiration camphrée et s'exécuta :

— La première différence que je vois avec Christophe Huguet, c'est que cet homme a toujours ses yeux. Même si ses paupières sont fermées, on devine le globe oculaire en dessous.

— Continuez !

— Il doit être mort depuis beaucoup plus longtemps qu'Huguet si on en juge à l'odeur du corps et aux larves qui sortent de ses orifices. Christophe Huguet était resté dans l'eau à peine six heures, ce qui avait passablement dégradé sa peau mais on ne pouvait pas parler de décomposition.

— Que voyez-vous d'autre ?

— Son front. Il est lacéré comme celui d'Huguet ! Sauf qu'il n'y a que deux barres parallèles et non trois.

Daloz hocha la tête lentement.

— Ce qui nous suggère quoi ?

Benoit hésita à exposer sa pensée. Il ne voulait pas se lancer dans une théorie fumeuse, mais il ne pouvait pas non plus se taire alors que le capitaine lui laissait une chance de s'exprimer sur un point aussi important. Il se jeta à l'eau, choisissant chaque mot avec précaution :

— Que cet homme a été tué par la même personne que Christophe Huguet et que le meurtrier a fait ces incisions sur leur front dans un ordre chronologique. Ce qui voudrait dire que l'homme que nous avons sous les yeux pourrait être la deuxième victime d'une série, Huguet la troisième. Cela signifierait également qu'un autre cadavre se trouve quelque part, avec une seule barre sur le front.

Le sous-lieutenant ne s'était permis aucune respiration de peur de perdre de son assurance. Sa démonstration achevée, il tourna la tête vers son supérieur et attendit le verdict.

— C'est aussi ce que je pense, lieutenant ! Je vous félicite, même si j'aurais préféré qu'il n'y ait pas d'autre victime à déplorer. Maintenant, je vais vous demander de vous surpasser. Vous vous êtes concentré sur ce qui agressait vos sens : l'odeur, les stigmates. Votre attention s'est focalisée sur le cadavre. Je voudrais à présent que vous dirigiez votre pensée vers la victime. Sur ce qu'elle a été, ce qu'elle a pu représenter. Observez ses vêtements, son visage, ses mains. Imaginez que cette personne est encore en vie et qu'elle se tient face à vous.

Benoit ne s'attendait pas à un tel exercice. Christophe Huguet était son premier cadavre qui ne soit pas mort dans un accident de la route. Le capitaine Marchal avait certainement fait le travail que venait de lui demander Daloz, mais il ne l'avait partagé avec personne et Benoit n'était pas sûr d'en être capable sans une démonstration au préalable. Il ne voulait pas pour autant abandonner avant d'avoir essayé. Il se redressa pour avoir une vue d'ensemble du corps et commença son inspection.

Les pieds et mollets étaient encore recouverts de terre. Les techniciens attendaient que le légiste arrive et fasse son examen préliminaire avant de déterrer le corps pour prélever méticuleusement d'éventuels indices. Le visage de l'homme était dans un tel état que Benoit préféra commencer par le reste. L'image des larves grouillant autour des incisions ou sortant des oreilles de la victime était encore trop présente pour qu'il veuille s'y attarder.

L'inconnu qui gisait devant lui portait un pantalon beige. Que ce soit à l'entrejambe ou à l'intérieur des cuisses, une teinte plus sombre s'était dessinée. Cette première constatation mit Benoit mal à l'aise. Il imagina l'homme se souiller peu de temps avant de mourir, ce qui signifiait qu'il avait eu le temps de prendre conscience de sa mort imminente. Benoit exprima sa pensée à voix haute et continua machinalement son tour d'horizon.

L'homme était vêtu d'un imperméable, ce qui confirmait qu'il était mort depuis plus de deux semaines, date à laquelle étaient tombées les dernières pluies dans la région. Il portait un pull de mi-saison et une écharpe en coton autour du cou. Benoit s'agenouilla à nouveau pour observer les tissus. Il savait qu'il ne devait toucher à rien, aussi se rapprocha-t-il au maximum. Quelque chose avait attiré son attention. Cette fois, il ne dit rien et posa son regard sur les mains de la victime. Il les étudia attentivement, comme le lui avait demandé le capitaine. Benoit saisit alors ce que cherchait à lui faire voir Daloz. Il se remit debout et ne put s'empêcher d'esquisser un léger sourire. Il avait compris. Bien après le chef des Experts, mais il avait compris.

19

Les prémices d'une complicité naissante entre le capitaine et le sous-lieutenant n'avaient pas échappé aux lieutenants Gardel et Vernet. Aucun des deux ne semblait vouloir les presser, au risque de perturber ce nouvel état des choses, et ils attendirent patiemment les conclusions de l'examen du corps.

Daloz fut le premier à rompre le silence :

— Je vous laisse la main, lieutenant !

Benoit se tourna alors vers ses coéquipiers en tentant de masquer la fierté qu'il ressentait.

— Le capitaine avait vu juste depuis le départ ! Les meurtres de Christophe Huguet et de cet homme sont liés à l'enlèvement de Léa.

Les deux lieutenants hochèrent la tête de concert sans plus de solennité. Le sous-lieutenant comprit qu'à aucun instant ils n'avaient douté du jugement de leur supérieur. Il continua donc son rapport sans se faire prier.

La dépouille qui se trouvait à leurs pieds était vraisemblablement l'homme qu'ils recherchaient depuis vingt-quatre heures. L'amant de la mère de Léa, ou tout du moins celui qui avait été vu en sa compagnie.

Le portrait-robot établi par l'étudiante en pharmacie ne ressemblait en rien au visage qu'ils avaient sous les yeux, étant donné à l'état avancé de décomposition du corps. On pouvait cependant distinguer une multitude d'égratignures sur les mains. Ces marques pouvaient être dues à l'ensevelissement, mais les poils animaux encore présents sur les vêtements ne laissaient pas vraiment de place au doute. « L'homme au chat », comme les lieutenants l'avaient surnommé entre eux, gisait là, à moitié enterré.

Le légiste arriva juste à temps pour entendre ces révélations. Il leur promit de mettre les bouchées doubles. Selon lui, les insectes nécrophages présents dans le corps leur permettraient d'établir la date de la mort à quelques jours près. « Ils ne vous donneront pas pour autant son identité ! » avait-il dit sur le ton de la plaisanterie, rappelant aux membres du PJGN, sans le vouloir, que leur découverte était loin d'être une avancée majeure dans leur enquête. Relier les affaires leur permettrait certainement d'optimiser les ressources de la gendarmerie et de faire des recoupements qu'ils n'auraient pas forcément jugés pertinents jusqu'ici, mais c'était loin d'être suffisant.

Ils avaient maintenant quatre cadavres en lien avec l'enlèvement de Léa, chacun portant sa part de mystère. La conductrice de la 205 ressemblait à une femme a priori morte et enterrée depuis plusieurs mois ; Christophe Huguet avait su passer sous les radars durant dix ans pour finalement réapparaître énucléé et flottant dans la Drôme. Ils avaient espéré comprendre les motivations de la kamikaze, mais ses dernières paroles étaient pour le moins absconses. Enfin, « l'homme au chat », qui avait été vu plusieurs fois en ville par l'étudiante en pharmacie, avait connu le même sort qu'Huguet quelques semaines plus tôt, et pourtant personne n'avait signalé sa disparition. Et puis il y avait ces entailles sur le front des deux hommes. Ce compte implicite des victimes. Si les membres du PJGN ne faisaient pas fausse route, alors un autre corps se trouvait quelque part, ici ou ailleurs. La mère de Léa, dont aucun gendarme n'avait retrouvé la trace jusqu'ici, était peut-être elle aussi dans cette forêt, six pieds sous terre, attendant d'être exhumée.

Le légiste coupa court aux réflexions de chacun en prononçant un « Doux Jésus ! » auquel personne ne s'attendait. Accroupi au-dessus du visage de la victime, le médecin pointait une Maglite dans la bouche qu'il maintenait ouverte de l'autre main. En relevant la tête, Benoit s'aperçut qu'il grimaçait.

— Messieurs, pour la cause du décès, vous serez obligés d'attendre mon autopsie. Je ne vois aucune blessure létale apparente. En revanche, je comprends qu'il se soit fait dessus, ce pauvre homme ! On lui a arraché la langue, et je peux vous dire que celui ou celle qui a fait ça s'y est repris à plusieurs fois. Du travail d'amateur, si vous voulez mon avis. Ah, et au cas où ma phrase n'aurait pas été assez claire, il était encore vivant à ce moment-là !

Le sous-lieutenant déglutit instinctivement et imita le capitaine Daloz en se tournant vers Vernet. Le lieutenant, d'ordinaire prompt à réagir, prit le temps de la réflexion. Le visage fermé et les sourcils froncés, tous devinaient qu'il cherchait une réponse qui puisse s'adapter aussi bien à Huguet qu'à l'homme qu'il venait de déterrer.

— Si on s'en tient au symbolique, commença-t-il, la langue, chez le fœtus, est un organe de succion qu'on associe à l'acceptation. À l'arrivée des premières dents, son placement vers le haut du palais ou, à l'inverse, vers le bas de la bouche, indiquera respectivement la faculté de l'enfant à s'autonomiser ou à rester dans la soumission. En grandissant, que ce soit chez l'adolescent ou l'adulte, et quel que soit le sexe, elle devient une zone érogène, un symbole de sensualité et un outil de séduction. Je pense que c'est ce dernier point sur lequel il faut se focaliser. Si on part du point de vue que les propos de notre kamikaze avaient un sens, et que « l'homme au chat » était le gicisbée de la mère de Léa…

— Sigisbée, rectifia discrètement Gardel.

— Que notre victime était le sigisbée de la mère de Léa, reprit Vernet, alors peut-être que son meurtrier l'a puni par là où il a péché. Gardel, vous disiez que le sigisbée maîtrisait l'art de la conversation et de la flatterie, c'est bien ça ?

— Absolument !

— En d'autres termes, c'était un beau parleur ! Vous me suivez ?

— Parfaitement ! répondit Daloz. Mais dans ce cas, que signifiaient les yeux pour Huguet ?

— C'est là où je pense qu'il faut oublier tout ce que j'ai pu vous dire à ce sujet. Mon sentiment est qu'il ne faut pas chercher si loin. Si « l'homme au chat » a été puni pour avoir séduit la mère de Léa avec de belles paroles, peut-être qu'Huguet a simplement posé ses yeux là où il n'aurait pas dû.

— Il aurait vu quelque chose qui lui aurait coûté la vie ? demanda Benoit.

— Ou regardé avec insistance la mauvaise personne !

Le capitaine Daloz remercia son lieutenant et sortit une fois de plus son carnet. Benoit aurait souhaité pouvoir lire ce qu'il notait. Voir si un schéma s'articulait déjà dans sa tête ou s'il inscrivait juste des mots-clés en espérant que, mis bout à bout, ils finissent par prendre un sens.

Daloz le referma d'un coup sec avant d'apostropher le légiste :

— Quand pourrez-vous nous fournir le rapport d'autopsie de la conductrice ?

— Désolé, capitaine, mais depuis que vous êtes arrivé en ville, figurez-vous que ma morgue fait salle comble. Je suis obligé de parer au plus pressé, sans compter que vous avez choisi de tous me les amener le premier pont du mois de mai ! Il me semblait que votre conductrice n'était pas sur le haut de la liste. Les causes de sa mort me paraissaient assez évidentes pour que vous vous fassiez votre propre idée.

— Ce n'est pas la façon dont elle est morte qui m'intéresse, répondit Daloz calmement. Ce sont plutôt ses antécédents médicaux.

— Et si vous m'en disiez plus !

— Un témoin pense l'avoir reconnue. Il s'agirait d'une ancienne toxicomane récemment retombée dans la drogue. J'imagine que c'est quelque chose que vous pouvez assez facilement déceler ?

— Je le pourrai, en effet, dès que je me serai penché sur son cas. Mais il va falloir me communiquer vos priorités. « L'homme au chat » ou la conductrice ? Je n'ai malheureusement pas quatre bras !

Les maxillaires de Daloz s'étaient contractés et Benoit l'imaginait en train de pester face à des contingences logistiques auxquelles il ne devait pas être souvent confronté. Contre toute attente, Daloz demanda au médecin de s'occuper en premier de la conductrice.

— Pourquoi ne pas faire venir votre témoin ? avait alors demandé ce dernier. Si son identification est confirmée, vous n'aurez pas à attendre le résultat des tests que vous venez de me demander !

— Parce que je ne sais pas encore si Joséphine Ballard doit être considérée comme un témoin fiable ou au contraire être mise au rang des suspects ! Et parce que je préférerais être sûr de mon coup avant d'annoncer au procureur que la 205 que nous avons arrêtée était conduite par une femme déjà décédée !

20

Les lieutenants Vernet et Benoit n'étant plus d'aucune utilité dans la forêt de Saoû, ils se rendirent au prieuré, qui n'était qu'à une dizaine de kilomètres. Ils s'attendaient à être éconduits, avec ou sans la manière, mais au regard de ce qui pouvait arriver à Léa, ce n'était pas cher payé.

Joséphine Ballard les attendait sur le perron, comme elle l'avait fait lors de leur première visite, à la différence près qu'elle ne leur proposa pas d'entrer pour boire une tasse de thé.

— Nous sommes dimanche, et il est dix-neuf heures passées ! Je vois, messieurs, que vous ne comptez pas vos heures. La contribuable que je suis devrait s'en estimer ravie, j'imagine.

La sexagénaire souriait, le ton était affable, mais toute aura de bienveillance avait disparu.

Vernet s'avança et présenta des excuses au nom de la gendarmerie pour l'heure indue à laquelle ils se présentaient, lui et son coéquipier.

— Les dernières avancées de l'enquête nous font craindre le pire pour la petite Léa ! précisa Vernet sur un ton dramatique. Nous ne serions pas là si ce n'était pas important, madame Ballard.

La responsable baissa légèrement sa garde en décroisant les bras. Les mains jointes, elle se sentit obligée de justifier à son tour son accueil :

— Nous sommes en train de préparer le dîner et je ne voudrais pas effrayer mes pensionnaires avec des uniformes. Installons-nous dans le jardin, si vous le voulez bien.

Elle descendit avec grâce les quelques marches qui la séparaient des deux gendarmes et leur ouvrit le chemin. Ils s'installèrent sous une tonnelle fleurie de bégonias blancs. À côté d'eux se trouvait un bassin japonais alimenté par une source perpétuelle qui émettait des sons cristallins. En l'espace d'un quart d'heure, Benoit était passé d'une scène de crime éprouvante à un véritable éden. Ici, le temps s'oubliait, les sens étaient apaisés.

Vernet le ramena à la réalité en démarrant l'entretien :

— Nous aimerions savoir si, à votre connaissance, l'une des femmes que vous avez pu identifier a pour habitude de consommer des neuroleptiques.

— Lieutenant, toutes mes pensionnaires ont eu recours à un moment ou à un autre de leur vie à des antidépresseurs ! La plupart de celles que j'héberge actuellement consultent une psychiatre, et elle est la première à leur conseiller ce traitement.

— Quand je parle de neuroleptiques, je ne pense pas forcément à des antidépresseurs, madame Ballard. Êtes-vous au fait d'un médicament appelé Risperdal ?

— Je ne suis pas très bonne pour retenir les noms.

— Il s'agit d'un médicament utilisé essentiellement pour soigner les troubles de la personnalité.

— Je vois.

— C'est pour cette raison que je me permets d'insister, reprit Vernet avec calme. Est-ce que l'une des ravisseuses de Léa suivait ce genre de traitement du temps où elle logeait chez vous ?

— Je pense que je m'en serais souvenue !

La réponse était directe et assez froide pour que le lieutenant persévère.

— Peut-être avez-vous remarqué des sautes d'humeur fréquentes chez l'une d'elles ? Une hyperanxiété ou un besoin de suractivité ?

— Lieutenant, je crois que vous n'avez pas bien compris que vous vous trouvez dans un gynécée habité par des femmes au destin torturé. Vous me parlez de sautes d'humeur, d'hyperanxiété ou de suractivité ! Feu mon mari me faisait déjà ces reproches une fois par mois alors que je me sentais très bien ! « Souvent femme varie, bien fol est qui s'y fie. » François Ier l'avait très bien compris pour sa part. Donc si vous voulez que je vous sois d'une quelconque utilité, il va falloir être un peu plus précis.

Vernet ne se laissa pas démonter par cette démonstration de force et continua exactement sur le même ton délicat qu'il avait utilisé jusqu'ici :

— Comme vous voudrez, madame Ballard. Savez-vous si Violette Vallet ou Clara Massini souffre de schizophrénie ?

— Pas à ma connaissance.

— L'une d'elles serait-elle atteinte de troubles bipolaires ?

— Non plus.

— Ont-elles déjà eu un comportement agressif à votre égard ?

— Il leur est arrivé de refuser mon aide mais rien de bien méchant.

— Je vois. Et vous ne vous souvenez pas d'un événement marquant qui mériterait notre attention ?

— Violette est une impulsive et a toujours été assez belliqueuse. C'est dans son tempérament. Mais une fois que vous savez la prendre et que vous lui montrez le respect qu'elle attend, elle a un comportement on ne peut plus normal. Clara, ce serait plutôt tout l'inverse. Elle s'excusera toujours d'être là ou ailleurs. Elle a été maltraitée toute sa vie et n'a pas encore compris que rien de ce qu'il lui était arrivé n'était de sa faute.

— Pouvons-nous en conclure que Violette Vallet est l'initiatrice de cette entreprise ?

— J'évite toujours les conclusions hâtives, lieutenant. Je pensais qu'il en était de même pour des enquêteurs.

Joséphine Ballard avait recroisé ses bras sur la poitrine, signe que l'entretien prenait fin. Vernet soutint longuement son regard avant de se lever en souriant.

— Eh bien je vous remercie pour le temps que vous nous avez accordé et j'espère que nous ne vous importunerons plus.

Benoit attendit d'avoir le prieuré dans son rétroviseur pour questionner Vernet. Il voulait récolter ses sensations à chaud pour les comparer aux siennes. Vernet, amusé par cet enthousiasme, proposa au sous-lieutenant de se lancer en premier. Craignant d'être ridicule, il s'exécuta timidement tout en gardant les yeux rivés à la route :

— J'ai eu la sensation qu'elle nous disait la vérité.

— Je le pense aussi.

— Elle avait d'ailleurs l'air soulagée de ne pas pouvoir incriminer une de ses anciennes pensionnaires.

— Développe !

— Je l'ai sentie au début sur la défensive, comme si elle appréhendait chaque question. Puis, quand tu es devenu plus précis et que toutes ses réponses étaient négatives, j'ai eu l'impression qu'elle redressait les épaules comme si on venait de lui retirer un poids énorme.

— Pas mal pour un débutant !

— Vraiment ?

— Vraiment. Tout ce que tu dis est juste. Incomplet, mais juste.

Benoit se renfrogna l'espace d'un instant et comprit que Vernet le titillait.

— Dis-moi ce que j'ai loupé !

— Tu as soulevé un point essentiel : je suis devenu plus précis dans mes questions. Trop précis, même. Et je l'ai fait à sa demande. Pourquoi ? Parce qu'elle aurait continué à les éluder comme elle l'a fait au départ. Si je n'avais pas changé de tactique, nous aurions tourné en rond et j'aurais fini par perdre patience, et donc mon contrôle, ce qu'elle attendait certainement. Maintenant, la vraie question est : pourquoi me demander d'être aussi précis ? Un témoin qui n'a rien à se reprocher ne fait jamais ça. Il répond aux questions qu'on lui pose de manière quasi instinctive. Ce qu'il veut, c'est en finir et vite. Joséphine Ballard, elle, voulait être sûre de ne pas avoir à nous mentir. Elle savait pertinemment que je n'avais pas d'idée précise de ce que je cherchais, et elle m'a obligé à extrapoler. En faisant cela, elle augmentait ses chances de rester honnête. C'était à moi de poser la bonne question. Si je tapais à côté, elle ne pouvait rien se reprocher. Tu saisis ?

— Je crois, oui. Mais du coup, tu en conclus quoi ?

— Que les médicaments ne sont pas destinés à Violette Vallet ou à Clara Massini, mais à une autre personne ! Une personne que Ballard connaît et dont elle ne souhaite pas nous parler.

— Et pourquoi tu ne l'as pas interrogée là-dessus, dans ce cas ?

— Elle se serait braquée et on n'aurait rien pu en tirer ! On va voir ce qu'en pense le capitaine mais Ballard est persuadée de nous avoir menés par le bout du nez. Autant lui laisser cette impression. Elle sera moins prudente la prochaine fois qu'on l'interrogera.

Benoit comprenait que toute une stratégie s'était mise en place dans la tête de Vernet tandis qu'il posait ses questions d'un ton détaché. Daloz savait parfaitement ce qu'il faisait en envoyant son lieutenant au prieuré. Vernet était effectivement doué.

Ils reçurent un texto de Gardel alors qu'ils arrivaient à la gendarmerie. Le capitaine les libérait pour la soirée et la lieutenante leur proposait d'aller boire un verre dans le centre-ville. Vernet accepta aussitôt et se tourna vers Benoit :

— Au fait, moi, c'est Nicolas et toi ?

— Tu peux m'appeler Benoit. Tout le monde m'appelle Benoit !

21

Lundi 5 mai

Benoit pensait être le premier dans les bureaux en arrivant à sept heures du matin. C'était tout l'inverse. Les hommes du PJGN étaient là, au complet, et chacun travaillait sur son ordinateur. Gardel fut la seule à relever la tête à son arrivée. Elle lui indiqua que le café était encore chaud avant de retourner à son écran.

Le sous-lieutenant aurait souhaité continuer leur conversation de la veille mais l'ambiance laborieuse ne s'y prêtait pas. Benoit ne se souvenait pas d'avoir passé une aussi bonne soirée depuis longtemps. Les deux lieutenants, dont la complicité ne faisait aucun doute, l'avaient totalement intégré à leur discussion. Ils s'étaient intéressés à son parcours et à ses ambitions. Ils lui avaient raconté tout un tas d'anecdotes sur les enquêtes qu'ils avaient menées ensemble ; ils avaient partagé des pans de leur vie privée, même si Benoit devinait que certains détails étaient restés tus. Gardel n'avait ni mari, ni enfant, mais elle vivait en couple depuis quelque temps et son nouveau compagnon ne semblait pas convaincre Vernet à cent pour cent. Le lieutenant l'avait traité de tire-au-flanc.

Selon lui, ce n'était qu'un adolescent qui refusait de grandir. L'homme se disait artiste mais, pour Vernet, ses toiles ressemblaient à s'y méprendre à ses propres dessins de CM1. Gardel n'avait rien nié. Elle avait même fini par rire de bon cœur. Le lieutenant, quant à lui, se décrivait comme un célibataire endurci. Pour lui, la vie de couple s'accordait mal avec leur métier, et il avait largement assez d'attention féminine entre sa mère et ses quatre sœurs. Benoit les avait écoutés sans trop se livrer. Il ne trouvait pas sa vie assez intéressante pour l'étaler. Après un interrogatoire poussé, il avait quand même fini par lâcher son prénom. Vernet s'était difficilement retenu de rire tandis que Gardel l'avait complimenté :

— Tu ne devrais pas t'en cacher ! lui avait-elle dit. C'est magnifique, Perceval ! Porter le nom d'un chevalier, ce n'est pas donné à tout le monde. Et puis, ce n'est pas lui qui a fini par trouver le Graal ?

— Ça dépend des versions ! avait-il répondu en haussant les épaules.

Benoit avait ressenti le besoin de justifier ce prénom qu'il n'utilisait jamais. Son père, garde forestier de jour et président de la guilde crestoise de la légende du roi Arthur le reste du temps, dont il était d'ailleurs le seul membre, avait considéré que le choix qu'avait fait sa mère de l'appeler Vincent était bien trop convenu. Il avait donc décidé, de manière unilatérale, de rehausser le niveau en déclarant la naissance de Perceval Benoit à la mairie, tandis que son épouse l'attendait à la maternité. Cette fois, Vernet n'avait pas pu se retenir et avait recraché une partie de sa bière.

— Il est bon, ton père ! s'était-il esclaffé.

— J'imagine que ma mère doit penser comme toi vu qu'elle est toujours avec lui et qu'elle accepte de passer tous ses étés dans la forêt de Brocéliande.

— Je croyais que c'était un mythe, cette forêt.

— Va dire ça aux Bretons !

— N'empêche, ça claque, Perceval !

— Pour sûr ! Quand j'étais minot, même les vieux se moquaient de moi parce que ça faisait pompeux. Maintenant, les gens de ma génération me prennent pour un idiot attachant. Non, c'est sûr, pour claquer, ça claque !

Son malheur avait au moins eu le mérite de leur faire passer un bon moment. Dans la région, tout le monde connaissait son père et il évitait de trop en parler.

Quand Daloz l'interpella, Benoit sursauta et fit tomber une goutte de café :

— Je ne voudrais surtout pas interrompre vos pensées, lieutenant, mais nous sommes lundi et nous n'avons que trois jours avant que l'administration française ne nous referme ses portes.

— Trois jours ?

— Que voulez-vous, Benoit, il n'est pas bon pour une petite fille d'être enlevée au mois de mai. Même si tout le monde compatit, les ponts restent sacrés !

Le ton du capitaine exprimait plus d'amertume que de colère. À croire que ce n'était pas la première fois qu'il était confronté à ce genre de situation et qu'il avait accepté cet état de fait.

— Vous trouverez un mémo à votre poste, continua Daloz d'une voix plus ferme. Débriefing à neuf heures, ne perdez pas de temps !

Pour la première fois depuis le début de leur collaboration, Benoit se retrouvait avec un ordre de mission à gérer seul. Pas de lieutenant à seconder ou de capitaine à assister. Cette nouvelle autonomie le galvanisait autant qu'elle l'angoissait. Il lut rapidement chaque tâche qu'on attendait de lui. Il n'y avait rien de bien compliqué. Benoit devait attendre huit heures du matin pour transférer le portrait-robot de la mère de Léa à tous les hôpitaux de la région et les contacter dans la foulée. Trois jours plus tôt, ce travail avait été fait par un de ses collègues, mais sans pouvoir fournir une description de la personne recherchée et en s'appuyant sur un service de garde en effectifs réduits. Il devait ensuite récupérer le dossier de Bettina Faulx auprès des autorités. Joséphine Ballard leur avait dit que celle qu'elle pensait être la conductrice de la 205 avait fait un séjour en prison. Il ne serait donc pas compliqué de connaître ses antécédents et les personnes à contacter en cas de problème. Benoit devinait que le capitaine souhaitait mettre la main sur le nom de la fille de Faulx pour la faire venir jusqu'à la morgue. Selon Ballard, c'est elle qui lui avait annoncé la mort de sa mère. Il n'y avait pas un nombre infini d'explications à ce mystère. Soit Ballard mentait, soit c'était la fille, ou alors Faulx avait trompé tout son monde en simulant sa propre mort. Tout ça, bien évidemment, en partant du principe que le corps qui gisait à la morgue depuis trois jours était bien celui de Bettina Faulx. Si c'était le cas, la fille aurait certainement du mal à rester de marbre devant le corps refroidi de sa mère.

Seule la première mission posait un réel souci au sous-lieutenant. Daloz lui demandait de consulter le

SALVAC et l'ANACRIM au sujet des deux cadavres mutilés qu'ils avaient retrouvés. Benoit connaissait la fonction de ces deux logiciels. Il savait qu'ils permettaient de recouper des faits antérieurs avec les enquêtes en cours. Des similitudes dans les modes opératoires, des criminels pouvant correspondre au profil dressé. Tout ça, il l'avait appris à l'école des sous-officiers de la gendarmerie. Ce qu'on ne lui avait pas appris, en revanche, c'était comment s'en servir. Il releva la tête, espérant trouver une aide quelconque auprès de ses coéquipiers, mais Vernet et Gardel étaient affairés à leurs propres recherches. Demander un coup de main à Daloz était bien sûr hors de question. Benoit commença alors à faire tourner son fauteuil sur lui-même. Il espérait tomber sur un collègue de Crest qui saurait comment faire, mais seul un aspirant se trouvait à proximité et, si ce gamin avait la réponse, le sous-lieutenant n'était pas sûr de bien le vivre. Benoit décida donc de jouer franc-jeu avec le capitaine et se posta face à lui.

— Deux minutes trente, dit le capitaine sans lever la tête. Vous avez gagné Gardel !

Benoit regarda alors la lieutenante qui lui fit un clin d'œil. Devant son air ahuri, Daloz s'expliqua :

— Mes deux lieutenants m'ont proposé un pari et je n'ai pas su résister. Vernet était persuadé qu'il vous faudrait cinq minutes avant de demander de l'aide tandis que Gardel a affirmé que vous étiez moins buté que son collègue et que vous ne dépasseriez pas les trois minutes.

— Et vous, mon capitaine ? demanda Benoit en tentant de garder bonne figure.

— Moi ? Je me suis contenté d'encaisser les paris. Même l'idée du SALVAC vient de Gardel ! Allez la voir, elle va vous montrer comment ça marche.

Benoit se dirigea vers la lieutenante la tête haute. D'autres que lui se seraient sûrement vexés ou se seraient sentis humiliés mais, pour le sous-lieutenant, cette journée débutait parfaitement. Il venait d'être bi-zuté !

22

À neuf heures précises, les Experts s'étaient regroupés dans la salle de réunion avec le sous-lieutenant Benoit et la juge d'instruction qui souhaitait avoir un état des lieux de la situation.

Le capitaine Daloz donna la parole à Benoit dont les recherches n'avaient malheureusement pas été très fructueuses.

Le SALVAC et l'ANACRIM avaient relevé quelques occurrences d'énucléations et de langues coupées, mais il s'agissait de cas isolés qui n'étaient doublés d'aucun autre stigmate et les auteurs de ces méfaits étaient tous incarcérés.

Les hôpitaux n'avaient pas changé leur version depuis la première fois où ils avaient été contactés. Aucune femme répondant au signalement transmis n'avait été admise chez eux pour une crise cardiaque. La mère de Léa restait introuvable.

La seule avancée notoire concernait le cas Bettina Faulx, même si Benoit n'était pas sûr que ça arrange leurs affaires. Il avait pu récupérer le casier judiciaire complet de la conductrice. Tout correspondait à ce que leur avait dit Joséphine Ballard, à deux détails près. Officiellement, Bettina Faulx, née Calman le 29 octobre 1971, n'était pas morte et n'avait jamais eu d'enfant.

Un silence s'était installé dans la salle. Tout le monde semblait réfléchir aux hypothèses que soulevaient ces informations.

Daloz fut le premier à les exprimer à haute voix :

— Que la mort de Bettina Faulx ne soit pas inscrite à son dossier ne veut pas forcément dire grand-chose. Nous savons que Bettina était une toxico et qu'elle a replongé après avoir quitté le prieuré. Il se peut très bien qu'elle soit morte dans une impasse à l'autre bout du monde et que l'information ne soit pas arrivée jusqu'à nous. Ce ne serait pas la première fois, loin de là. Pour la fille, c'est une autre histoire. Soit Joséphine Ballard nous a menti et, dans ce cas, je ne vois pas pourquoi elle nous aurait ensuite aiguillés vers la piste de Bettina Faulx alors que nous n'avions aucune idée de son identité. Soit une femme s'est fait passer pour sa fille et a réellement annoncé la mort de Bettina à Ballard. Mais une fois encore, dans quel but ? Quel serait l'intérêt de faire courir ce bruit ? Bettina Faulx n'était pas recherchée par les autorités, elle avait purgé sa peine, et même si elle avait replongé dans la drogue ça ne regardait qu'elle. Quand on se fait passer pour mort, c'est qu'on cherche à se faire oublier. La seule qui pourrait peut-être nous en apprendre plus reste encore une fois Joséphine Ballard. Madame la juge, je souhaiterais la placer en garde à vue !

— Et puis quoi encore ! s'emporta la juge. Sur quelle base ? Sur le fait qu'elle vous a mis sur une piste que vous n'arrivez pas à suivre tout seul ?

Tous les membres de l'équipe se tournèrent vers elle, comme si elle venait d'insulter le PJGN dans son intégralité, ce qui ne l'empêcha pas de poursuivre.

— Je l'ai déjà dit et je le répète : Mme Ballard effectue un travail remarquable et je n'ai pas envie qu'elle devienne la victime d'un harcèlement judiciaire. J'ai déjà vu cette femme en action et je peux vous assurer qu'elle possède toutes les relations nécessaires pour se faire entendre. Il est hors de question que nous devenions la bête noire de l'opinion sous prétexte que nous agissons en force au moindre obstacle. Si vous pensez que je vais mettre ma carrière en jeu pour pallier votre manque de résultats, vous vous mettez le doigt dans l'œil, capitaine !

Benoit se tourna vers Daloz, attendant qu'il la remette à sa place, mais le chef des Experts resta de marbre et reprit d'une voix blanche :

— Et pour sauver une petite fille de huit ans, vous seriez prête à quoi exactement ?

— La carte mélodramatique ne fonctionne pas avec moi, capitaine ! Ne me faites pas passer pour le monstre sans cœur ! Donnez-moi des éléments concrets, un début de faisceau de présomptions, quoi que ce soit auquel je puisse me raccrocher et je ferai ma part du boulot ! En attendant, vous pouvez oublier la garde à vue.

Depuis le début de l'enquête, il était évident que Joséphine Ballard retenait des informations qui pouvaient aider le PJGN ou tout du moins lui apporter un nouvel éclairage. De cela, personne ne doutait. Pour autant, la juge d'instruction n'avait pas tout à fait tort. Ils n'avaient pas assez d'éléments pour la confondre et, si elle se braquait, Ballard pourrait ressortir à la fin de sa garde à vue sans avoir dit un mot et avec une aura de martyr qui lui assurerait le soutien des médias et de la population. Jusqu'ici, la gendarmerie avait réussi à garder le contrôle de la situation et la presse restait focalisée sur l'explosion survenue à l'hôpital, considérée comme l'acte isolé d'une femme déséquilibrée. La dernière chose à souhaiter était que l'affaire, dans sa globalité, surgisse au grand jour.

— Une nouvelle audition libre, reprit la juge d'un ton plus calme. C'est tout ce que je peux vous accorder. Mais si Mme Ballard refuse de se présenter, nous ne pourrons rien y opposer.

— Elle acceptera ! intervint Vernet sûr de lui. Elle est persuadée de mener la danse depuis le début et de nous diriger dans le sens qui lui convient.

— Soit, vous aurez ça dans une heure ! Concernant les corps d'Huguet et de votre « homme au chat », du nouveau ?

Les résultats toxicologiques de Christophe Huguet étaient arrivés une demi-heure plus tôt. Le fugitif avait ingéré une dose massive d'éthylène glycol. Un produit hautement toxique que l'on pouvait trouver dans les produits de refroidissement des moteurs. Le légiste avait vu juste en parlant d'antigel. Le rapport spécifiait que la victime avait dû être prise de nausées puis de vomissements avant de tomber dans le coma. Son foie, son cœur et ses reins avaient été attaqués et même s'il avait été retrouvé vivant, une dialyse, traitement habituel pour ce genre d'intoxication, n'aurait pas pu le sauver.

— Il aurait mieux fait d'avouer les meurtres de sa femme et de sa belle-mère, commenta la juge. La cantine carcérale ne lui aurait pas fait un tel effet.

Tous les membres sourirent à cette remarque, ce qui eut le mérite de détendre l'atmosphère tendue par les derniers échanges.

L'autopsie de « l'homme au chat » aurait lieu en fin de journée, dans la foulée de celle de la conductrice. Daloz avait exposé son choix de priorisation des nécropsies. Selon lui, retrouver les femmes qui s'étaient emparées de Léa était le plus urgent, or la conductrice de la 205, qu'elle soit Bettina Faulx ou qui que ce soit d'autre, faisait partie du groupe qui retenait l'enfant avant l'accident.

— Disséquer son corps ne vous dira pas où elle vivait ! contra la juge.

— Peut-être pas, même si on a vu des morts raconter bien des histoires grâce à la terre qu'ils avaient sous les ongles ou la qualité de l'eau qu'ils avaient bue deux heures avant. Et si nous manquons de chance, le légiste trouvera peut-être un pacemaker, un implant mammaire ou je ne sais quoi encore qui nous permettra de remonter la piste de son identité. Nous menons une enquête avec trop peu de données pour pouvoir nous permettre de nous en écarter.

— Soit, c'est vous qui décidez. En attendant, j'en déduis que vous n'avez pas grand-chose à m'exposer.

Gardel avait baissé la tête, signe qu'elle n'avait pas l'intention d'apporter de nouvelles pièces au dossier malgré ses recherches matinales. Benoit savait que la lieutenante s'était penchée sur tout ce qui avait pu être écrit au sujet du « sigisbée ». Sans être populaire, ce mot et son concept avaient été traités par de nombreux écrivains. Stendhal l'évoquait dans sa *Chartreuse de Parme*, Boyer d'Argens dans ses *Lettres juives*. Ils étaient nombreux à avoir un avis sur la question. Sade, lui, s'en moquait dans son *Histoire de Juliette*. Seul un ouvrage avait retenu l'attention de Gardel. Un livre paru trois ans plus tôt dont le titre était pour le moins explicite : *Les Sigisbées – Comment l'Italie inventa le mariage à trois*. Le livre pouvait se commander sur une plateforme marchande, et une lectrice avait d'ailleurs laissé un commentaire élogieux à son sujet, plaisantant qu'elle aurait bien aimé avoir un sigisbée ou deux bien à elle. L'ouvrage avait peut-être fait des émules ou au contraire agacé certains lecteurs, remettant en cause leur conception du mariage. Daloz avait autorisé la lieutenante à passer commande. Elle espérait recevoir le livre dans les vingt-quatre heures. Cette piste la mènerait peut-être droit dans une impasse, mais elle ne pouvait s'empêcher de penser qu'on ne choisissait pas un tel mot sans une raison valable.

Vernet, de son côté, avait tenté d'en savoir plus sur Violette Vallet et sa complice, Clara Massini. En voyant son air satisfait, la juge comprit que les Experts lui avaient gardé le meilleur pour la fin.

23

Il fait froid. J'ai froid. Elle est où, ma couette ?

Et pourquoi il fait noir comme ça ? Il est quelle heure ?

J'ai mal à la tête. J'ai trop mal. Il faut que j'appelle maman. Elle me donnera quelque chose. C'est ça, j'ai qu'à l'appeler !

J'y arrive pas. J'arrive pas à parler ! Pourquoi j'y arrive pas ? C'est bizarre. On dirait que mes lèvres sont collées.

J'arrive pas à bouger non plus. Pourquoi j'arrive pas à bouger ? Je dois être en train de faire un cauchemar. C'est ça ! Maman me l'a expliqué plein de fois. Si j'arrive pas à expliquer ce qui m'arrive, c'est que je fais sûrement un cauchemar. Ça va passer.

Mais pourquoi j'ai mal alors ? On n'a pas mal dans les cauchemars, si ?

Et puis j'ai froid, j'ai tellement froid.

Faut que je me réveille. Il faut vraiment que je me réveille. Maman m'a dit que si je pense fort à me réveiller, je peux y arriver.

*Mais j'ai tellement froid et puis j'ai tellement mal !
Je crois que c'est mieux si je reste endormie. Le cauchemar va finir par passer, non ? Si, forcément. Ça
passe toujours, les cauchemars. Ça passe plus vite
quand maman me fait un câlin, mais elle a dit que je
suis grande, maintenant. Je dois plus aller dans son
lit. J'ai promis d'essayer.*

*Il faut que je pense à des choses qui me font plai-
sir. Voilà, c'est ça qu'il faut faire. Penser à des choses
sympas.*

*Je vais penser à Hugo. Il est drôle, Hugo. En plus,
il me traite pas comme si j'étais une petite fille. Avec
lui, je peux parler de tout. Il me manque tellement.
Maman avait promis qu'on le reverrait bientôt mais
ça fait tellement longtemps que j'y crois plus. Je suis
sûre qu'elle a dit ça pour me faire plaisir.*

*Qu'est-ce qu'il fait froid ! Et ma tête... J'ai l'im-
pression qu'elle va exploser.*

*Faut que j'arrête de penser à Hugo. Il me manque
trop. Je vais penser à mon papa. Voilà, c'est ça ! Je
vais penser à lui. Maman veut jamais en parler et dit
qu'on a pas besoin de lui, qu'on est bien toutes les
deux, mais moi j'aimerais bien le connaître. Je suis
sûre qu'il doit être très beau. Et drôle aussi. Et puis
gentil. On s'entendrait trop bien. Obligé ! Et puis,
comme ça, on vivrait tous les trois. On serait bien.*

*Maman, j'ai mal ! Pourquoi t'es pas là ?
Maman, maman...*

24

Le lieutenant Vernet s'était levé pour se placer en bout de table afin d'exposer le résultat de ses recherches.

Clara Massini, la deuxième infirmière qui s'était chargée de sortir Léa de l'hôpital, avait pris une peine de cinq ans de prison pour avoir donné la mort à son beau-père. Clara avait dix-huit ans au moment des faits, et vingt-huit aujourd'hui. Lors du procès, qui avait débuté trois ans après le début de sa préventive, son avocat plaida la légitime défense. Même si Clara Massini avait tué son beau-père de huit coups de couteau dans le dos, le fait qu'il avait quotidiennement abusé d'elle depuis ses douze ans avait suffi à convaincre les jurés. Le magistrat lui avait accordé une remise de peine et Clara était sortie libre après les délibérations. Elle n'en était pas pour autant au bout de son cauchemar. Sa mère avait refusé de l'accueillir et dressé ses frères contre elle. Si elle n'avait pas cherché à tourner la tête de son mari, rien de tout ça ne serait arrivé. Clara Massini, bannie par toute sa famille, avait du se débrouiller seule, à l'âge de vingt et un ans, avec un casier judiciaire déjà entaché.

— J'ai pu parler avec sa conseillère de réinsertion de l'époque, précisa Vernet. Selon elle, Clara n'était pas loin de partager l'avis de sa mère. Elle pensait avoir mérité tout ce qui lui était arrivé et peinait à se reconstruire. Elle fréquentait des hommes plus âgés qui la traitaient mal et s'était retrouvée plusieurs fois à l'hôpital avec des côtes cassées ou l'arcade sourcilière en sang. Vous connaissez la musique : une porte mal refermée, un escalier trop glissant… Bref, elle n'a jamais porté plainte. Sa conseillère pensait que Clara était tirée d'affaire depuis qu'elle consultait une psychiatre de manière régulière. C'est d'ailleurs ce médecin qui lui aurait parlé du prieuré. Depuis deux ans, la fonctionnaire n'a plus jamais entendu parler de Massini. Elle était d'ailleurs très surprise par mon appel. Quand je lui ai expliqué le pourquoi de ma démarche, elle a eu du mal à me croire. Pour elle, Clara n'était pas du genre à se risquer dans une aventure aussi audacieuse. En tout cas, elle ne pouvait pas en être à l'origine, à moins que cette psychiatre n'ait fait des miracles, et là je la cite.

Pour Violette Vallet, la conductrice de l'ambulance, il en allait tout autrement. Vernet avait suivi la piste que Joséphine Ballard leur avait pointée du doigt. La responsable de l'association leur avait dit que Vallet avait un doctorat en médecine, aussi s'était-il rapproché de l'ordre des médecins.

— Il n'a pas été facile d'obtenir les informations, dit-il en préambule. On m'a d'abord expliqué que le dossier était confidentiel. Après vingt minutes de négociations, j'ai finalement obtenu ce que je voulais. Il faut dire que la carte d'une fillette en danger fait toujours son petit effet.

Le regard sévère que Daloz lança à son lieutenant n'échappa à personne. Vernet se racla la gorge et reprit plus sérieusement :

— J'ai pu apprendre que Violette Vallet, contrairement à Clara Massini, était une femme de tête, sûre d'elle, et suffisamment intelligente pour s'être retrouvée à la tête du service obstétrique du CHU de Bichat à Paris, à l'âge de trente-huit ans.

Le lieutenant exposa ensuite les raisons de son renvoi en 2010. Une patiente avait déposé une plainte contre l'hôpital, accusant le service d'avoir interrompu sa grossesse à cinq mois et demi, sous prétexte que sa vie était en danger. Par la suite, elle avait consulté d'autres spécialistes qui avaient infirmé ce diagnostic. Une enquête interne fut donc menée. On constata que le docteur Vallet avait souvent recours à des interruptions médicales de grossesse. Le taux d'IMG était nettement plus élevé dans son département que dans les autres hôpitaux. Cette décision ne pouvant être prise qu'avec l'accord de deux médecins, on avait étudié les dossiers de plus près. Le docteur Vallet s'adressait toujours au même confrère pour confirmer son diagnostic. Le collègue en question avait fini par admettre que Violette Vallet, qui n'était autre que sa supérieure hiérarchique, l'intimidait et qu'il n'avait jamais osé la contredire. L'enquête avait surtout démontré qu'il était dépendant aux amphétamines et que le docteur Vallet se servait de cette information comme moyen de pression. Un accord avait été passé entre la plaignante et l'hôpital. Il impliquait, entre autres, le renvoi du docteur Vallet.

Violette Vallet avait retrouvé un poste dans une clinique privée en banlieue parisienne. Moins d'un an après, les mêmes faits lui furent reprochés. Sur les douze femmes qu'elle avait suivi durant ce laps de temps, cinq avaient dû procéder à une interruption de grossesse alors qu'elles venaient juste d'apprendre le sexe de leur enfant.

— Aucune plainte officielle n'a été déposée à son encontre mais Violette Vallet a fini par être radiée de l'Ordre des médecins.

— On a une idée de ses motivations ? demanda Daloz.

— Aucune. Violette Vallet n'a jamais fourni d'explications. Selon elle, toutes ces IMG étaient justifiées. Soit l'enfant présentait une malformation, soit la vie de la mère était en danger. Là encore, elle s'était appuyée sur l'avis d'un confrère dont la probité a vite été remise en question. Il était l'amant de Vallet.

— Je vois.

— Enfin, quand je dis l'amant, je devrais dire son souffre-douleur. La personne que j'ai eue au téléphone n'a pas pu s'empêcher de me préciser que, mis devant les faits, l'homme s'était mis à pleurer comme un petit garçon. Il leur a raconté que Vallet ne lui avait pas laissé le choix.

— De confirmer ses diagnostics ou d'être son amant ?

— Les deux, apparemment !

Vernet avait raison. Les deux portraits qu'il venait de dresser étaient à l'opposé l'un de l'autre. Il ne faisait aucun doute que Violette Vallet était l'élément dominant de cette association.

— On sait quoi sur sa vie privée ? relança Daloz les yeux rivés à son carnet.

— Pas grand-chose, s'excusa Vernet. C'est tout ce que j'ai pu trouver pour l'instant. Violette Vallet n'utilise pas les réseaux sociaux, en tout cas pas sous son vrai nom, et depuis son renvoi de la clinique, elle est restée très discrète. Joséphine Ballard nous disait que c'était une de ses plus vieilles pensionnaires. Peut-être qu'elle s'est terrée là-bas dans la foulée.

— Madame la juge, j'aimerais pouvoir récupérer les dossiers médicaux des patientes que Violette Vallet a traitées.

— Ce n'est pas rien ce que vous me demandez, capitaine !

— J'en ai conscience, madame. Pensez bien que je ne vous le demande pas pour égayer mes soirées. Violette Vallet pourrait être le cerveau de toute cette histoire. Elle en est en tout cas une clé majeure. Nous devons absolument comprendre ce qui passe dans sa tête si nous voulons avoir une chance de mettre la main sur Léa. Son enlèvement fait certainement écho à ces interruptions de grossesse.

— Je vais voir ce que je peux faire, souffla la juge en se levant pour ranger son dossier. Capitaine, lieutenants, je crois que nous nous sommes tout dit. Il n'est pas nécessaire de vous rappeler que Léa a disparu depuis cinquante-deux heures, comme je ne vous ferai pas l'affront de vous rappeler les statistiques ! Le temps, vous le savez, ne joue pas en notre faveur. Vous aurez la demande d'audition de Joséphine Ballard dès mon arrivée au tribunal. Mais, une fois encore capitaine, je tiens à vous rappeler que cette femme n'est aucunement suspecte dans cette enquête.

Je compte sur vous pour la traiter avec tout l'égard qu'elle mérite. C'est un témoin qui est pour l'instant à l'origine de toutes nos avancées. Inutile de gaspiller votre énergie, et la mienne par la même occasion, en vous acharnant sur elle. Si je ne m'abuse, vous avez largement de quoi vous occuper. Il vous reste encore deux cadavres à identifier !

25

Le sous-lieutenant Benoit avait été chargé, avec un de ses collègues de Crest, de délivrer la demande d'audition à Joséphine Ballard. En arrivant au prieuré, il sut immédiatement que quelque chose n'allait pas. La sérénité qui faisait habituellement le charme de cet endroit avait totalement disparu.

Les pensionnaires étaient regroupées sous la tonnelle et le bruit de la source était étouffé par leurs échanges. Benoit n'entendait pas distinctement leurs propos mais il sentait une urgence dans le ton de leurs voix. Les femmes se coupaient la parole, montant crescendo dans les aigus.

En s'approchant, Benoit aperçut Joséphine Ballard, assise, le visage rouge et les cheveux défaits. Il accéléra le pas et écarta sans ménagement les pensionnaires qui lui faisaient barrage.

En s'agenouillant devant elle, le sous-lieutenant décela un changement immédiat chez la sexagénaire. Elle se redressa, déplaça une mèche qui lui tombait devant les yeux pour la glisser derrière l'oreille, et finit par esquisser un sourire calme. Ce qu'elle ne pouvait pas contrôler, c'était les pulsations frénétiques de son cœur. Benoit les ressentait depuis qu'il avait pris ses mains dans les siennes. Un geste que Ballard n'avait pas repoussé.

— Que s'est-il passé ?

— Tout va bien, lieutenant. J'ai fait un petit malaise, voilà tout ! Ce sont des choses qui arrivent, à mon âge.

Benoit observa les autres pensionnaires. Toutes avaient la tête baissée, comme si elles avaient peur de trahir les dires de leur protectrice par leur seul regard. Il se tourna alors vers l'entrée de la bâtisse. Deux des carreaux de la porte-fenêtre étaient brisés.

— Un coup de vent, réagit aussitôt Joséphine Ballard dans son dos. C'est justement le bruit qui m'a fait paniquer.

Benoit se retourna vers elle et la scruta avec attention. Une tache sombre se dessinait dans le gris de ses cheveux.

— Vous permettez ? dit-il tout en approchant délicatement sa main du visage de Ballard.

La femme recula instinctivement.

— Je crois que vous saignez, dit alors Benoit d'une voix douce. Laissez-moi regarder si la plaie est propre.

Contre toute attente, Joséphine Ballard obtempéra. Elle approcha sa tête, les yeux fermés. Benoit l'ausculta avec délicatesse avant de conclure qu'il serait plus raisonnable de l'emmener à l'hôpital.

— Ce n'est rien du tout, souffla Ballard sans conviction.

— Je ne suis pas médecin, madame, mais je pense qu'il faut nettoyer ça. Il y a peut-être du verre dans la plaie. On ne sait jamais.

— Il n'y en a pas ! Je me suis cognée sur une porte de placard. Je vous assure que ça va aller. Béatrice va s'occuper de moi, elle est aide-soignante.

La Béatrice en question avança d'un pas et hocha discrètement la tête à l'attention du sous-lieutenant.

Benoit, n'ayant aucun moyen de la forcer, demanda l'autorisation de se rendre dans le bâtiment pour se laver les mains. Joséphine Ballard le surprit en s'y opposant fermement.

— On va vous apporter de quoi vous désinfecter, dit-elle d'un ton autoritaire en regardant une de ses pensionnaires. Je vous remercie de vous être inquiété pour moi mais je préférerais que vous partiez maintenant !

La Joséphine Ballard fragile et sans défense avait disparu pour laisser place à la femme de poigne qu'il commençait maintenant à connaître. Benoit savait que le document officiel qu'il avait dans la poche ne lui permettait pas d'entrer de force. Il savait aussi que cette rebuffade signifiait que la sexagénaire avait quelque chose à cacher. Les carreaux de la porte-fenêtre ne devaient pas être le seul signe d'effraction dans la maison. Ce qu'il ne comprenait pas, c'était son obstination à faire obstacle aux forces de l'ordre, a fortiori dans un cas comme celui-ci.

Le sous-lieutenant délivra la demande d'audition libre, rappelant à Joséphine Ballard que le temps était compté et qu'il en allait de la vie d'une petite fille. La responsable de l'association assura qu'elle se présenterait avec son avocat avant la fin de journée. Benoit était soufflé par la capacité de cette femme à reprendre contenance aussi facilement. S'il ne l'avait pas vue deux minutes plus tôt, il aurait pu croire qu'elle s'était installée dans le jardin avec ses pensionnaires pour profiter de la douceur du mois de mai. Les femmes qui l'entouraient avaient d'ailleurs commencé à se disperser. Le sous-lieutenant suivit des yeux celle qui les avait accueillis la toute première fois. Elle semblait toujours aussi stressée, mais peut-être était-ce dans sa nature. Ou peut-être savait-elle quelque chose et avait-elle peur d'être interrogée. Comme elle se dirigeait vers l'entrée du prieuré, Benoit suivit ses pas qui les menaient de toute façon vers sa voiture. Le gendarme qui l'accompagnait, et qui n'avait pas dit un mot depuis qu'ils étaient arrivés, se plaça à sa hauteur :

— Qu'est-ce qu'on fait ? On prévient le capitaine Marchal ? Ça sent le cambriolage à plein nez !

— Ballard est la chasse gardée de Daloz, répondit Benoit à voix basse. Je l'appellerai quand on sera dans la voiture. Laisse-moi juste deux minutes. Je voudrais parler à cette fille, là-bas.

— Toujours à l'affût, à ce que je vois !

— C'est ça ! répondit Benoit pour couper court à toute discussion.

La femme était entrée dans ce qui avait dû être une bergerie et qui servait aujourd'hui de remise. Les murs de pierres et le sol sans dallage étaient encombrés de toutes parts par des outils de jardinage et de bricolage. Le dos courbé, la femme se tenait dans un coin de la pièce et murmurait des mots que Benoit ne pouvait pas entendre. Il se racla la gorge pour attirer son attention. Elle sursauta et fit tomber plusieurs outils dans sa surprise. Benoit bredouilla quelques excuses, mais la femme restait en retrait, les mains jointes devant la poitrine comme si elle le suppliait de ne pas lui faire du mal. Jamais Benoit ne s'était senti aussi peu à sa place. Il prit une voix douce pour s'exprimer :

— Je suis sincèrement désolé, je ne voulais pas vous faire peur ! Je voulais simplement m'entretenir avec vous, si vous n'y voyez pas d'inconvénient.

La femme baissa légèrement sa garde mais ne dit pas un mot. Un rai de lumière filtra au travers des pierres et Benoit en profita pour la détailler. Brune, les cheveux raides et ternes, celle qui lui faisait face aurait pu être belle. Sa maigreur et son teint pâle soulignaient sa fragilité et Benoit s'en voulait encore d'avoir pu l'effrayer. Il leva ses mains, espérant que ce geste l'apaiserait. Il n'avait pas imaginé que cela fonctionnerait à ce point.

Alors qu'il s'apprêtait à lui demander son nom, la jeune femme se rua sur lui, ferma violemment la porte de la remise d'un bras tout en le plaquant au mur. Surpris par l'assaut, Benoit ne chercha même pas à se défendre. Quand elle commença à défaire les boutons de son uniforme, là encore, le sous-lieutenant resta figé sur place. Son cerveau refusait d'analyser la situation. Les râles de son agresseuse bourdonnaient dans la pièce tandis que ses mains se déplaçaient fiévreusement sur le corps de Benoit. Elle y mettait une telle frénésie qu'il avait l'impression d'être palpé par plusieurs personnes en même temps. Il fallut que la femme exprime ses premiers mots audibles pour qu'il réagisse enfin. Il n'aurait jamais soupçonné une telle vulgarité chez cette femme à l'allure vulnérable.

— Laissez-moi, madame ! finit-il par dire assez pitoyablement.

— Baise-moi, je te dis ! lui cria-t-elle en retour. J'en peux plus de cet endroit. Je vais devenir dingue. Baise-moi, là, maintenant ! Fais-le ou je me mets à crier ! C'est ça que tu veux ? Tu veux que je crie ? T'aimes ça ? Mais baise-moi, putain !

La dernière injonction fut celle de trop. Benoit, qui était maintenant tout à fait conscient de ce qui lui arrivait, repoussa la femme d'un coup brusque et sortit en trombe de la remise. Le visage rouge et les cheveux en bataille, il réajusta sa tenue en vitesse et reboucla son ceinturon.

Alors qu'il s'installait au volant, son coéquipier qui l'avait vu débouler émit un léger sifflement entre ses dents. Le regard que Benoit lui jeta suffit à mettre un terme à toute discussion.

C'était sa toute première initiative dans cette enquête et il n'était pas sûr de vouloir l'inclure dans son rapport !

En chemin, Benoit reçut un message de Vernet l'invitant à rejoindre l'équipe directement à la morgue de Crest. Le sous-lieutenant pensait assister à la fin de l'autopsie de la conductrice, étape dont il se serait passé bien volontiers, mais lorsqu'il vit l'expression de Gardel qui l'attendait devant les portes, il comprit instinctivement qu'on l'avait fait venir pour une toute autre raison.

26

Jamais Benoit n'avait eu à identifier un corps qu'il connaissait. Même si Pascal Forville et lui ne se fréquentaient plus depuis des années, le fait de voir la dépouille de son ancien camarade de classe allongée sur cette table en métal lui nouait la gorge au point qu'il était incapable de prononcer un mot.

Le corps du facteur qui leur avait indiqué l'adresse du prieuré avait été retrouvé une heure plus tôt à l'arrière de sa camionnette, les mains ligotées dans le dos et la bouche entravée par un ruban adhésif. Les yeux grands ouverts, ses traits s'étaient figés de telle façon qu'ils avaient façonné son visage en un masque de douleur orné d'une barre suivie d'un V sur le front. Pascal Forville était officiellement la quatrième victime du tueur qu'ils recherchaient.

Benoit avait distingué quelques mots du légiste sans totalement les intégrer. Ce dernier avait parlé de poison, de convulsions et de renvois ingurgités dus à l'occlusion de la bouche. Le sous-lieutenant avait fini par comprendre que son ami était mort de suffocation. L'autopsie le confirmerait mais Benoit cherchait maintenant à comprendre. Comprendre ce qui avait bien pu se passer pour que Forville se retrouve là. Cet homme n'avait jamais fait parler de lui. Petit, il s'intégrait facilement dans les bandes car il ne cherchait jamais la bagarre ou un quelconque leadership. En grandissant, il admettait sans honte que sa seule ambition était de fonder une famille et de rester dans sa région. Il n'aimait pas les grandes villes et leur agitation. Et il adorait son métier. D'une manière plus pragmatique, Benoit voulait également saisir pourquoi le corps de son ami était déjà là, prêt à être disséqué, alors qu'il ne s'était absenté qu'une heure.

— On l'a trouvé où ? balbutia-t-il enfin.

— Sur le parking de l'hôpital, répondit Daloz sobrement.

— Sur le parking, là devant ? Je ne comprends pas !

— Nous avons jeté un œil aux enregistrements des caméras de surveillance. Quelqu'un a garé le véhicule aux alentours de deux heures cette nuit et en est sorti tête baissée, ce qui fait qu'on ne peut pas voir son visage. Il est malheureusement évident qu'il ne s'agissait pas de votre ami. Les images ne montrent plus aucune activité entre deux heures et dix heures ce matin, heure à laquelle vos collègues ont ouvert les portes. Le responsable de La Poste les a appelés à huit heures et demie. Il avait été étonné de ne pas voir Forville revenir de sa tournée hier soir mais ne s'en était pas inquiété. Il lui arrivait de garder le véhicule quand il avait besoin de transporter des objets volumineux. Qu'il ne soit pas présent pour le démarrage de la journée, ça, en revanche, ça ne lui était jamais arrivé.

— Et sa femme ?

— Quoi sa femme ?

— Pourquoi elle ne nous a pas prévenus plus tôt ?

— Parce qu'elle est partie avec sa fille pour la semaine. Le responsable de Forville pense qu'elles sont chez les parents de l'épouse mais il n'en est pas sûr. Elles ne sont pas encore au courant.

Benoit prit un nouveau coup sur la tête. Il savait que cette tâche lui incombait, pour connaître l'épouse de Forville depuis des années. Ils s'étaient même fréquentés un temps à l'époque du lycée. Ce serait peut-être moins violent d'apprendre la nouvelle de sa bouche plutôt que de celle d'un inconnu, même si la douleur resterait la même. Ce ne serait pas seulement la mort de son mari et celle du père de son enfant qu'il lui apprendrait. Benoit savait qu'il allait ouvrir les portes d'un avenir de désolation, fait de lendemains sombres, emplis de solitude. À partir d'aujourd'hui, plus rien ne serait comme avant pour cette femme de vingt-cinq ans et sa petite fille de trois ans.

— Le capitaine Marchal m'a dit que vous étiez proches, reprit Daloz, ramenant Benoit à l'endroit où ils se trouvaient. La logique voudrait que je vous retire de l'enquête.

Cette annonce eut l'effet d'un électrochoc. Benoit qui naviguait dans le brouillard depuis qu'il était entré dans la morgue se défendit vivement.

— Ne faites pas ça, capitaine ! Oui, je connaissais Forville depuis la primaire mais je ne peux pas dire que nous étions proches. À ce compte-là, je le suis de la plupart des habitants de Crest ! Ne me mettez pas sur la touche, s'il vous plaît ! Je peux vous assurer que la mort de Pascal n'affectera pas mon jugement.

Le capitaine le regarda posément avant de hocher la tête en signe d'assentiment.

— Très bien ! Dans ce cas, je veux que vous nous obteniez l'itinéraire de Forville auprès de son responsable. Nous allons devoir nous rendre à toutes les adresses qu'il avait l'habitude de livrer afin d'avoir une idée de l'endroit où il se trouvait quand on lui est tombé dessus.

— Vous pensez qu'on lui a fait ça parce qu'il nous a renseignés sur le prieuré ?

— Je ne sais pas, lieutenant. Si c'est le cas, alors nous devons retourner au prieuré et mettre cette baraque sens dessus dessous, car cela veut dire que nous sommes passés à côté de quelque chose qui méritait qu'on élimine votre ami. De votre côté, il va falloir nous dire tout ce que vous savez sur lui : ses habitudes, ses fréquentations, ses éventuels ennemis…

— Sa femme pourra nous aider. Une fois de plus, je ne le connaissais pas si bien que ça.

— C'est vous qui voyez ! Je vous laisse la joindre et lui annoncer la nouvelle. Sauf si vous voulez qu'un de mes hommes le fasse pour vous ?

— Non, ça ira. Merci, capitaine.

Daloz posa une main réconfortante sur l'épaule du sous-lieutenant avant de se tourner vers l'assemblée :

— Je pense que tout le monde a conscience du timing ! Il s'est écoulé plusieurs semaines entre la deuxième et la troisième victime, alors que Forville est mort à peine trois jours après Christophe Huguet. Notre meurtrier accélère la cadence, nous nous devons d'en faire autant.

Une réunion de crise fut organisée dans la foulée avec la juge d'instruction à la gendarmerie. Il était évident que la presse allait s'emparer du sujet. Un facteur retrouvé assassiné à l'arrière de son véhicule de fonction, c'était un sujet idéal pour les chaînes d'information. Il fallait mettre en place une stratégie pour que les médias puissent faire leur travail sans entraver celui des enquêteurs. La juge d'instruction et le procureur présenteraient l'affaire en conférence de presse dans l'après-midi. D'ici là, le légiste aurait terminé l'autopsie et les Experts auraient peut-être quelques billes à leur donner. Il fut entendu qu'à aucun moment les meurtres d'Huguet et de « l'homme au chat » ne seraient évoqués, mais que si un journaliste connaissait déjà l'existence de ces cadavres, personne ne nierait.

— Nous ne souhaitons pas nous retrouver avec la presse sur le dos pour rétention d'information, avait expliqué la juge. Il est fort possible qu'il y ait déjà eu des fuites. Donc on ne dit rien, mais si on nous met devant le fait accompli, on dit qu'une enquête est en cours et que de fortes similitudes dans le mode opératoire nous laissent penser que les affaires pourraient être liées, blablabla... Vous voyez le principe !

— Et le fait qu'ils soient également reliés à la kamikaze de l'hôpital et à l'enlèvement de Léa ? demanda Daloz sans relever le nez de ses notes.

— Que je sache, cette théorie ne tient qu'à quelques poils de chat sur le vêtement d'un cadavre ! Nous ne savons même pas si cet homme était bien l'amant de la mère de la petite. Il pouvait très bien faire ses courses en même temps qu'elle et votre pharmacienne se sera raconté toute une histoire. Autant vous dire que le procureur et moi n'avons pas l'intention de semer la panique sur d'aussi faibles allégations !

— Donc on nie !

— On botte en touche ! rectifia la juge.

27

Le légiste s'était déplacé jusqu'à la gendarmerie pour transmettre ses rapports. Trois jours plus tôt, Benoit avait rencontré un homme qui lui avait confié s'être levé de bonne humeur. Le mois de mai annonçait sa saison préférée et signifiait souvent un ralentissement de sa cadence de travail. Ce temps devait lui paraître bien loin. Les cernes qui s'étaient creusés sous ses yeux s'exprimaient pour lui.

Le médecin avait décidé de déporter son lieu de travail à la morgue de Crest pour gagner du temps. L'agitation qui régnait toujours dans le centre hospitalier de Valence et la distance qui le séparait des Experts avaient eu raison de son organisation. Il avait d'ailleurs fait venir un de ses assistants pour endiguer le retard accumulé dans les autopsies.

— Même si la cause de la mort n'est un secret pour personne, attaqua-t-il en s'installant à la table de réunion, sachez que nous avons tout de même analysé le sang de votre kamikaze. Figurez-vous qu'elle était atteinte d'un virus assez rare en France, le sarcome de Kaposi. Pour faire simple, c'est une sorte de cancer qui a évolué avec le temps et qui est aujourd'hui en grande partie épidémique. Il touche essentiellement les personnes porteuses du VIH.

— Quand vous dites rare en France… ? demanda Daloz en s'asseyant face à lui.

— La plupart des cas de sarcome de Kaposi se trouvent en Afrique centrale et en Afrique du Sud. Là où, bien évidemment, les traitements ne sont pas facilement accessibles !

— Donc, ça se traite !

— Oui, ça se traite mais pas avec trois pilules. C'est ce qu'on appelle un cancer opportuniste, car il profite de la faible défense immunitaire de son hôte, mais ça reste un cancer agressif. Il faudrait que je fasse des analyses plus poussées des membres qu'on a pu ramasser, voir la propension des métastases, mais peut-être que son état de santé l'a convaincue qu'il valait mieux se faire sauter ! Je me suis dit que cette information pouvait vous intéresser.

— En effet, ça peut nous aider à dresser son profil. Et les autres ?

Le légiste sortit les dossiers de sa mallette et chaussa ses lunettes.

La conductrice de la 205 était morte d'une lésion des cervicales suite à son accident sur la D538, mais ce n'était pas ça qui intéressait Daloz. Ce qu'il voulait, c'était son identité. Le dossier de Bettina Faulx était arrivé un peu plus tôt dans la matinée, et il avait été transmis directement au légiste pour que celui-ci puisse comparer les empreintes et autres éléments médicaux qu'il contenait.

— Ce n'est pas elle ! finit par lâcher le légiste.

— Pardon ?

— J'aurais aimé pouvoir vous aider en vous donnant son identité mais la femme qui est allongée dans ma morgue n'est pas Bettina Faulx. Ou alors, elle s'est fait faire de nouvelles paumes, ce qui n'est pas donné à tout le monde, vous en conviendrez !

— Les empreintes digitales ne correspondent pas ?

— C'est ce que j'essaie de vous dire ! Je sais que ce n'était pas la réponse que vous attendiez, mais les faits sont là.

— Pourquoi Ballard nous aurait-elle mis sur une fausse piste ?

— Peut-être pour vous faire perdre du temps, je ne sais pas. Ou peut-être que cette femme ressemble vraiment à Bettina Faulx, allez savoir, ce sont des choses qui arrivent !

Benoit était certainement aussi déçu que le capitaine. Même s'il se défendait d'en faire une affaire personnelle, son besoin de connaître la vérité s'était décuplé à l'instant même où il avait vu son ancien camarade allongé sur une table métallique.

En sortant de l'hôpital, le sous-lieutenant avait tout de même pris le temps de raconter son passage au prieuré et sa conviction que Joséphine Ballard avait été agressée peu de temps avant son arrivée. Force était de constater que, quelles que soient les directions que prenait l'enquête, la responsable de l'association se retrouvait toujours sur leur chemin. Tous attendaient avec impatience sa nouvelle audition.

Le légiste n'avait trouvé aucune correspondance avec les empreintes de la conductrice et avait lancé une recherche ADN qui risquait de prendre du temps.

Il avait également transmis son dossier dentaire en précisant aux Experts qu'il ne fallait pas trop compter dessus. Leur inconnue n'avait ni carie ni implant. Ce qui ne faisait que confirmer qu'elle ne pouvait en aucun cas être Bettina Faulx. Le dossier de l'ex-détenue indiquait qu'elle était toxico depuis l'âge de seize ans, ce qui signifiait qu'il était peu probable que sa dentition soit en aussi bon état.

La conductrice n'avait pas non plus d'implants mammaires ou de pacemaker comme l'avait espéré un temps le capitaine. À part plusieurs fractures mineures consolidées, cette femme avait un corps en bonne santé et aurait pu vivre encore de nombreuses années si elle n'était pas venue percuter cet arbre.

Le corps de « l'homme au chat » avait été plus généreux en termes d'informations, ou plutôt les insectes nécrophages qui s'y étaient installés.

— J'ai été obligé de déloger une belle ribambelle de *Sarcophaga carnaria*, autrement appelées mouches grises de la viande. Ces petites bestioles sont attirées par la décomposition des matières fécales. Elles ne viennent profiter du buffet qu'au bout d'un mois, ce qui laisse largement le temps à leurs petits copains, les diptères, de se régaler et d'implanter leurs larves en toute tranquillité ! Larves qui deviendront adultes en l'espace de quinze jours. Vous le saviez ?

— Non, je ne le savais pas ! rétorqua Daloz passablement agacé. Ce que vous nous dites, c'est que cet homme est mort il y a un mois, c'est bien ça ?

— Pas tout à fait ! Les mouches grises de la viande s'installent au bout d'un mois mais peuvent rester sur le corps jusqu'à six mois. Tout ce que je peux donc vous dire, c'est que votre homme est mort entre le moment où il a été vu la dernière fois et le mois dernier. Si vous voulez que je sois plus précis, il faut me laisser plus de temps ! Je suis désolé.

— Et pour son identité ? demanda le capitaine, le visage de plus en plus fermé.

— Là, je pense que je vais vous faire plaisir !

« L'homme au chat » avait une cicatrice qui courait sur toute la longueur de son mollet. Le légiste avait ouvert les chairs pour découvrir des broches fixées à son péroné. Les implants métalliques comportaient un numéro de série et le médecin avait pu remonter leur trace.

— Votre homme a été opéré à Valence, il y a deux ans de ça, mais l'orthopédiste a décidé de laisser les broches plutôt que de les enlever. C'est assez courant dans le cas d'une fracture comme la sienne.

Tous les membres du PJGN observaient le légiste avec des yeux ronds. L'homme était en train de leur dire qu'il avait réussi à identifier le compagnon de la mère de Léa, et pourtant il préférait leur infliger un cours de rééducation plutôt que de leur donner son nom.

Le capitaine expira un grand coup, suffisamment bruyamment pour que le médecin comprenne l'appel.

— Bien sûr, j'imagine que tout cela n'est pas très intéressant.

— Tant qu'on ne s'est pas cassé la jambe, je ne vais pas vous mentir, ça ne l'est pas !

— Désolé, je crois que je commence à fatiguer un peu et j'ai du mal à me concentrer. Votre « homme au chat » s'appelle en réalité Édouard Lemaire. Il n'est pas natif du coin mais s'est installé à quelques kilomètres d'ici, il y a trois ou quatre ans. L'orthopédiste qui le suit et avec lequel je me suis entretenu n'a pas pu être plus précis. Il m'a fait parvenir son dossier que je vous ai apporté. Vous y trouverez son adresse, son numéro de sécurité sociale et d'autres informations qui pourront peut-être vous être utiles. Il y a un numéro à contacter en cas d'urgence mais je me suis dit que vous préféreriez vous en charger.

Le légiste évoqua le cas de Pascal Forville en dernier. Durant tout son laïus, il évita de croiser le regard de Benoit, ce qui mit celui-ci d'autant plus mal à l'aise.

Le facteur avait subi plus ou moins le même sort qu'Huguet en avalant une forte dose d'antigel. Son cœur avait cependant lâché rapidement et le médecin avait tenu à préciser que son agonie avait été de courte durée.

28

Avec un nom, il était tout de suite plus facile de récolter un tas d'informations. « L'homme au chat » en avait désormais un et les membres du PJGN étaient à pied d'œuvre pour retracer ce qu'avait pu être la vie de cet homme avant d'être enterré en pleine forêt, la langue arrachée.

Édouard Lemaire vivait à Marsanne, un village de mille trois cents habitants, situé à une vingtaine de kilomètres de Crest. Gardel et Benoit s'étaient aussitôt rendus à son adresse, tandis que Daloz et Vernet étaient restés assister à la conférence de presse.

Lemaire vivait dans une petite bastide à l'extérieur du village. Tous les volets étaient fermés et il n'y avait pas de voiture dans la cour. Contraints d'attendre le serrurier et la commission rogatoire pour pénétrer dans la maison, les gendarmes décidèrent d'inspecter les alentours. La demeure était entourée de champs et la première maison voisine se trouvait à plus de cinq cents mètres, ce qui ne les empêcha pas de s'y rendre à pied.

La lieutenante marchait d'un pas soutenu, forçant Benoit à allonger sa foulée. Il était évident que Gardel était en meilleure forme physique que lui mais il n'avait pas l'intention de le lui montrer. En arrivant dans la cour du corps de ferme, Benoit prétexta un lacet défait pour reprendre son souffle alors que Gardel frappait déjà à la porte.

Une femme d'une trentaine d'années les accueillit, un petit garçon calé sur sa hanche, un autre accroché à sa jambe. Elle leur proposa un café et les deux gendarmes acceptèrent l'invitation sans rechigner.

Avant même qu'ils n'aient eu le temps de poser la moindre question, Julie Quentin, leur hôte, leur raconta comment son mari et elle s'étaient installés dans cette ferme, l'année précédente, pour fuir la région parisienne et son stress quotidien. Son époux était fils d'agriculteur et avait relevé le défi de changer radicalement de vie. À entendre cette ancienne conseillère en communication, le mot radical était peut-être en dessous de la réalité. Pas de télévision, pas d'Internet, même pas de téléphone portable. Le mari de Julie Quentin refusait quelque onde que ce soit dans sa maison. Le débit incessant des paroles de cette femme trahissait également un manque criant de vie sociale. Les gendarmes en déduisirent cependant qu'ils n'auraient pas pu mieux tomber.

— Édouard ? Oui, bien sûr que je connais Édouard ! Je suis allée le voir dès que nous sommes arrivés ici. C'est toujours bien de connaître ses voisins surtout quand on est comme moi, seule la plupart du temps, avec deux enfants à gérer. Mon mari travaille dix heures par jour et cette maison est grande. Alors, en cas de pépin, c'est toujours bon de savoir qu'il y a quelqu'un pas loin pour vous dépanner, vous ne pensez pas ?

Benoit acquiesça sans prendre la peine de répondre. De toute façon, il n'était pas facile d'en placer une. Julie Quentin était lancée et elle n'avait pas l'intention de s'arrêter.

— Mais c'est normal que vous ne le trouviez pas chez lui ! Il est parti depuis un mois. Lui et sa fiancée ont décidé de faire le tour du monde. Vous vous rendez compte ? Le tour du monde ! J'en rêverais ! Mais Sacha est encore trop petit pour ça. Enfin, c'est mon avis. Eux, ça ne les a pas empêchés de le faire. Faut dire que la petite est plus grande, aussi.

Les deux gendarmes s'étaient retenus de l'interrompre, mais Gardel profita d'une seconde de respiration pour reprendre la main sur l'entretien :

— Vous connaissez aussi sa fiancée ?

— Maud ? Oui, bien sûr ! On a dû se voir une bonne douzaine de fois. Je l'ai même invitée une fois à prendre le thé à la maison alors qu'Édouard était parti dépanner mon mari.

— Et vous disiez qu'Édouard et elle ont une fille ?

— Non, non, c'est sa fille à elle ! Mais je sais qu'Édouard et la petite s'entendent très bien. Je suis sûre qu'ils créeront une belle famille tous les trois. Et puis, de nos jours, c'est tellement courant, n'est-ce pas ?

— Sa fille, continua Gardel éludant la question, vous connaissez son prénom, j'imagine ?

— Bien sûr, quelle question ! Elle s'appelle Léa.

Benoit calquait son comportement sur celui de Gardel en ne laissant rien paraître de son excitation. Un tas de questions se bousculaient dans sa tête et il était au supplice de ne pas pouvoir intervenir. Il savait qu'en prenant le leadership, Gardel était devenue instantanément la figure référente pour Julie Quentin. S'immiscer dans la conversation aurait pu la perturber et annihiler la confiance avec laquelle elle se livrait.

— Mais pourquoi toutes ces questions ? finit par demander Julie Quentin.

Gardel se contenta de dire qu'un homme avait été retrouvé mort et qu'on craignait qu'il puisse s'agir d'Édouard Lemaire. La jeune femme, toujours persuadée que son voisin s'était absenté pour un long voyage, réfuta cette éventualité d'un revers de la main et continua à parler comme si de rien n'était.

Elle leur expliqua qu'elle était vraiment heureuse pour Édouard. Maud et lui formaient un très beau couple. De plus, ce serait certainement une bonne chose pour Léa.

— Pourquoi dites-vous ça ?

— J'ai rencontré Maud et sa fille il y a plusieurs mois de ça, et je me souviens qu'au début Léa partait s'enfermer dans sa chambre dès qu'elle voyait mes garçons. Je ne sais pas si c'était par timidité ou par sauvagerie, mais c'était limite mal élevé ! Le plus étonnant, c'est que sa mère ne disait jamais rien. Au contraire, elle la laissait faire comme si c'était tout à fait naturel. Et puis finalement, les choses ont changé, petit à petit. À la fin, les enfants jouaient ensemble dans la cour pendant que nous on papotait. Je pense que la présence d'Édouard a été bénéfique pour Léa. On dira ce qu'on veut, mais grandir sans une figure paternelle, ce n'est quand même pas l'idéal, vous ne croyez pas ?

— Et le nom de Maud, vous le connaissez ?

— Euh… laissez-moi me souvenir…

Pour la première fois depuis qu'ils étaient entrés dans cette maison, Julie Quentin avait instauré plusieurs secondes de silence qui parurent durer une éternité à Benoit.

— Doucet ! Oui, voilà, c'est ça. Maud Doucet ! Je crois qu'elle est originaire de Nantes et qu'elle s'est installée dans la région à peu près à la même époque que nous.

— Vous savez où exactement ?

— Ah non, ça je n'en sais rien ! C'est important ? De toute façon, je vous l'ai dit, vous ne la trouverez pas chez elle non plus.

Julie Quentin avait sûrement raison, même s'il y avait peu de chances pour que l'absence de Maud Doucet soit justifiée par un voyage autour du monde. Benoit ressentait cependant un certain soulagement. Il pouvait enfin associer un nom à la petite Léa. Léa Doucet, ce nom tournait désormais en boucle dans sa tête.

Lorsque Gardel demanda à leur hôte de leur parler plus précisément de Maud Doucet, la voisine admit qu'elle ne savait pas grand-chose sur la vie de cette femme avant qu'elle ne rencontre Édouard Lemaire. Elle savait que Maud Doucet était institutrice avant de déménager, mais que depuis elle était sans emploi. Elle se chargeait de faire la classe à sa fille car elle n'avait pas réussi à l'inscrire à temps, ou n'avait pas trouvé d'école qui lui convenait. Julie Quentin n'était plus sûre de la raison invoquée mais Léa lui avait paru tout à fait au niveau. Son fils aîné n'avait qu'un an de moins qu'elle et quand il avait eu un souci avec un de ses devoirs, Léa l'avait aidé à le terminer.

— C'est aussi pour ça qu'il leur était facile de programmer ce voyage ! ajouta Mme Quentin, une pointe d'amertume dans la voix. Quand vous pouvez vous passer du système…

Le reste n'était plus que bavardages ou supputations et Gardel préféra écourter la conversation. Tout en se levant, elle expliqua que le serrurier avait dû arriver et qu'il les attendait sûrement devant la maison d'Édouard Lemaire.

— Un serrurier, mais pour quoi faire ? Ne vous donnez pas cette peine ! Édouard m'a laissé ses clés avant de partir. À la campagne, on ne sait jamais ce qui peut arriver, vous savez !

29

La perquisition au domicile d'Édouard Lemaire leur avait permis de mettre la main sur une photo de Maud Doucet et de Léa. La mère et la fille posaient devant la maison, souriantes et tendrement enlacées.

Léa tenait ses cheveux blonds de sa mère et la même expression déterminée qu'avait pu observer Benoit quelques jours plus tôt. Maud Doucet était grande et élancée, un peu maigre au goût du sous-lieutenant. Elle semblait heureuse sur le cliché malgré une ride du lion prononcée. Édouard Lemaire était certainement celui qui avait saisi cet instant de bonheur dont il ne restait rien aujourd'hui.

Tout le courrier était adressé à Lemaire ainsi que les papiers administratifs qu'ils avaient trouvés rangés dans un tiroir. En dehors de cette photo, il n'y avait aucune trace apparente des Doucet. Il n'y en avait pas beaucoup non plus de Lemaire. Aucune brosse à dents à la salle de bains, des penderies à moitié vides, pas d'objet encombrant la table de chevet hormis un réveil. Même le réfrigérateur avait été débranché et les placards de la cuisine nettoyés. Les propos de

Julie Quentin se confirmaient. Édouard Lemaire avait fermé sa maison comme on le fait avant une longue absence. Sauf que les lieutenants étaient bien placés pour savoir que son tour du monde s'était en réalité arrêté à quelques kilomètres de là.

Benoit avait envoyé la photo de Maud Doucet à ses collègues de la gendarmerie et leur avait communiqué les informations qu'ils avaient pu récolter, Gardel et lui, afin de lancer un avis de recherche. En rentrant, il s'occuperait lui-même de remonter la trace de la mère de Léa jusqu'à Nantes. Avec son nom et son métier, il ne serait pas compliqué de retrouver des personnes qui la connaissaient, peut-être même des membres de sa famille. De là, les forces de l'ordre locales pourraient prendre le relais et leur en apprendre encore plus. La photo serait également recadrée, sans le visage de Léa, et photocopiée pour être diffusée en masse à Crest et aux alentours. Il n'était plus question d'un portrait-robot approximatif. Il était impensable que Maud Doucet ait vécu dans la région sans que personne ne l'ait fréquentée ou au moins abordée.

Les deux lieutenants savaient que Vernet avait contacté le numéro inscrit dans le dossier médical d'Édouard Lemaire. Il était tombé sur son père, qui n'avait pas eu l'air plus ému que ça mais qui avait tout de même accepté de faire le déplacement pour authen-tifier le corps de son fils. Vernet avait appris que les deux hommes ne s'étaient pas parlé depuis des années, depuis que la femme qui remplissait le rôle d'épouse et de mère les avait quittés des suites d'un cancer. L'homme ne connaissait plus rien de la vie de son

178

fils, il ne savait même pas qu'il s'était installé dans la Drôme. Julie Quentin, la voisine, était encore celle qui connaissait le mieux « l'homme au chat ». Benoit avait d'ailleurs demandé à cette femme si elle savait ce qu'était devenu l'animal. Elle lui avait répondu que le chat n'était pas à lui. C'était un chat sauvage qu'il avait vainement tenté d'apprivoiser et qui avait repris le cours de sa vie à l'instant même où Lemaire avait chargé les valises dans sa voiture.

Une description du véhicule en question fut transmise à toutes les gendarmeries de la région. C'était un vieux modèle sans aucune technologie permettant une localisation par satellite. Du renfort serait donc le bienvenu. S'ils mettaient la main sur cette voiture, ils pourraient peut-être trouver d'autres indices qui leur permettraient de comprendre ce qui s'était passé entre le moment où Lemaire avait quitté sa maison et le moment où il s'était fait torturer. La forêt de Saoû ne se trouvait qu'à une vingtaine de kilomètres, ce qui laissait tout de même un nombre infini de probabilités.

Benoit attendait que Gardel ait fini de donner ses instructions aux techniciens de la scientifique qui venaient de les rejoindre. Installé au volant de son véhicule, il n'arrivait pas à détacher les yeux du cliché. Il détaillait le visage de Léa et cherchait à le superposer de mémoire à celui qu'il avait entrevu dans la 205. Il avait l'impression de découvrir une toute autre petite fille. Souriante, insouciante. Il ne voyait aucune trace de colère ou de désillusion. Il tentait, encore et toujours, de comprendre ce que cette enfant pouvait bien avoir de si spécial. Était-elle la dernière héritière d'une grande lignée ou son sang était-il d'une telle rareté qu'il pouvait sauver l'humanité ? Depuis trois jours, le sous-lieutenant ne pouvait s'empêcher d'échafauder des théories plus abracadabrantes les unes que les autres. Il ressentait un besoin vital de comprendre. Au fond de lui, il continuait à penser que Léa ne serait pas en danger à l'heure qu'il est s'il n'avait pas effectué ce contrôle routier.

— On va la retrouver ! dit Gardel en s'installant à ses côtés. Tu m'entends ? On va la retrouver, Perceval !

Benoit hocha la tête sans conviction et tourna la clé de contact.

En arrivant à la gendarmerie, Benoit fut impressionné par le nombre de véhicules de presse garés sur le parking. C'était la première fois qu'il se retrouvait sur une enquête d'une telle envergure et il comprenait qu'il jouait à partir de maintenant dans une autre cour. Il lui faudrait faire attention à ses propos, ne pas s'épancher sur son métier. Jusqu'ici, il n'était pas rare qu'il partage des informations sur les raisons d'un accident ou d'une dispute conjugale avec le tenancier du bar où il se rendait fréquemment. Les dossiers sur lesquels il travaillait n'étaient pas vraiment classés « Confidentiel », surtout lorsqu'il s'agissait d'actes mineurs concernant les habitants du coin. Généralement, tout le monde était au courant de tout avant même que la presse locale n'ait pu faire son papier. Le nombre d'antennes satellites pointées vers le ciel indiquait clairement que leurs faits et gestes seraient maintenant épiés et retransmis dans la France entière.

La conférence de presse venait de prendre fin quand Gardel et Benoit pénétrèrent dans les locaux. Certains journalistes squattaient dans les couloirs, espérant certainement croiser le procureur et grappiller quelques informations qui n'auraient pas été divulguées en public. L'homme de loi passa devant eux, tête baissée tel un bélier, et se fraya un chemin ponctué de « sans commentaire ».

Daloz et Vernet étaient encore en salle de réunion et Benoit se demandait comment toutes les personnes qu'il avait vues sortir avaient réussi à tenir dans cette seule pièce. La gendarmerie de Crest n'était pas vraiment adaptée à ce genre d'événement. Le capitaine Daloz lui avait justement expliqué un peu plus tôt que c'était volontaire. Moins les journalistes trouveraient de confort, plus les équipes s'épureraient pour ne laisser sur place que les indispensables.

— L'actualité est une chose, avait-il dit, mais si la logistique ne suit pas, vous vous apercevez que les charognes se font vite la malle et que seuls les acharnés de la vérité restent. Et ceux-là ne sont pas nos ennemis !

Les membres du PJGN n'attendaient maintenant qu'une seule chose : l'arrivée de Joséphine Ballard pour son audition. L'ambiance était assez tendue et la présence de la juge d'instruction n'y était pas pour rien. Elle avait tenu à rappeler qu'elle serait derrière les écrans durant toute la session et, qu'au moindre débordement, elle y mettrait fin sans état d'âme. Daloz n'avait rien objecté et s'était contenté de compulser ses notes.

— J'aimerais essayer ! dit tout à coup Vernet.

Le capitaine l'observa sans rien dire et Benoit dut attendre que le lieutenant développe pour saisir le fond de sa pensée.

— Je pense que je peux la faire parler, mon capitaine. En tout cas, laissez-moi essayer !

Daloz prit le temps de peser le pour et le contre puis demanda à Vernet comment il comptait s'y prendre.

30

Il est quelle heure ?

J'arrive toujours pas à bouger. Je suis sûre que c'est pas un cauchemar. Ça dure pas si longtemps les cauchemars.

Pourquoi maman vient pas me voir ? Il doit être l'heure de se réveiller. D'habitude, elle vient toujours me réveiller si je dors trop tard.

J'ai encore mal. Moins que tout à l'heure mais quand même. J'ai moins froid aussi. C'est parce qu'il doit faire plus chaud dehors. Donc on doit plus être la nuit sauf qu'il fait toujours aussi noir.

Concentre-toi, Léa, fais un effort ! Faut te réveiller !

Sauf que si je me réveille, je suis sûre que je vais avoir encore plus mal à la tête. Non, je vais dormir encore un peu. De toute façon, si maman vient pas me chercher c'est que j'ai le droit. On doit être samedi. C'est ça, on doit être samedi, ou dimanche, et j'ai le droit de faire la grasse matinée !

Ça fait longtemps que j'ai pas fait une grasse matinée. Hélène veut pas que j'en fasse.

Hélène…

Hélène, Violette, Fabienne...

C'est chez elles que je suis ! Je suis pas avec maman. Maman est partie. Elles disent qu'elle est morte mais je sais que c'est pas vrai. Elle est juste partie. Faut que je sois patiente. Elle va forcément venir me chercher. Elle sait que j'aime pas être ici.

Je veux retourner chez Édouard. Là-bas on était bien. Maman était plus gentille. Elle me laissait même jouer avec les garçons. Je veux partir d'ici.

Faut que je m'enfuie. Voilà, c'est ça qu'il faut que je fasse ! Mais pour ça faut que je me réveille. Je me réveille et je sors par la fenêtre.

T'es bête ou quoi ? T'as oublié ? S'il fait tout noir c'est parce qu'elles ont bouché toutes les fenêtres ! Voilà. C'est pour ça que j'arrive pas à me réveiller. Fait trop noir.

Sauf que je veux plus rester ici. Je les déteste. Surtout Hélène. J'aime pas sa façon de me regarder.

Aïe, ma tête ! Ça recommence. J'ai mal. Faut que je me calme. Si je me calme, ça va passer.

Il faut que je dorme encore un peu. Je dors jusqu'à ce que j'aie plus mal et après je m'enfuis. Je sais pas comment mais je vais trouver ! Maman dit que quand on veut quelque chose, on peut. Moi, je veux juste plus rester ici !

Faut juste que je dorme encore un peu. Un tout petit peu...

31

Le lieutenant Vernet avait obtenu gain de cause. Il pourrait mener seul l'interrogatoire de Joséphine Ballard. La juge d'instruction, au début réticente, avait finalement donné son accord face à l'argumentation du lieutenant.

Selon lui, la méthode PROGEAI[1], utilisée de plus en plus fréquemment par les forces de l'ordre, ne fonctionnerait pas avec Ballard. Vernet avait déjà tenté avec elle l'écoute par empathie et cela n'avait donné aucun résultat. Le rapport de Benoit sur son agression et son refus catégorique d'en parler en étaient une démonstration supplémentaire. Même si cette technique avait fait ses preuves à de nombreuses reprises, elle ne paraissait pas adaptée à un tempérament dominant comme celui de la sexagénaire. Quant à la méthode classique, consistant à acculer le témoin face à des preuves scientifiques irréfutables, elle ne pouvait pas leur servir non plus pour la simple et bonne raison

---

1. Processus général de recueil des entretiens, auditions et interrogatoires.

qu'ils n'en avaient aucune à présenter. Tout ce qu'ils avaient réussi à accumuler jusqu'ici, en dehors des cadavres, étaient des noms et des curriculum vitae.

— Que proposez-vous alors ? s'était impatientée la juge.

Vernet avait inspiré un grand coup avant de se lancer :

— J'aimerais tenter une approche un peu différente. C'est une technique qui vient des États-Unis, de Quantico plus précisément. On appelle ça le « mirroring ».

— Et en quoi ça consiste ?

— Comme son nom l'indique, l'idée est d'offrir une sorte de miroir à son interlocuteur. Je caricature, bien évidemment, mais c'est pour vous faire comprendre le principe. Plusieurs études ont montré que nous avons tendance à imiter les postures et les gestes des personnes dont nous souhaitons nous rapprocher. Chris Voss, un ancien négociateur du FBI, s'est appuyé là-dessus pour mettre au point sa technique.

Vernet avait décrit le processus, qui était d'une simplicité déconcertante. Si l'interrogateur se mettait à mimer l'attitude du suspect ou du témoin, en croisant les bras par exemple lorsque l'autre le faisait ou en inclinant la tête du même côté, le témoin en question avait tendance à étoffer ses propos, presque à en rajouter comme s'il cherchait à récompenser son auditoire pour la qualité de son écoute.

— En réalité, vous ne faites que lui renvoyer sa propre image. Instinctivement, celui qui se regarde a envie d'être plus beau, plus intéressant.

— Et tout ça juste en l'imitant ?

— Presque.

Le lieutenant avait précisé que le silence de l'interrogateur était une arme importante de cette technique. Le principe ne consistait pas à poser tout un tas de questions mais au contraire de laisser le témoin s'exprimer en toute liberté avec une « neutralité bienveillante », à l'instar d'un psychiatre avec son patient. Il suffisait de répéter les derniers mots prononcés et de laisser un blanc s'installer. Généralement, il s'écoulait moins de cinq secondes avant que le témoin ne précise sa pensée.

— Et vous pensez que cette méthode fonctionnera avec Joséphine Ballard, parce que… ?

— Parce que cette femme aime qu'on l'écoute. Elle veut être celle qui mène la barque. C'est elle qui décide quelles informations transmettre, ce n'est pas nous qui les lui arrachons.

— Madame la juge, intervint Daloz, cette technique aura au moins le mérite d'éviter les débordements que vous craignez ! Je ne vois pas ce que nous avons à perdre. De plus, on ne peut pas dire pour l'instant que les autres aient parfaitement fonctionné !

— Si vous-même ne voyez pas d'inconvénient à laisser votre lieutenant mener cette audition à votre place, je n'ai plus qu'à m'incliner !

Benoit craignait qu'on ne le laisse pas assister au visionnage de l'interrogatoire. De nombreuses recherches devaient être lancées et sa place était, en toute logique, auprès de ses collègues de la gendarmerie pour les aider. La lieutenante le prit de court en l'incitant à rester.

— Tu devrais regarder, dit-elle d'un ton complice. Ça risque d'être intéressant !

Benoit proposa tout de même son aide mais se vit opposer une fin de non-recevoir.

— Pas besoin d'être deux pour ça ! dit-elle en souriant. Et puis, je la connais cette technique. J'ai déjà vu Vernet à l'œuvre. Mais je compte sur toi pour tout me raconter !

Benoit l'aurait embrassée mais il se contenta d'acquiescer avant de tourner les talons.

Le sous-lieutenant s'était placé dans le fond de la pièce et regardait les écrans par-dessus les épaules de la juge d'instruction. Vernet était déjà installé face à Joséphine Ballard et son avocate. Un silence de mort régnait dans la salle de visionnage. Tous savaient que c'était leur dernière chance de faire parler cette femme avant qu'elle ne les poursuive pour harcèlement. Son avocate leur avait clairement fait passer le message en arrivant.

— Comment allez-vous, madame Ballard ?

Vernet avait posé cette question avec une telle profondeur qu'elle ne pouvait être entendue comme une simple introduction de courtoisie.

— Je vais bien, je vous remercie.

Le lieutenant hocha la tête sans rien dire et patienta. Trois secondes s'écoulèrent.

— Je suis sûre que vos hommes ont dû exagérer en vous racontant ma mésaventure. Pourtant ce n'est pas faute de leur avoir expliqué ! Un coup de vent m'a fait sursauter et je me suis cognée à une porte de placard.

— Une porte de placard…

— Absolument ! Une porte de placard. J'ai entendu le verre se briser dans l'entrée et j'ai voulu voir ce

qu'il se passait. Je n'ai pas fait attention. Dans la précipitation, je me suis cognée. Ce sont des choses qui
arrivent, vous savez ! Il ne faut pas toujours voir le
mal partout. Mais si c'est ma santé qui vous inquiète,
rassurez-vous. Je m'en suis sortie avec une légère coupure et la plaie est déjà cicatrisée. Je l'ai dit à votre
lieutenant tout à l'heure, ce n'était rien de grave.

— Vous lui avez dit, en effet. Rien de grave…

Cette fois-ci, il fallut six secondes exactement à
Ballard pour réagir :

— Je suis sûre que vous ne m'avez pas fait venir
pour parler de ça ! De toute façon, je ne suis pas tenue
de vous raconter ce qui s'est passé. À moins que vous
ne vouliez m'arrêter pour bris de glace dans ma propre
demeure ? J'ai quand même le droit d'avoir une vie
privée, il me semble ! Quand bien même j'aurais eu
une altercation avec une de mes pensionnaires, je ne
vois pas en quoi ça vous regarde !

L'avocate, étonnée par cet emportement, posa une
main dans le dos de sa cliente. Celle-ci respira pro-
fondément et recouvra son calme avant de poser à son
tour une question :

— Pourriez-vous me dire une bonne fois pour
toutes pourquoi je suis ici ?

Vernet désirait que sa réponse déclenche un long
monologue de Joséphine Ballard, aussi pesa-t-il chacun de ses mots avant de s'exprimer :

— Madame Ballard, pourquoi nous avoir parlé de
Bettina Faulx alors que vous saviez pertinemment que
ce n'était pas elle qui était morte dans cette voiture ?

32

Joséphine Ballard avait résisté une dizaine de minutes à la technique d'interrogatoire de Vernet. Si le lieutenant avait douté un instant de la pertinence de sa démarche, il n'en avait rien laissé paraître sur les écrans. La juge d'instruction et Daloz avaient été les premiers à montrer des signes d'impatience. Étrangement, Benoit, lui, était confiant. Les arguments de Vernet l'avaient convaincu que cette méthode serait la seule qui puisse fonctionner. Si Ballard ne lâchait rien, peut-être était-ce parce qu'elle n'avait rien à leur apprendre. Le sous-lieutenant commençait à s'en convaincre quand le déclic qu'ils attendaient tous arriva. La responsable de l'association, qui avait jusqu'ici démenti toute tentative de les induire en erreur en leur parlant de Bettina Faulx, nuança tout à coup ses propos.

— Peut-être que mon subconscient s'est exprimé pour moi, dit-elle d'abord de manière énigmatique.

— Votre subconscient s'est exprimé…

Trois secondes de silence.

— Oui, peut-être que j'aurais dû faire mon deuil de Bettina plutôt que de traiter l'information comme je l'ai fait. Comme si sa mort était quelque chose de normal, qui devait arriver. Je m'étais liée d'amitié avec cette femme et peut-être que la culpabilité m'a joué des tours.

— La culpabilité ?

— Je savais que Bettina était encore fragile, et pourtant je l'ai laissée quitter le prieuré. Il n'a pas fallu beaucoup de temps pour que sa fille m'annonce son décès. Je crois qu'Hélène me considérait responsable de sa mort et certainement que, quelque part au fond de moi, je le pensais aussi.

À la suite de cette dernière phrase, Vernet ne put s'empêcher de faire une entorse à sa ligne de conduite :

— Hélène ? Hélène est la fille de Bettina Faulx ?

— Oui. Je sais que je vous ai dit que je ne la connaissais pas. Je vous ai menti, je suis désolée. Hélène est venue au prieuré peu de temps après la mort de sa mère. Elle avait besoin de parler, de comprendre le parcours de sa génitrice qu'elle n'avait finalement connue que peu de temps.

Le lieutenant allait la relancer comme il le faisait depuis le début de l'audition, mais Joséphine avait ouvert une vanne et n'avait besoin de personne pour s'épancher.

— Bettina est tombée enceinte à l'âge de quinze ans. Ce n'était pas une grossesse volontaire, loin de là ! Elle portait l'enfant de son père. Imaginez les dégâts que cela a pu faire chez cette adolescente. Un père violeur qui lui laissait un souvenir qu'elle était supposée choyer le reste de sa vie. Bettina ne pouvait pas s'y résoudre. Elle a fini par accoucher dans la clandestinité, avec l'aide d'une amie qui n'était pas bien plus vieille qu'elle. Les deux filles ont déposé le nourrisson, qui n'était autre qu'Hélène, devant les portes d'une maternité avant de s'enfuir. Il a fallu trente ans à Bettina pour admettre que cet acte avait ruiné sa vie. La drogue était le moyen le plus efficace qu'elle avait trouvé pour enfouir cet épisode sordide au tréfonds de sa mémoire. Après avoir effectué sa peine de prison, et par là même son sevrage, Bettina a décidé de se mettre en quête de sa fille. Elle vivait au prieuré à cette époque-là. Quand elle m'a annoncé qu'elle l'avait enfin retrouvée, je n'ai pas cherché à la retenir. J'aurais dû pourtant. J'aurais dû au moins la préparer à cette rencontre qui, vous vous en doutez, ne s'est pas vraiment passée comme elle l'espérait. Sa fille ne lui a pas tendu les bras, elle ne s'est pas jetée sur elle pour la couvrir de baisers. Hélène avait des comptes à régler avec cette mère qui l'avait abandonnée. La vie d'Hélène n'a pas été un long fleuve tranquille et Bettina en était la cause première.

Joséphine Ballard se tut un instant avant de reprendre le fil de sa pensée.

— Hélène a déjà beaucoup souffert, vous savez, et je ne voulais pas la mêler à tout ça ! En tout cas, cela ne m'a pas paru pertinent à ce moment-là.

— Pas pertinent à ce moment-là…

— Non, pas pertinent. Vous veniez de me montrer les portraits de Violette et Clara, ainsi que celui d'une fillette que je n'avais jamais vue auparavant. Il n'y avait aucune raison que je vous parle d'Hélène.

— Et pourtant vous nous avez parlé de sa mère, alors que rien ne vous y obligeait.

— C'est vrai, je l'avoue. Je ne sais pas pourquoi j'ai fait ça.

Joséphine Ballard baissa la tête comme si elle attendait l'absolution du gendarme. Cette fois, Vernet ne dit rien et attendit patiemment que la sexagénaire admette d'elle-même ce qu'il avait déjà compris. Le visage grimaçant et les mains nouées, elle jeta à terre ses dernières armes.

— Peut-être que je voulais justement vous parler d'Hélène et que je n'arrivais pas à m'y résoudre…

— Peut-être, en effet.

— Je pensais que, en vous mettant sur la piste de Bettina vous remonteriez jusqu'à elle. Vous n'aviez que son nom de famille à trouver, ça ne paraissait pas bien compliqué.

— Sauf que le corps à la morgue n'était pas celui de Bettina, qu'on ne pouvait donc lancer aucune recherche de parenté via son ADN, et que son dossier, lui, indiquait qu'elle n'avait jamais eu d'enfant.

— Je n'avais pas pensé à tout ça, souffla-t-elle. Et puis ce n'étaient que des doutes, vous comprenez ? Une simple intuition ! Je ne voulais pas pointer du doigt cette jeune femme déjà meurtrie, alors que rien ne prouvait qu'elle avait participé à cet enlèvement. C'est quand vous êtes venus la seconde fois que j'ai su que j'avais raison.

— Vous aviez raison ?

— Quand vous m'avez parlé de ces médicaments ! Hélène suivait un traitement. Je dis « suivait » car son comportement vers la fin m'a laissé penser qu'elle l'avait arrêté. Elle était de plus en plus difficile à gérer. Passant de l'euphorie à un état léthargique. Je savais de quoi elle souffrait mais je ne pouvais pas lui faire avaler ses cachets de force. J'étais dépassée. J'avais une réelle tendresse pour cette femme, mais j'avoue que lorsqu'elle est partie, je me suis sentie soulagée. Sa bipolarité était un élément perturbateur pour les autres filles.

— Un élément perturbateur ?

— Oui, Hélène essayait de les entraîner à sa suite. Elle voulait qu'elles adoptent sa façon de penser.

Joséphine Ballard détailla alors quelle était cette pensée. Hélène Calman, abandonnée à la naissance et recueillie par la DDASS, avait elle-même connu des déboires avec les hommes. Elle avait dû s'enfuir d'une de ses familles d'accueil pour être sûre de garder son intégrité, mais le chemin fut tellement rude par la suite, seule et sans soutien financier, qu'elle finit par vendre son corps alors que c'était justement pour le protéger qu'elle s'était mise dans cette situation. Lorsque sa mère biologique lui avait ensuite expliqué son propre parcours et les raisons qui l'avaient poussée à abandonner son enfant, Hélène avait reporté toute sa colère sur les hommes d'une manière générale. La gent masculine était pour elle le mal personnifié. Un diable qui usait de tous les moyens pour vous blesser au plus profond de votre être. Nul ne trouvait plus grâce à ses yeux. Pour Hélène Calman, l'homme représentait une race à éliminer.

— Autant je ne pense pas qu'Hélène soit responsable de l'enlèvement de cette petite fille, autant je ne serais pas particulièrement étonnée qu'elle ait un rapport avec la mort de cet homme que vous m'avez montré la première fois où nous nous sommes vus. Je ne savais pas à l'époque que c'était un fugitif. Il était venu au prieuré faire quelques travaux de plomberie et Hélène et lui avaient eu une altercation. Je ne sais pas quel était le sujet de leur dispute, il faut me croire, mais Hélène m'avait fait promettre de ne plus jamais faire appel à lui. J'ai conscience que j'aurais dû vous dire tout ça avant mais, une fois de plus, ce n'étaient que des soupçons de ma part, et cet homme était déjà mort de toute façon.

Vernet n'osait plus interrompre Ballard tellement elle avait à dire. Plus elle parlait, plus son corps s'affaissait. Il ne restait plus rien de sa superbe. La culpabilité qui la rongeait était également ce qui lui avait permis de tenir tête aux forces de l'ordre jusqu'ici. Maintenant qu'elle se confessait, le sous-lieutenant Benoit, qui continuait de l'observer sur le petit écran, avait presque pitié d'elle.

Vernet, quant à lui, semblait toujours aussi concentré. Il déstabilisa toute l'assistance en reprenant l'interrogatoire par là où il l'avait commencé :

— Et si nous reparlions de cette porte de placard, madame Ballard ?

33

En ressortant de la gendarmerie, Joséphine Ballard donnait l'impression d'avoir perdu dix centimètres. Les épaules voûtées, elle avançait les yeux braqués vers le sol, soutenue par son avocate qui, avant de partir, avait remercié la juge d'instruction pour sa clémence. En trois jours, Ballard avait menti deux fois aux forces de l'ordre : la première fois en niant reconnaître le portrait qui lui avait été présenté de Christophe Huguet, la deuxième en affirmant ne pas connaître le nom de la fille de Bettina Faulx. Si l'une était répréhensible par la loi, l'autre était plus discutable. Si Hélène Calman était apparue sur le devant de la scène, c'était justement parce que Joséphine Ballard leur avait parlé de Bettina Faulx alors que rien ne l'y obligeait. C'était en quelque sorte son acte de rédemption, et la juge d'instruction avait estimé que cela justifiait qu'on la laisse partir sans retenir de charges à son encontre.

Durant le reste de l'audition, Joséphine Ballard avait expliqué qu'Hélène Calman était venue au prieuré, à peine une heure avant l'arrivée du sous-lieutenant Benoit. Elle était hystérique et tenait des propos assez incohérents. Hélène reprochait à Joséphine d'avoir été trop laxiste. D'avoir laissé entrer le mal chez elle. Qu'elle devait se durcir et être plus radicale si elle ne voulait pas que son association devienne un lieu de passe dans la région. Joséphine avait tenté de la calmer mais Hélène était hors de contrôle. Quand elle avait commencé à lui poser des questions, sur Christophe Huguet et sur l'enlèvement de Léa, Hélène s'était mise à casser tout ce qui se trouvait à portée de main. À l'entendre, tout était de la faute de la sexagénaire qui n'avait pas su utiliser l'association à bon escient. Calman lui reprochait son manque de courage. Joséphine lui avait pris les épaules, espérant l'apaiser, mais la jeune femme s'était dégagée violemment, la repoussant de toutes ses forces contre la porte vitrée.

Même s'ils manquaient cruellement de preuves, les gendarmes considéraient désormais Hélène Calman comme la suspecte numéro un dans le meurtre de Christophe Huguet. Son rattachement à l'enlèvement de Léa serait plus compliqué à démontrer. Joséphine Ballard n'avait rien pu leur apporter pour appuyer cette théorie. Les noms d'Édouard Lemaire et de Maud Doucet ne lui disaient rien et les portraits qu'on lui avait présentés ne lui étaient pas plus familiers. Joséphine refusait de croire qu'Hélène pouvait être à l'origine de ce projet. Détruire un homme, la jeune femme en parlait souvent, enlever une petite fille de huit ans, ça n'avait tout simplement aucun sens. Cependant, Hélène Calman était partie du prieuré depuis un peu plus de deux mois. Peut-être avait-elle croisé la route de ce couple après son départ. Ballard doutait qu'elle l'ait rencontré durant son séjour dans les locaux de l'association. Même si les pensionnaires n'étaient pas enfermées, il était rare qu'elles sortent de l'enceinte du refuge, si ce n'est pour aller au supermarché ou chez les fermiers et récoltants de la région. Si Hélène avait fait la connaissance d'Édouard Lemaire ou des Doucet, mère et fille, elle en aurait sûrement parlé. Tout nouveau sujet de conversation était du pain bénit dans ce gynécée replié sur lui-même.

Quand on lui demanda si Violette Vallet et Clara Massini avaient pu rejoindre Hélène Calman en quittant le prieuré, la sexagénaire avait avoué à demi-mot qu'elle y avait elle-même pensé. Les deux femmes, ainsi que la kamikaze, étaient fascinées par ses propos. Hélène prônait un monde sans hommes dans une association qui recueillait des femmes meurtries par leur mari, amant, parent ou patron. Avec un tel auditoire, il lui avait été facile de se faire des adeptes.

Le mantra inscrit sur le paperboard de la salle de réunion faisait écho dans toutes les têtes :

« Il faut se méfier du sigisbée. Seule une sœur pourra nous sauver. »

Vernet avait fini par le prononcer à voix haute espérant une réaction de Ballard. Celle-ci l'avait regardé interloquée. Elle n'avait jamais entendu cette phrase dans la bouche d'Hélène et elle doutait même qu'elle puisse en être l'auteur. Calman avait arrêté sa scolarité en seconde et considérait que la lecture était destinée aux gens capables de se laisser aller à rêver, ce qui n'était clairement pas son cas. Ce vocabulaire semblait hors de sa portée mais, une fois de plus, Joséphine

Ballard n'avait aucune idée de ce qu'avait pu faire Calman en quittant le prieuré. En deux mois, peut-être avait-elle rencontré quelqu'un ou fait quelque chose qui l'avait changée au point de parler comme un gourou ou de décider d'enlever une enfant.

Concernant la conductrice de la 205, Joséphine Ballard n'avait aucune idée de qui il pouvait s'agir. Elle n'avait jamais vu cette femme, ni même cette voiture.

Le seul élément que put encore leur apprendre Ballard fut le nom de la psychiatre qui avait suivi Hélène Calman. Le médecin travaillait depuis longtemps avec l'association et recevait chaque pensionnaire, à son arrivée, pour évaluer ses traumatismes. À la suite de cette première approche, elle lui conseillait une thérapie de plus ou moins longue durée et lui prescrivait éventuellement un traitement. Peut-être accepterait-elle de les recevoir et de leur parler d'Hélène si la vie d'une petite fille en dépendait.

La juge d'instruction n'avait aucun moyen légal d'obliger la doctoresse à parler, en tout cas pas sur la base des éléments qu'ils avaient à disposition, aussi cette entrevue pourrait s'avérer être une impasse si la psychiatre décidait de se retrancher derrière le secret professionnel.

Pour finir, Joséphine Ballard accepta que les gendarmes se rendent au prieuré le lendemain afin d'interroger toutes les pensionnaires. Peut-être que l'une d'entre elles avait gardé des contacts avec Hélène Calman, même si la responsable de l'association n'y croyait pas trop. Elle avait simplement conseillé que les entretiens soient menés par des femmes. Selon

Ballard, il leur serait plus facile d'obtenir des informations dans ces conditions.

Les membres du PJGN, une fois seuls, avaient revu l'intégralité de l'enregistrement de l'audition. Daloz avait noirci trois pages de son carnet avant de donner ses instructions pour le lendemain. La journée avait été suffisamment longue pour qu'il décide de libérer ses hommes. Benoit, boosté par les révélations de Ballard, avait proposé de rester pour faire des recherches sur Calman, mais la permission de disposer s'adressait également à lui. Le capitaine voulait que tout le monde soit sur le pied de guerre à l'aube, avec un regard neuf et un esprit reposé. La chasse allait vraiment pouvoir commencer.

34

Ça y est, il refait froid. Comme tout à l'heure.
Est-ce que ça veut dire que c'est déjà la nuit ?

C'est impossible ! J'ai pas pu dormir toute la jour-
née. Hélène m'aurait jamais laissée faire ça. Et puis
j'ai jamais dormi aussi longtemps !

Qu'est-ce qui m'arrive ?

J'arrive toujours pas à bouger. J'ai peur.

Et si j'étais paralysée ? Oui, ça doit être ça ! C'est
pour ça que j'arrive pas à bouger ou à parler. C'est for-
cément ça ! Mais ça veut dire quoi ? Que je vais res-
ter comme ça toute ma vie ? Non, c'est pas possible.
On devient pas paralysé comme ça ! Calme-toi, Léa,
ça peut pas être ça ! Et puis si tu te calmes pas, tu vas
encore avoir mal à la tête.

Maman, j'ai peur !!!

Je veux pas être paralysée. Je veux pas...

Pourquoi je pleure pas ? J'ai envie de pleurer mais j'y
arrive pas. On peut pas pleurer quand on est paralysé ?

Arrête, Léa ! T'es pas paralysée. On peut pas être
paralysé comme ça, du jour au lendemain. Ça existe
pas !

Alors pourquoi je peux pas bouger ?

L'accident !

Ça y est, ça me revient. On a eu un accident ! C'est pour ça que je suis paralysée, c'est parce qu'on a eu un accident ! Voilà !

Ça veut dire que je vais rester comme ça ? Que je pourrai plus jamais marcher ? Je veux pas, c'est pas juste. Non, c'est pas juste. J'ai pas mérité ça. Je sais que j'aurais pas dû parler à ce policier, mais c'est lui qui m'a posé des questions ! Je peux pas être punie pour ça. C'est pas juste.

Maman, je t'en supplie, faut que tu reviennes ! J'ai trop peur.

Ma tête... Ça recommence. J'ai mal.

J'ai mal, j'ai peur, j'ai froid. Je voudrais tellement que tu sois là, maman. J'ai besoin de toi.

...

J'entends du bruit ! Y a quelqu'un qui vient. J'en suis sûre. Oui, quelqu'un vient d'ouvrir la porte. Ça doit être Hélène, forcément. Elle va me gronder parce que j'ai dormi toute la journée !

Pourquoi elle dit rien ? Et puis pourquoi elle allume pas la lumière ?

Je suis sûre qu'elle est juste à côté de moi. Je sens quelque chose sur mon bras. Ça fait mal. Enfin non, ça fait pas mal mais c'est désagréable. Qu'est-ce qu'elle fait ? Et puis pourquoi je la vois pas ?

C'est parce que t'as les yeux fermés, idiote ! T'as qu'à les ouvrir !

C'est horrible ! Ça non plus j'y arrive pas. Je suis sûre que je dors plus pourtant, c'est pas un cauchemar. Je suis sûre que je suis réveillée mais que je peux pas ouvrir les yeux. Je dois être paralysée des yeux aussi !

Et puis pourquoi elle dit rien ?

... J'ai peur...

35

Mardi 6 mai

Les tâches avaient été réparties et chacun s'y préparait depuis une heure avec ardeur, conscient qu'un tournant majeur dans l'enquête s'était opéré la veille au soir. Gardel, en charge des entretiens avec les pensionnaires du prieuré, venait de recruter une femme, parmi les effectifs de la gendarmerie de Crest, pour l'assister. La nouvelle arrivante écoutait attentivement les recommandations de la lieutenante tout en lisant le dossier. Daloz devait se rendre au tribunal pour faire un point avec la juge d'instruction et le procureur. Il rédigeait une synthèse des résultats de leurs investigations, ainsi que la liste des actes judiciaires qui leur seraient utiles dans les jours à venir. Vernet et Benoit, quant à eux, s'apprêtaient à partir pour Valence afin d'honorer leur rendez-vous avec la psychiatre. Le médecin leur avait dégagé un créneau dès qu'ils lui avaient expliqué la situation.

Les lieutenants furent étonnés de trouver du monde dans la salle d'attente alors qu'il était à peine huit heures du matin. Deux femmes patientaient en silence, installées dans des coins opposés de la pièce. La première était plongée dans la lecture de son livre. La couverture, toute en nuances de gris, était devenue trop célèbre pour qu'on ne la reconnaisse pas et Benoit ne put s'empêcher de sourire. Attaquer de bon matin par de la romance érotique avant un petit rendez-vous chez le psy, il se demandait comment pouvait bien se dérouler le reste de sa journée. L'autre patiente jouait nerveusement sur son téléphone et ne releva même pas la tête quand les deux gendarmes passèrent devant elle pour saluer le médecin qui les attendait.

Le bureau de la psychiatre était spacieux et surtout très lumineux. Une grande baie vitrée donnait sur l'esplanade du Champ-de-Mars et on pouvait distinguer au loin le kiosque Peynet. Tout était fait pour apaiser l'esprit dans cette pièce claire où les meubles et accessoires se déclinaient dans un camaïeu raffiné allant du blanc à l'écru. Même la psychiatre contribuait à cette ambiance virginale avec ses cheveux blonds, qu'elle portait courts, et sa peau diaphane. Seule la monture de ses lunettes apportait une touche de couleur qui attirait immanquablement le regard de ses visiteurs. Le médecin devait avoir calculé cet effet car Benoit fut persuadé d'avoir lu une pointe d'amusement dans ses yeux lorsqu'il lui serra la main.

Le docteur Guyet s'installa derrière son bureau et invita les lieutenants à s'asseoir avant d'entamer sans autre préambule :

— Comme vous le savez, je suis tenue au secret professionnel. J'espère sincèrement pouvoir vous aider dans vos recherches, mais si l'une de vos questions, ou plus précisément une de mes réponses, remettait ce principe en cause, ou pouvait éventuellement nuire à ma patiente, alors je serais dans l'obligation de vous demander de passer à la question suivante sans insister. Sommes-nous bien d'accord ?

— C'est entendu, répondit Vernet, affable. Nous vous remercions d'ailleurs de nous recevoir aussi vite. Comme nous vous l'avons expliqué, une enfant a été enlevée et nous craignons pour sa vie. Les éléments de notre enquête nous portent à croire qu'Hélène Calman pourrait être impliquée dans cet enlèvement. Vous venez de nous dire que vous ne feriez rien qui puisse nuire à votre patiente. Pouvons-nous en conclure que vous continuez à voir Hélène Calman ?

— Je ne l'ai pas vue depuis des semaines, ce qui ne veut pas dire que je ne la considère plus comme ma patiente. Ma porte lui sera toujours grande ouverte.

— Quand vous dites des semaines, répéta Vernet, vous est-il possible d'être plus précise ?

— Il faudrait que je consulte mon agenda mais je dirais six semaines environ.

Tout en répondant, la psychiatre s'était tournée vers son ordinateur et, après trois actions sur sa souris, avait indiqué que son dernier rendez-vous remontait au 2 avril.

— Sa thérapie était finie ?

— Il n'y a pas vraiment une date de fin pour une thérapie, vous savez ! Chacun est libre de venir me voir, aussi longtemps qu'il le souhaite ou qu'il pense en avoir besoin. Il m'arrive parfois de dire à mes patients qu'il est temps pour eux de se passer de moi mais cela reste leur décision.

— C'est ce qui est arrivé avec Hélène Calman ? Vous lui avez dit qu'elle pouvait désormais se passer de vous ?

— Non, admit le médecin mal à l'aise. J'étais d'ailleurs très étonnée de ne pas la voir la séance suivante. Hélène a toujours été très assidue et n'a jamais manqué un rendez-vous. J'ai tenté de la joindre au prieuré. C'est là que Joséphine, enfin je veux dire Mme Ballard, m'a appris qu'Hélène en était partie. N'ayant pas d'autre moyen de la contacter, j'ai fini par attribuer son créneau à une autre patiente. Jusqu'à votre coup de fil, je pensais qu'elle avait quitté la région et qu'elle n'avait pas jugé bon de m'en avertir.

— Pourquoi aurait-elle quitté la région ? Elle vous avait parlé d'un projet en particulier ?

— Des projets, Hélène en a plein la tête ! Croyez-moi. De là à vous dire lesquels, non seulement je ne le peux pas, mais je peux vous assurer que ça ne ferait que vous embrouiller dans votre enquête ! Non, je savais qu'Hélène voulait repartir à zéro, se créer une nouvelle vie et s'offrir une chance d'être heureuse. Pour cela, il fallait qu'elle fasse table rase du passé et qu'elle laisse ses fantômes derrière elle.

— C'était le conseil que vous lui avez donné ?

— Je ne donne pas de conseils à mes patients, lieutenant. Je les écoute, les guide face aux obstacles qui les empêchent d'avancer pour être présente quand ils se sentent prêts à les affronter. Tout le monde sait, au fond de lui-même, ce qui lui fait du mal. Je dirais même que tout le monde connaît la solution pour éviter ce mal. Encore faut-il avoir la force de s'attaquer au problème. Mon rôle est de les assister dans cette croisade qui demande parfois une énergie incommensurable. Je reste à leur côté durant ce travail, je les remets parfois sur le bon chemin quand je vois qu'ils s'égarent, mais non, je ne les conseille pas.

Les lieutenants savaient que leur temps était compté. La psychanaliste avait été claire à ce sujet. Elle pouvait décaler ses premiers rendez-vous mais en aucun cas les annuler. Ils allaient devoir durcir l'entretien s'ils ne voulaient pas quitter ce bureau avec la désagréable sensation d'être venus pour rien. Les cours de psychanalyse attendraient.

— Pour quelles raisons Hélène est-elle venue vous voir la première fois ?

— Toutes les femmes de l'association passent par mon cabinet avant de s'installer au prieuré. Hélène n'était pas une exception.

— Permettez-moi de reformuler ma question. Pourriez-vous nous dire pour quelles raisons Hélène devait suivre une thérapie ?

— Vous vous doutez bien que je ne vais pas répondre à cette question !

— Joséphine Ballard nous a parlé de ses troubles bipolaires.

Vernet avait jeté sa carte maîtresse et attendait maintenant la réaction du médecin. Il était évident qu'elle ne s'attendait pas à cette affirmation de la part des gendarmes et elle ne pouvait le nier sans se parjurer.

— Je préfère parler de troubles maniaco-dépressifs, précisa-t-elle sèchement, mais si vous savez de quoi souffre Hélène, pourquoi avoir fait ce déplacement ? Je suis sûre que vous avez des spécialistes au sein des forces de l'ordre qui peuvent vous expliquer parfaitement en quoi consiste cette maladie !

— Effectivement, docteur Guyet. Ce n'est pas un cours sur la bipolarité que nous sommes venus chercher. Nous voulons que vous nous disiez si, selon vous, Hélène Calman peut représenter une menace pour Léa. Pourrait-elle s'attaquer à elle d'une manière ou d'une autre en raison de sa maladie ?

La psychiatre observa quelques secondes de silence avant de s'enfoncer dans son siège et de répondre d'un air abattu :

— Tant qu'Hélène suivra son traitement, vous n'aurez rien à craindre d'elle !

36

Si Vernet et Benoit se fiaient à ce que leur avait dit la responsable de l'association, Hélène Calman n'était déjà plus sous traitement avant son départ du prieuré. Si on ajoutait à cela que la jeune femme avait débarqué la veille en cassant tout sur son passage, on pouvait aisément penser que c'était toujours le cas.

L'attitude de la psychiatre donnait à penser qu'elle était au courant de tout cela et Vernet ne manqua pas de le lui faire remarquer.

Le docteur Guyet admit que le comportement agité d'Hélène lors de sa dernière séance laissait en effet supposer que la jeune femme ne prenait plus ses sels de lithium. La doctoresse ne s'en était pas inquiétée outre mesure car il était assez courant que les patients cessent leur traitement dès que celui-ci faisait effet. Se sentant mieux, ils pensaient être tirés d'affaire et ne voyaient pas de raison de rester dans le brouillard constant que procuraient les médicaments.

— Nous en avons justement parlé lors de notre dernière séance, expliqua la psychiatre. Je pensais l'avoir convaincue de les reprendre mais son départ précipité du prieuré aurait plutôt tendance à me faire croire le contraire.

— Dans ce cas, doit-on considérer qu'Hélène Calman est un risque pour Léa ?

— C'est difficile de vous répondre comme ça. Hélène n'a jamais exprimé de haine vis-à-vis des enfants, mais il y a tellement de sujets que nous n'avons pas abordés. Le parcours de cette jeune femme n'a pas été une sinécure, croyez-moi, et ce n'est pas en quelques mois que nous aurions pu faire le tour de tous ses démons. Maintenant, encore une fois, je ne vois pas pourquoi elle irait s'en prendre à une enfant. Le problème principal d'Hélène, ce sont les hommes, comme c'est le cas pour la plupart des femmes qui se trouvent au prieuré.

Même si le docteur Guyet cherchait à les rassurer, les lieutenants devinaient qu'Hélène Calman pouvait être une bombe à retardement et une menace pour quiconque à partir du moment où elle cessait de se soigner.

— Le Risperdal, tenta Vernet, c'est le médicament qu'elle est censée prendre ?

— Ce n'est pas celui que je lui ai prescrit ! répondit le médecin en fronçant les sourcils. Pourquoi me parlez-vous de ce médicament en particulier ?

— Nous avons retrouvé un sac à dos qui en contenait plusieurs boîtes. Pensez-vous qu'elles étaient destinées à Calman ?

— C'est possible, mais ce ne serait pas forcément une bonne nouvelle. Un changement de traitement pour ce genre de névrose ne se fait pas à la légère. Il faut être très attentif à la posologie. Adapter le dosage progressivement en fonction des réactions du patient. Sans un suivi médical, les effets secondaires peuvent vite s'avérer néfastes pour des personnes dont l'équilibre est déjà précaire.

Le sous-lieutenant Benoit, qui écoutait avidement tout ce qui se disait, n'arrivait pas à savoir si le fait d'avoir retrouvé ce sac, et donc d'avoir empêché Calman de les récupérer, était une bonne nouvelle au final. Vernet, lui, avait déjà sa réponse. Il l'avait exprimée à haute voix pour la partager avec le docteur Guyet. Si toutes leurs théories s'avéraient justes, Hélène Calman disposait de ce suivi médical en la personne de Violette Vallet. L'ancienne obstétricienne avait certainement volé les médicaments à l'hôpital pour remettre sa complice sous traitement. Cela signifiait que Calman avait besoin d'être calmée et que l'oubli du sac à dos dans l'ambulance ne présageait rien de bon.

— Vous dites que Violette Vallet est avec elle ?

La psychiatre n'avait pas cherché à cacher son inquiétude dans le ton de sa voix.

— C'est ce que nous pensons, en effet. J'en déduis que vous la connaissez ?

— Je vous l'ai dit, je rencontre toutes les pensionnaires du prieuré à leur arrivée. Violette a refusé d'être suivie régulièrement, ce qui était tout à fait son droit, mais je me souviens très bien d'elle.

— Si Violette Vallet ne faisait pas partie de vos patientes, peut-être accepteriez-vous de nous en parler ?

Le médecin y consentit tout en précisant que ses propos seraient à prendre avec précaution. Elle ne s'était entretenue avec elle qu'une seule fois, ce qui était trop peu pour établir une évaluation psychiatrique à proprement parler. Selon le docteur Guyet, Violette Vallet souffrait d'un complexe de supériorité tel qu'elle n'avait toujours pas compris les raisons de sa radiation. Pour elle, l'ordre des médecins avait commis une faute impardonnable en la mettant sur la touche. Violette considérait que les médecins avaient la responsabilité d'améliorer la vie sur terre et que, pour cela, il fallait parfois prendre des décisions controversées. Leur rôle ne devait pas s'arrêter à soigner des patients et leur permettre de vivre plus longtemps. Ils devaient être capables de voir plus loin. Ils devaient sauver l'humanité. Violette s'était comparée aux génies de la médecine et de la recherche qui avaient été bannis par leurs pairs de l'époque et dont les travaux étaient aujourd'hui étudiés. « Ce ne sont que des planqués ! avait-elle vociféré. Des réacs qui ne pensent qu'à toucher leur fric et le cul des infirmières ! »

— Violette avait beaucoup de haine en elle, ajouta la psychiatre, mais je n'ai pas pu savoir envers qui exactement. Les hommes en faisaient partie, de toute évidence, mais ce qu'elle leur reprochait n'était pas clair. C'est comme si elle leur en voulait d'exister, purement et simplement. De manière plus globale, j'ai eu la sensation que Violette était en guerre contre le monde entier, ou tout du moins contre son mode de fonctionnement. Pour toutes ces raisons, je n'ai pas pu déceler si son complexe de supériorité relevait d'un schéma cognitif ou au contraire d'une contre-attaque.

— Vous voulez dire que vous ne savez pas si Violette a été élevée avec l'idée qu'elle était la meilleure ou si elle cache finalement un complexe d'infériorité qu'elle tente de surcompenser, c'est bien ça ?

— Je n'aurais pas dit mieux ! répondit-elle impressionnée. Je ne savais pas que vous étiez calé à ce point en psychanalyse.

— Quand on grandit avec quatre sœurs, on n'appelle pas ça de la psychanalyse mais de l'instinct de survie !

Le médecin sourit pour la première fois.

— Si Violette souffre d'un complexe, et qu'elle le surcompense par son comportement, je peux vous dire qu'il lui faudra du temps pour le surmonter tant elle l'a enfoui au plus profond d'elle-même.

Benoit prenait des notes dans un calepin qu'il s'était procuré la veille, mais le docteur Guyet parlait tellement vite qu'il avait peur de ne pas pouvoir se relire par la suite. Vernet, pour sa part, hochait régulièrement de la tête comme si tout ce qu'il entendait faisait partie de son quotidien. Quand le médecin acheva son évaluation de Violette Vallet, le lieutenant l'interrogea sur Clara Massini, l'autre complice qui avait fait sortir Léa de l'hôpital. Son ancienne conseillère de probation l'avait décrite comme une femme en perpétuelle soumission mais l'avis d'une psychiatre serait certainement plus riche en informations. Hélas, le docteur Guyet invoqua le secret professionnel et se contenta de confirmer ce qu'ils savaient déjà. Clara Massini était une de ses patientes, même si elle ne l'avait pas vue depuis près d'un mois.

Quand Vernet mentionna le cas de Corinne Pingeot, la kamikaze, le visage de la psychiatre s'assombrit.

— J'aimerais vous dire que son geste m'a étonnée mais cette femme était en grande détresse. Elle était atteinte d'un cancer, vous le saviez ?

Les deux lieutenants hochèrent la tête sans se donner la peine de répondre.

— Elle voyait sa maladie comme une justice divine. Une punition, en quelque sorte. Corinne avait été mariée à ce qu'elle pensait être un prince charmant avant qu'il ne l'oblige à se prostituer. Elle avait accepté sans rien dire, persuadée que cela ne durerait qu'un temps. Elle était amoureuse et il trouvait les mots qu'elle avait besoin d'entendre pour justifier cette ignominie. L'argent qu'ils mettraient de côté leur permettrait de partir à l'autre bout du monde, sur une île déserte, où ils pourraient s'aimer jusqu'à la fin de leur vie. Ce genre de niaiseries. Quand elle s'est retrouvée porteuse du VIH, son tendre époux l'a bien évidemment mise à la porte. La vie de Corinne, par la suite, n'a plus été qu'un long chemin de perdition. À l'entendre, le sarcome de Kaposi, le cancer dont elle souffrait, était la meilleure chose qui pouvait lui arriver. Lorsque les médecins lui avaient annoncé le diagnostic et ses chances de rémission, cela lui avait donné la force de se reprendre en main. C'est en tout cas ce qu'elle pensait mais elle n'avait aucune idée des torts que son mari lui avait causés. Elle se débattait dans des sables mouvants et son combat était perdu d'avance.

Vernet lui parla alors des dernières phrases de sa patiente, juste avant qu'elle ne se fasse exploser :

— Le cicisbée, vous dites ?

— Oui, une variante du mot « sigisbée ». Cela vous dit quelque chose ?

— Le sigisbée, n'est-ce pas cet homme qu'on comparait à un chevalier servant en Italie ?

— C'est tout à fait ça.

— Alors j'imagine que je viens de vous apporter un début d'explication !

Effectivement, le profil que la doctoresse venait de faire de la kamikaze expliquait en grande partie son acte et ses propos, pourtant Vernet n'avait pas l'air entièrement satisfait.

— Ce vocabulaire, ça ne vous étonne pas dans la bouche de votre patiente ?

— Corinne aimait les livres à l'eau de rose, répondit la psychiatre, tout en regardant ostensiblement sa montre. Peut-être avait-elle lu ce mot dans une de ces histoires et qu'elle l'avait retenu, tout simplement.

— Ce serait une explication, en effet. Avant de partir, nous aurions une dernière question pour vous, docteur, si vous permettez.

— Si je peux y répondre rapidement…

— Si vous deviez attribuer un rôle à chacune de ces femmes, que ce soit pour l'enlèvement de Léa ou pour les trois meurtres dont nous vous avons parlé ce matin au téléphone, quelle serait votre analyse ?

Le médecin souffla bruyamment, comme si cette question la plaçait dans l'embarras. Elle finit par répondre d'une voix blanche :

— Tout ce que je peux vous dire, c'est que je me fais du souci pour Clara Massini. C'est la plus faible des trois et c'est donc elle qui risque de payer le plus cher dans cette histoire. Sans oublier la petite Léa, bien sûr !

37

Les membres du PJGN revenus de leur mission, un débriefing s'organisa dans la salle de réunion.

Le capitaine Daloz écoutait attentivement le rapport de Vernet, pinçant parfois les lèvres tout en griffonnant une note sur son calepin. Le sous-lieutenant Benoit essayait désespérément de deviner ses pensées mais Daloz restait impénétrable. Lorsque Benoit avait intégré la gendarmerie de Crest, il ne lui avait pas fallu longtemps pour cerner son supérieur, le capitaine Marchal. Il avait appris rapidement à interpréter ses claquements de langue, sa posture ou sa façon de se servir son premier café. Avec le chef des Experts, il en allait tout autrement. Daloz restait une énigme. Sans être froid, ni même distant, il arrivait à imposer le respect par sa simple impassibilité. Benoit espérait être un jour assez intégré pour connaître l'histoire de cet homme.

La lieutenante Gardel avait attendu que son tour vienne pour parler et confirma rapidement certains propos de Vernet.

— Il est clair que le hashtag « Balance ton porc » aurait pu être lancé par ces femmes, mon capitaine ! Et encore, je pense qu'elles auraient plutôt opté pour un « Égorge ton porc » ! J'en ai vu, des histoires sordides, depuis que je fais ce métier, mais le prieuré est un condensé d'horreurs en tout genre, avec un seul facteur en commun : vous, messieurs ! Mari, amant, père, frère, citez-moi qui vous voulez, il n'y en a pas un pour rattraper l'autre. Je comprends aisément que ces femmes aient choisi de rester entre elles après ce qu'on leur a fait subir. Je suis même étonnée qu'elles vous aient laissés pénétrer dans l'enceinte la première fois.

Gardel avait fini sa phrase en regardant Benoit droit dans les yeux et le sous-lieutenant avait immédiatement baissé la tête, le rouge au front. Lorsqu'il avait fait son rapport de sa visite au prieuré, il avait narré dans le détail son entrevue avec Joséphine Ballard, et l'état dans lequel il l'avait trouvée, mais il avait omis de parler de sa mésaventure dans le local à outils. À moins que son agresseuse ne se soit confessée, la lieutenante n'avait aucun moyen d'être au courant et Benoit était prêt à invoquer tous les saints pour que cela reste ainsi.

Daloz avait prononcé quelques mots de circonstance avant de rediriger Gardel sur le sujet qui les intéressait.

— Aucune n'a voulu nous parler d'Hélène Calman, mon capitaine. Je pourrais vous dire que c'était par solidarité, mais j'ai plutôt eu l'impression que c'était par crainte de représailles. Je ne peux malheureusement pas étayer mes propos et peut-être que je me fais des idées, mais je suis persuadée de les avoir vues se crisper chaque fois que l'on prononçait son nom. Pour Violette Vallet, c'est différent. À les entendre, Violette n'était pas comme elles. Elles m'ont expliqué qu'elles se réunissaient une fois par semaine pour participer à une sorte de groupe de soutien. C'est une des règles de l'association. Elles doivent prendre la parole, chacune leur tour, et exprimer tout ce qui leur passe par la tête. Les progrès qu'elles pensent avoir faits, les cauchemars qui les empêchent de dormir, bref, elles doivent partager sans retenue leurs angoisses les plus profondes. Violette, à en croire les pensionnaires que j'ai interrogées, ne se prêtait pas au jeu. Chaque fois que l'ancienne praticienne prenait la parole, c'était pour les insulter, les traiter de lâches ou de dégonflées. Elle se moquait de leurs témoignages et n'hésitait pas à leur dire qu'elles étaient les premières responsables de ce qui leur était arrivé. Joséphine Ballard finissait toujours par la calmer mais, au final, Violette n'a jamais dit, de son côté, pourquoi elle avait atterri au prieuré. La seule chose qu'elle s'évertuait à répéter est qu'elle n'était pas une victime et qu'elle ne le serait jamais.

La lieutenante évoqua ensuite rapidement les cas de Clara Massini et de la kamikaze mais ces deux femmes semblaient avoir évolué tels des fantômes au sein de l'association. Personne n'avait rien à dire à leur sujet pour la simple et bonne raison qu'elles n'avaient laissé aucune impression de leur passage. Assez solitaires, elles restaient en marge des discussions et prenaient leur repas chacune seule dans un coin. Leur rapprochement avec Hélène Calman et Violette Vallet s'était opéré quelques semaines seulement avant leur départ.

Le capitaine attendit la fin du rapport de Gardel pour se lever et inscrire le nom des quatre suspectes sur une feuille vierge du paperboard. Il écrivit ensuite le mot « leader » avec un point d'interrogation.

— Au vu de ce qu'on nous a rapporté, il est clair que Clara Massini et notre kamikaze ne sont pas les instigatrices de cet enlèvement. Massini est une femme fragile qu'on pourrait qualifier de suiveuse. Une disciple obéissante. Il en va de même pour Corinne Pingeot, qui a tout de même accepté de se faire exploser pour servir un dessein qui, pour l'instant, nous échappe. Son état d'esprit la prédisposait visiblement à ce genre de sacrifice mais elle a forcément été enrôlée par une personnalité dominatrice. Il nous reste donc Hélène Calman et Violette Vallet, et là, j'avoue que je ne suis pas à l'aise.

— Laquelle des deux est la louve de la meute ? intervint Vernet.

— Je n'aurais pas dit mieux ! Votre avis, lieutenant ?

— Il y a effectivement quelque chose qui cloche, mon capitaine. Ces deux femmes ont toutes les deux des personnalités prononcées et semblent être craintes par leur entourage, même si c'est pour des raisons totalement différentes. Violette, par son complexe de supériorité, a pour réflexe de mépriser son entourage, de le rabaisser. Cela lui permet de se mettre en avant même si c'est au détriment des autres. Il faut comprendre que le complexe de supériorité, à ce stade, est considéré comme un trouble pathologique de la personnalité. La différence avec Calman, c'est que le traitement se résume généralement à un suivi psychiatrique, or il est rare qu'une personnalité narcissique ressente le besoin de se confier. Elle ne ressent aucune douleur, aucune gêne handicapante. Donc, à moins que le complexe d'infériorité dont elle souffre éventuellement reprenne le dessus, il est rare que ces personnes se fassent soigner de leur plein gré.

— Et pour Hélène Calman ?

— Le cas de Calman est différent. Si elle a effectivement arrêté de prendre ses médicaments, elle va être crainte par son entourage direct à cause de son instabilité. Sous la pression, les réactions d'Hélène vont être de plus en plus extrêmes. Elle va passer de l'euphorie à l'irritabilité en un battement de cils. Sachant que ce n'est pas le pire à craindre dans une phase maniaque. Elle pourrait avoir un comportement dangereux vis-à-vis d'elle-même mais aussi à l'encontre des autres. Et il suffit de se référer à son altercation avec Joséphine Ballard pour comprendre que c'est justement dans cette phase qu'elle évolue en ce moment. Les personnes qui la côtoient de près doivent en avoir maintenant pleinement conscience et vont faire en sorte de ne pas la contrarier.

— Ou vont tenter de lui procurer des médicaments, hasarda Benoit.

— Exactement ! C'est ce que je ferais, en tout cas.

— On en revient donc à la question de départ, reprit le capitaine. Qui est le chef de bande ?

— Je ne sais pas, admit Vernet. Ce qui est sûr, c'est que ces deux femmes ne pourront pas se partager cette place longtemps, si c'est ce qu'elles pensaient faire au départ. L'une d'elles sera obligée de laisser sa place et ça ne se fera certainement pas sans heurts !

— Charge à nous de retrouver la petite Léa avant que ce jour n'arrive !

38

Une nouvelle feuille avait été arrachée du paper-board pour être collée au mur. Elle contenait quatre colonnes avec le nom des victimes portant une marque sur le front.

Après avoir répertorié les cadavres par ordre chronologique de décès, les Experts étaient restés plus d'un quart d'heure sur la seule colonne qui contenait un point d'interrogation en son centre. C'était la première. Celle à laquelle ils ne pouvaient pas associer de nom.

— Les autopsies nous ont confirmé ce que nous soupçonnions déjà, avait attaqué le capitaine. Édouard Lemaire, le compagnon de la mère de Léa, est mort environ un mois avant Christophe Huguet. Notre ex-fugitif a été tué, pour sa part, soixante-douze heures avant Pascal Forville, votre ami, avait-il dit en regardant Benoit. Sauf que les stigmates nous poussent à croire qu'il y a un autre corps, quelque part, qui porte la marque de la première victime. À qui appartient ce corps ? À quand remonte la mort ? Nous n'en avons pour l'instant aucune idée mais je suis prêt à entendre toutes vos suggestions. Je vous rappelle que l'espace-temps entre ces meurtres se réduit drastiquement, ce qui n'est jamais bon signe !

Depuis, les trois lieutenants et leur capitaine avaient échafaudé plusieurs théories qui s'écroulaient avant même d'avoir pu être développées tant ils manquaient d'éléments concrets pour les étayer.

La mère de Léa, Maud Doucet, portée disparue en même temps qu'Édouard Lemaire, était bien évidemment la piste la plus cohérente. Son compagnon, sa fille et elle étaient sur le point de quitter la région, pour une destination et une durée inconnues, et les propos qu'avait tenus Léa au sous-lieutenant Benoit ne faisaient que corroborer ce point : « Elle m'a dit de préparer mes affaires pendant qu'elle allait chercher la voiture. »

Benoit se souvenait parfaitement de sa voix chargée de colère et de tristesse quand elle avait précisé : « J'ai attendu très longtemps mais elle n'est jamais revenue. »

Édouard Lemaire avait été retrouvé à vingt kilomètres de chez lui. Maud Doucet était probablement elle aussi enterrée dans cette forêt. Les gendarmes cynophiles avaient effectué des battues plusieurs heures durant mais peut-être fallait-il continuer les recherches et demander du renfort pour les étendre à toute la forêt de Saoû. La presse ne manquerait pas de relever cette agitation et le procureur serait obligé de divulguer cette partie de l'enquête, mais cela paraissait indispensable s'ils voulaient avoir une chance de retrouver l'élément déclencheur de ces crimes en série.

Un point fut tout de même soulevé par Gardel, semant le doute dans l'esprit de ses coéquipiers. Toutes les victimes étaient à ce jour des hommes.

— Si je me mets dans la tête de ces femmes, expliqua-t-elle, alors Maud Doucet est une de mes sœurs. Elle n'est pas l'ennemie. Même si elle m'a trahie en voulant s'enfuir avec Édouard, qu'elle considère comme son sigisbée, il n'empêche qu'elle fait partie de ma communauté. Seul un homme mérite un tel châtiment.

— Peut-être qu'elle n'a pas subi les mêmes tortures ? osa le sous-lieutenant.

— Benoit a raison ! intervint alors Vernet. Maud peut très bien constituer le point de départ d'un déraillement. Ces femmes ont très bien pu s'en prendre à elle de manière impulsive, sous le coup d'une colère ou d'une jalousie. Rien ne nous dit qu'on la retrouvera avec une marque sur le front ou les intestins rongés par l'antigel. En revanche, sa mort a pu engendrer une escalade de violence. Le premier passage à l'acte abat toujours des barrières qu'on pensait jusqu'alors infranchissables. Le meurtre d'Édouard a pu être commis dans la foulée, avec cette fois une haine plus prononcée car il était finalement la cause originelle du problème.

— Pourquoi inscrire un « deux » en chiffres romains sur son front, dans ce cas ? relança Gardel. Si la mort de Maud Doucet n'était pas préméditée, elle n'aurait pas dû entrer dans ce comptage morbide, non ?

— En théorie, tu as raison, mais n'oublions pas que si l'auteur de ces crimes est Hélène Calman, sa logique est altérée en fonction des phases maniaco-dépressives qu'elle traverse.

— Sauf que rien ne nous prouve qu'Hélène est effectivement notre meurtrière !

— Rien, en effet. Mais c'est la seule qu'on ait pu rattacher à l'une des victimes, souvenez-vous !

Joséphine Ballard nous a dit qu'elle l'avait vue en pleine altercation avec Christophe Huguet.

— Ça ne prouve pas qu'elle connaissait Édouard Lemaire, ni même Maud Doucet !

— Je sais, souffla Vernet à court d'arguments.

Benoit comprenait que ce manque de complaisance entre les lieutenants était une méthode éprouvée entre eux, dont l'unique but était de garder un cap objectif et impartial. Le capitaine les laissait d'ailleurs se contredire sans intervenir. Il avait répété plusieurs fois, au cours de la réunion, qu'il fallait garder un esprit ouvert et ne pas se contenter d'une seule piste. Il n'était pas rare qu'un enquêteur finisse par interpréter les indices dans le sens qui lui était propice, avant de s'apercevoir qu'il s'était dirigé vers une impasse. Le temps ne jouait pas en leur faveur et les Experts ne comptaient pas en gaspiller plus que de nécessaire.

Maud Doucet était donc peut-être la première victime, comme Hélène Calman était peut-être sa meurtrière, mais rien ne leur permettait de l'affirmer en l'état.

Si, comme le pensait Gardel, la première victime était un homme, alors ils manquaient cruellement de données pour se projeter. En dehors des victimes, tous les protagonistes auxquels ils avaient eu affaire s'avéraient être des femmes.

— Nous n'avons jamais vu le mari de la voisine d'Édouard ! proposa Benoit. Elle nous en a parlé, beaucoup, mais au final on ne l'a pas croisé.

Il n'avait pas fallu trois secondes à la lieutenante pour comprendre où Benoit voulait en venir.

— Vous êtes en train de suggérer que cette gentille femme au foyer qui nous a fait la conversation pendant des heures, qui nous a parlé de sa petite famille et du courage de son époux à être reparti de zéro comme il l'a fait, nous aurait menés en bateau tout du long ?

— Je dis juste que nous ne l'avons jamais vu, c'est tout !

Benoit avait perdu un peu de son assurance et faisait un effort surhumain pour soutenir le regard de Gardel qui n'en avait pas fini avec lui.

— Et donc, elle aurait tué son mari le mois dernier, ou qui sait, peut-être même avant, et elle agirait depuis comme si de rien n'était ?

— On a déjà vu des trucs plus bizarres, non ?

— Et moi qui pensais voir le mal partout !

Gardel avait dit ces mots avec un brin d'admiration ou, tout du moins, c'est l'impression que Benoit avait ressentie.

— OK, alors imaginons que notre conseillère en communication reconvertie en femme de fermier soit à l'origine de ces meurtres, quel serait son mobile ?

Benoit s'aperçut que tous les regards étaient désormais braqués sur lui et hésita à relever le défi. Il avait avancé ce nom pour relancer le débat sans anticiper ce qui allait suivre. Maintenant qu'il était dos au mur, il n'avait plus d'autre choix que de se lancer.

— Julie Quentin, ancienne femme active dans une grande ville, ne vit pas bien son changement de situation. Son mari travaille des heures aux champs, la laissant gérer seule ses deux garçons. Jusqu'ici, je n'invente rien puisqu'elle nous l'a fait comprendre, en long et en large. Elle fait la connaissance de son voisin, et là, hop, elle le prend pour amant !

— Et là, hop ?

— Oui, enfin je veux dire que les voisins deviennent amants. Sauf que débarque tout à coup Maud Doucet dans la vie d'Édouard. Il tombe amoureux et met fin à son autre relation. Il décide de partir faire le tour du monde avec la mère de Léa, tour du monde, je vous le rappelle, qu'aurait rêvé faire Julie Quentin.

— Jusque-là on vous suit, sourit Daloz malgré lui.

— Julie, au désespoir, pense qu'Édouard l'a quittée parce qu'elle est déjà mariée. Elle décide donc de tuer son mari. Mais quand elle comprend que son ancien amant ne reviendra pas, car il est bien décidé à partir avec Maud et sa fille, elle voit rouge et le tue le jour de son départ.

— Et les victimes suivantes ? Christophe Huguet et Pascal Forville ?

— Bon, là j'admets que je n'ai pas trop d'idées pour l'instant, mais reconnaissez que ça pourrait se tenir.

— Vous oubliez la mère de Léa ! Elle devient quoi dans l'histoire ?

Benoit était acculé, il se sentait obligé de trouver une réponse, aussi bancale soit-elle.

— Julie part voir Maud, juste après avoir tué Édouard, et lui annonce que le tour du monde est annulé. Elle lui dit que finalement Édouard a décidé de partir seul, pour faire le point, car il les aime toutes les deux. Maud, folle de rage, prend la route et disparaît.

Benoit attendait le verdict des Experts. Il avait positionné ses mains sur ses genoux, au-dessous de la table. Il était sûr que de cette manière, personne ne pourrait voir le tremblement qui les agitait.

Le capitaine, qui n'avait pas perdu son sourire en coin, le délivra de son attente :

— Lieutenant, votre version, aussi romanesque soit-elle, n'est pas dénuée d'intérêt. Vous aviez raison quand vous disiez qu'on a déjà vu des trucs plus bizarres !

Benoit ressentit une pointe de honte et se promit de faire plus attention à son langage la prochaine fois qu'il interviendrait.

— Cela étant, il y a un point que vous n'avez pas pris en considération : Léa ! Pensez-vous sincèrement que sa mère l'aurait abandonnée aussi facilement ?

— Vous avez raison, se mortifia Benoit, ça ne tient pas la route une seconde !

— Je n'ai pas dit ça ! Certaines femmes sont plus amantes que mères et leur priorité n'est pas forcément leur enfant. Pourquoi un homme aurait-il plus le droit qu'une femme de plier bagage sans se retourner ? Si je vous précise ce point, c'est pour que vous trouviez un moyen de le vérifier. Avant toute chose, vous allez nous trouver ce M. Quentin. S'il travaille aux champs toute la journée, il ne devrait pas être difficile à trouver. Si cet homme est bien en vie, ce que nous lui souhaitons, nous pourrons d'ores et déjà l'écarter de la liste des victimes potentielles et laver sa femme de tout soupçon ! En revanche, vous avez soulevé un point que nous ne pouvons pas éluder : la mère de Léa aurait-elle pu quitter la région en laissant sa fille derrière elle ? Depuis le début, nous parlons de disparition mais rien ne nous prouve que ce n'est pas volontaire. Les gendarmes de Nantes ont certainement dû récolter des informations sur cette femme à l'heure qu'il est. Voyez avec eux si cette hypothèse serait envisageable en fonction du profil qu'ils auront dressé.

Benoit n'imaginait pas que ses propos les mène-raient jusque-là. L'idée que la petite Léa ait pu être délibérément abandonnée par sa mère ne lui était jamais venue à l'esprit. Et il aurait préféré que cela reste ainsi.

39

C'est à nouveau le jour. J'en suis sûre parce qu'il fait moins froid la journée.

Par contre, maintenant c'est sûr, je suis paralysée. J'ai pas réussi à ouvrir les yeux ni à bouger, alors que ça fait au moins deux jours que je suis réveillée. Y a pas d'autre explication.

J'ai envie de pleurer, mais même ça, j'y arrive pas.

Quelqu'un est entré dans la chambre cette nuit. Je sais pas si c'était Hélène. Elle a rien dit. C'est vrai que parfois Hélène aime bien qu'on reste silencieuses, mais ces derniers temps elle arrêtait pas de parler. Maman m'a dit qu'il fallait pas que je fasse attention. Que parfois les gens ont des réactions bizarres. Du coup, si ça se trouve elle est venue, mais cette fois elle avait pas envie de parler.

Ou alors c'est Violette ? Violette, elle est assez gentille en fait. Au début je l'aimais pas trop parce qu'elle donnait des ordres à tout le monde mais finalement avec moi, elle a toujours été sympa. Et puis maman m'a dit qu'elle était docteur.

Donc en fait, ça pourrait être Violette, ce serait logique ! Elle a dû venir voir si j'étais malade. Sauf que dans ce cas, pourquoi elle a rien dit ? Elle m'a posé aucune question. En même temps, si c'était la nuit, elle a peut-être eu peur de me réveiller.

C'est quand même bizarre que personne me parle. Les gens viennent dans ma chambre mais ils disent rien.

En tout cas, aujourd'hui, j'ai pas mal à la tête. Ça fait du bien.

Peut-être que c'est pour ça en fait que les gens disent rien. Ils doivent penser que j'ai besoin de me reposer à cause de l'accident.

J'ai aucun souvenir de ce qui s'est passé après. Avant, je m'en souviens mais après, rien. C'est comme si j'étais tombée dans un trou noir.

J'espère que Fabienne sera pas trop fâchée. Elle va dire que c'est à cause de moi si on a eu l'accident. Parce que j'ai parlé à ce policier. Mais c'était pas ma faute. Il m'avait posé des questions, j'étais bien obligée de répondre !

J'espère quand même que Fabienne s'est pas fait trop mal. Si ça se trouve, elle est paralysée, elle aussi. Quand je pense que ça a toujours été la plus gentille avec maman et moi. Ça me ferait de la peine. J'aurais carrément préféré que ce soit Hélène.

Je sais que c'est pas bien de souhaiter du mal aux gens mais elle, je l'aime vraiment pas.

Et puis tante Câline, qu'est-ce qu'elle va penser ? À tous les coups, elle va encore dire à maman que c'est de sa faute. À chaque fois que je fais une bêtise, c'est elle qui se fait gronder à ma place.

Maman, j'aimerais tellement que tu sois là…

Je te promets que je ferai plus de bêtises ! Reviens, s'il te plaît.

40

Le légiste entra dans la salle de réunion sans y avoir été invité. Le souffle court et le front luisant, il donnait l'impression de revenir de la salle de sport. Il attendit néanmoins que le capitaine Daloz ait terminé sa phrase pour justifier son intrusion peu conventionnelle.

— J'ai deux bonnes nouvelles pour vous ! Enfin, j'ai une bonne nouvelle et le début d'une autre, mais avouez que par les temps qui courent ce n'est déjà pas mal !

Le légiste avait reçu une heure plus tôt les dossiers médicaux des patientes traitées par Violette Vallet, qui lui avaient valu sa radiation de l'Ordre des médecins. La juge d'instruction les avait fait livrer directement à son bureau pour qu'il puisse y jeter un œil expert avant d'en faire un compte rendu aux hommes du PJGN.

— Je vous confirme que rien dans ces dossiers n'indique que ces femmes devaient interrompre leur grossesse. Si on n'avait pas arrêté cette obstétricienne, le problème de surpopulation que nous connaissons aurait été vite réglé ! Il suffisait qu'elle trouve le rythme cardiaque du bébé un peu trop faible ou la tension de la future maman légèrement en hausse pour que le couperet tombe. Mais ce n'est pas tout ! Toutes ces IMG ont un facteur commun. Vous voulez deviner lequel ?

Le regard que lui lança Daloz fut assez éloquent pour que le médecin annonce la suite sans se faire prier :

— Tous les fœtus avortés étaient des garçons ! Et Violette Vallet en avait pleinement conscience avant l'intervention. Chaque interruption de grossesse a eu lieu quelques jours après l'échographie du cinquième mois, celle où on annonce généralement le sexe de l'enfant aux parents.

Un silence de mort s'était installé dans la salle. Benoit, lui, était pour ainsi dire en apnée. L'information n'arrivait pas à se frayer un chemin jusqu'à sa raison. Il en avait compris les mots, leur signification, mais il refusait d'intégrer cette donnée dans sa globalité. Qu'une femme puisse tuer un homme pour se venger de ce qu'il lui avait fait subir, le sous-lieutenant pouvait le comprendre, et même l'admettre en son for intérieur. Qu'elle le fasse par procuration en tuant d'autres hommes qui auraient simplement eu le malheur de croiser son chemin, il pouvait l'envisager. C'était encore à sa portée. En revanche, qu'une femme médecin puisse transgresser froidement toute déontologie et décider du droit de vie ou de mort d'un enfant à naître juste en fonction de son sexe, cela dépassait son entendement.

Le capitaine fut le premier à réagir et Benoit devina qu'il cherchait à faire retomber la pression qui s'était installée pour retrouver l'attention de ses hommes :

— Docteur, on dit parfois que j'ai un humour noir, mais j'avoue que vous me surpassez haut la main ! Je ne sais pas si ce que vous venez de nous dire était la bonne nouvelle ou le début de bonne nouvelle, mais j'hésite à vous demander de poursuivre.

— Oui, bon, j'admets que je n'ai peut-être pas bien choisi mes mots ! grimaça le légiste. La bonne nouvelle était qu'on a réussi à récupérer ces dossiers. Je ne sais pas comment s'y est prise la juge, mais c'est un sacré tour de force qu'elle nous a fait là. Après, concernant le contenu, je suis d'accord avec vous. Ce n'est pas vraiment folichon ! Mais vous savez ce qu'on dit : on ne tire pas sur le messager ! Je ne fais que vous livrer mes conclusions.

Cet intermède permit aux trois lieutenants de reprendre leur souffle et Vernet leva la main pour intervenir.

— Lieutenant, ça vous fait penser à quoi ?

— Si je devais trouver les mots justes, je dirais qu'on est face à de l'eugénisme genré. Violette Vallet pratiquait une sélection naturelle forcée, sauf qu'elle ne cherchait pas à améliorer les gènes de ces enfants pour les rendre parfaits ; elle voulait tout bonnement éradiquer le sexe masculin. Pour être honnête, je n'ai jamais étudié un tel cas, je crois même que c'est la première fois que j'en entends parler. J'aimerais pouvoir me pencher plus sérieusement sur la question, mon capitaine. Je connais une ou deux personnes qui pourraient m'aider. Ce sont des spécialistes de l'eugénisme et je suis sûr qu'ils pourraient nous aider à parfaire le profil de Violette Vallet.

— Vous restez là-dessus jusqu'à nouvel ordre !

Le capitaine Daloz inscrivit quelques mots dans son calepin avant de relever la tête :

— S'il y a effectivement une bonne nouvelle dans ce que vous venez de nous dire, docteur, c'est qu'au moins Léa n'aura rien à craindre de cette femme. Elle est née du bon côté ! Vous parliez d'une autre nouvelle ?

— C'est juste ! Figurez-vous que la vie vous réserve parfois des surprises !

Le légiste s'installa confortablement sur son siège comme s'il s'apprêtait à leur raconter l'histoire de sa vie. Les gendarmes durent faire preuve d'une grande patience pour obtenir l'information qu'ils attendaient car, en effet, le médecin n'avait pas l'intention de la leur livrer sans leur expliquer par le menu comment il l'avait obtenue. Benoit devina que le capitaine se retenait de le brusquer. Depuis que lui et ses hommes avaient débarqué dans la région, le médecin n'avait quasiment pas vu la lumière du jour, et cette échappée jusqu'à la gendarmerie devait être la pause qu'il avait décidé de s'octroyer. Personne ne pouvait réellement le lui reprocher.

Le légiste se lança donc dans un récit qui n'avait rien de concis.

Il leur narra tout d'abord que son neveu venait de se lancer dans un nouveau commerce, un food truck spécialisé dans les burgers dont les ingrédients étaient tous issus de la production locale.

— Ça marche pas mal ! avait-il tenu à préciser.

Le médecin vanta ensuite les spécialités qu'il avait lui-même goûtées et leur avoua passer commande régulièrement à son neveu.

— Je ne le crie pas trop sur les toits car ma femme trouve que c'est trop riche en calories. Généralement, je fais un saut en voiture et avale mon sandwich sur place. Ça me permet de discuter un peu avec Laurent, mon neveu. Sauf qu'avec tout le travail que vous me donnez, même ce temps-là je n'arrive pas à le prendre. Alors, ce midi, exceptionnellement, je lui ai demandé de me déposer mon sandwich à la morgue. Ce n'est pas comme si l'odeur allait déranger mes patients ! Bref, j'étais en train de compiler le dossier de notre conductrice fantôme quand le gamin est arrivé. Il est tombé sur une des photos. Le pauvre, vous auriez vu sa tête ! Sauf qu'une fois remis de ses émotions, voilà qu'il m'affirme qu'il la connaît ! Enfin, le mot est fort, disons qu'il l'a vue plusieurs fois. Elle lui prenait régulièrement des burgers à emporter.

Daloz serrait les mâchoires en attendant la suite tandis que Gardel commençait à tapoter la table de ses ongles. Seul Benoit partageait l'enthousiasme du légiste, certainement parce qu'il connaissait le Laurent en question et son food truck, dont il était un adepte de la première heure.

— C'est pourquoi je vous ai parlé d'un début de bonne nouvelle ! avait continué le légiste imperturbable. Quand vous passez une commande, vous devez donner votre prénom. Il paraît que c'est comme ça que ça se fait, maintenant ! On donne juste un prénom et on attend d'être appelé. Moi, forcément, c'est différent vu que c'est mon neveu. Mais notre conductrice, elle, elle n'a pas eu d'autre choix que de le lui donner. Il m'a assuré qu'elle s'appelait Fabienne. Malheureusement, il a été incapable de me donner son nom de famille. Alors je sais que vous allez me dire qu'on ne va pas aller loin avec un prénom, mais c'est un début, non ?

Les membres du PJGN étaient bien évidemment déçus par cette information qui n'en était pas vraiment une, mais Daloz, encore une fois, trouva les mots pour mobiliser ses hommes.

— J'imagine que le food truck de votre neveu est itinérant ?

— Absolument ! Il change chaque jour d'emplacement.

— Pensez-vous qu'il serait capable de se souvenir des lieux où il se trouvait quand cette Fabienne passait ses commandes ?

— C'est fort possible ! J'ai toujours soupçonné ce gamin d'être hypermnésique. Avec la mémoire qu'il a, il a peut-être retenu d'autres détails qui pourraient vous être utiles. Je l'ai déjà prévenu que vous risqueriez de l'interroger !

Benoit n'écoutait déjà plus ce qui se disait. Il avait pris son calepin et inscrit « Fabienne » avant de le souligner trois fois. Ce mot représentait plus qu'un prénom, pour lui. Il incarnait le premier visage de cette histoire.

41

Le rapport des gendarmes de Nantes chargés d'enquêter sur le passé de la mère de Léa était arrivé dans la boîte mail des Experts. Le capitaine Daloz l'avait transféré à Benoit pour qu'il l'étudie en détail et en fasse une synthèse pour le point de dix-huit heures. Le sous-lieutenant n'était pas souvent missionné pour effectuer des tâches seul, aussi s'y attela-t-il avec une attention décuplée.

La première page résumait en quelques lignes l'état civil de Maud Doucet. Elle allait fêter ses quarante ans à la fin du mois, à la condition bien sûr qu'elle soit toujours en vie. Célibataire avec un enfant, elle vivait dans un F3 situé rue Gambetta, proche de la gare Nord et à l'arrière du Jardin des plantes. Benoit s'obligea à regarder l'adresse sur un plan. Il ne connaissait absolument pas Nantes, or il voulait maîtriser le dossier sur le bout des doigts.

Institutrice dans une école privée depuis huit ans, Maud Doucet était partie du jour au lendemain sans en avertir l'établissement. Une plainte aux prud'hommes avait été déposée par ses employeurs, mais Doucet ayant déménagé sans laisser d'adresse, la procédure était à l'arrêt depuis dix mois, période à laquelle elle avait disparu de la circulation. À l'époque, les voisins avaient été interrogés et personne n'avait su dire où elles étaient parties, elle et sa fille.

Les gendarmes avaient également joint l'acte de naissance de Léa. Née à Paris en octobre 2010, elle avait été déclarée de père inconnu. Une note précisait qu'aucune reconnaissance en paternité n'avait été déposée depuis.

Benoit ressentit le besoin de s'attarder quelques minutes sur cette information. Il ne cessait de penser à sa rencontre avec Léa, à tout ce qu'elle n'avait pas eu le temps de lui dire ce jour-là, sur la départementale D538. Aujourd'hui, elle était dans le coma, séquestrée par des femmes déséquilibrées, sa mère avait disparu ou l'avait peut-être abandonnée, et il comprenait maintenant qu'elle n'avait jamais connu son père. Qu'avait donc fait cette enfant pour subir un tel destin ?

Le reste du dossier était beaucoup trop succinct pour satisfaire la curiosité de Benoit et son envie de bien faire. Il décrocha son téléphone et contacta le lieutenant qui avait rédigé le rapport. Le sous-lieutenant se présenta brièvement et expliqua faire partie de la cellule de crise établie pour retrouver la petite Léa. Il omit volontairement de dire qu'il ne faisait qu'assister les enquêteurs responsables de l'affaire, espérant ainsi que le gendarme nantais prendrait ses demandes en considération comme il l'aurait fait avec un supérieur. Quand son interlocuteur lui demanda de patienter un instant, le temps de s'enfermer dans un bureau, Benoit sut qu'il aurait toute l'attention voulue.

Rapidement, Benoit comprit que le dossier était incomplet. Les gendarmes s'étaient rendus à l'ancien domicile de Maud Doucet pour interroger ses voisins. Les réponses étant sensiblement les mêmes que celles données les jours suivant sa disparition, ils n'avaient pas considéré nécessaire de les retranscrire dans le rapport. Le sous-lieutenant avait une multitude de questions en tête mais il savait qu'il allait devoir user de diplomatie s'il ne voulait pas donner l'impression de remettre le travail de ses collègues de Nantes en cause :

— Depuis dix mois que Maud Doucet et sa fille ont disparu, vous n'avez jamais eu de nouvel indice pour relancer l'enquête ?

— Ce n'est pas nous qui nous en sommes occupés à l'époque. C'était une enquête de police. Mais ils n'ont pas poussé loin vu que tout indiquait une disparition volontaire. L'appartement avait été vidé et les clés déposées dans la boîte aux lettres de l'agence immobilière qui avait loué le bien. Les voisins ont vu la femme partir avec deux grosses valises. Sa fille l'accompagnait. Un taxi les attendait au bas de l'immeuble. Des déménageurs sont passés le lendemain, mais personne n'a été capable de se souvenir du nom de la société qui est intervenue. Les témoins n'étaient même pas sûrs que ce soit des professionnels. Bref, le dossier est resté ouvert à cause de cette plainte aux prud'hommes, mais les gars sont vite passés à autre chose et on aurait certainement fait pareil.

— Et aucun membre de sa famille ne s'est présenté ?

— Personne. Il est inscrit à l'état civil que les parents de Doucet sont décédés depuis plusieurs années, mais elle a bien une sœur. Ils n'ont pas réussi à mettre la main dessus l'année dernière et je vous avouerai qu'on n'a pas eu le temps de chercher de notre côté. Maintenant, si vous pensez que c'est important…

— Ça l'est, en effet. La fille Doucet est entre la vie et la mort et sa mère a disparu. Si elle a une tante quelque part, je crois que ce serait bien qu'on nous l'envoie pour qu'elle soit présente à son réveil quand on l'aura retrouvée.

— Je vois que vous êtes un optimiste, c'est bien ! On va regarder de notre côté si on peut remonter sa trace. Maintenant, avec juste un nom, je ne vous promets rien. Si la sœur est partie vivre à l'étranger, ça pourrait prendre des semaines, voire des mois.

— J'en ai conscience ! Si vous pouviez déjà lancer une recherche nationale.

— On va s'en occuper ! Autre chose ?

— Les voisins, vous leur avez parlé ? Je veux dire, personnellement ?

— Oui, j'étais sur place, pourquoi ?

— Vous ont-ils parlé de Maud et de sa fille ? De leurs relations, ou simplement de leur comportement ?

— Bien sûr ! Vous savez comment ça se passe avec les enquêtes de voisinage !

Le gendarme relata les propos quasi unanimes des autres locataires de l'immeuble. Maud Doucet avait marqué les esprits, non pas par son extravagance comme on l'entendait souvent dans ce genre de colportage, mais au contraire par sa discrétion presque maladive. Elle baissait toujours la tête lorsqu'elle croisait quelqu'un dans les escaliers. Elle répondait poliment à tous mais faisait en sorte de ne jamais croiser leur regard. On ne l'avait jamais vue en compagnie de qui que ce soit. Jamais un bruit ne s'échappait de son appartement alors que sa fille y restait toute la journée.

— Comment ça, toute la journée ? avait relevé Benoit.

— Eh bien, visiblement, la petite ne sortait presque jamais et suivait ses cours à domicile. Les voisins n'ont pas osé poser la question franchement à la mère, mais ils s'étaient tous mis d'accord pour dire que cette enfant devait être malade. Un truc grave qui l'empêchait de se mêler aux autres gamins du quartier. Les flics ont vérifié ce point, mais Maud Doucet avait fait les démarches nécessaires pour scolariser sa fille à domicile. Tout était en règle. Le maire et l'académie avaient été prévenus comme il se doit et les contrôles annuels avaient été faits. Quant à la santé de la petite, ils n'ont rien trouvé de spécial. En tout cas, je n'ai rien vu dans le dossier qu'ils nous ont communiqué. Je rappellerai le lieutenant qui était en charge de l'enquête pour en savoir plus, si vous voulez. De ce qu'on sait, Maud Doucet ne travaillait que quinze heures par semaine. J'imagine que c'était elle qui faisait la classe à sa fille. Quoi qu'il en soit, la petite ne sortait qu'en fin de journée, avec sa mère, quand les autres enfants avaient déserté le parc.

— Mais il faut certainement avoir de bonnes raisons pour ne pas scolariser son enfant, non ?

— Il existe des dérogations. Je vous dis, j'appellerai demain en espérant que l'enquêteur ne soit pas en vacances.

Benoit s'attendait à devoir raccrocher mais le gendarme n'en avait pas fini.

— Il y a tout de même un point qui peut vous intéresser. On ne vous l'a pas mis dans le rapport car ça ne nous avait pas paru pertinent, mais vu la teneur de vos questions, peut-être que ça vaut la peine de s'y attarder. Un jeune homme a été interrogé lors de la première enquête. Il s'est rendu plusieurs fois chez les Doucet. Il nous a dit ne rien savoir sur leur départ mais, avec un peu de chance, il pourra vous en dire plus sur la personnalité de la mère et de la fille. Je vous donne ses coordonnées.

Benoit avait noirci son calepin tout en tenant le combiné d'une main crispée. C'était la première fois qu'il allait pouvoir recueillir le témoignage d'un homme au sujet de la mère de Léa, et son instinct lui criait que cette particularité lui apporterait un éclairage différent sur cette femme et, peut-être aussi, sur son enfant.

42

Le neveu du légiste et propriétaire du food truck avait été interrogé par Gardel dans l'après-midi. La lieutenante était la première à faire part de ses avancées devant ses coéquipiers. Elle confirma que le jeune homme avait effectivement une mémoire remarquable. Il se souvenait que Fabienne, la conductrice décédée dans l'accident de voiture quelques jours plus tôt, se déplaçait dans une 205 et qu'elle était parfois accompagnée d'une enfant blonde qui ne semblait pas être sa fille. Ce n'était pour autant pas l'information la plus importante. Le restaurateur respectait un planning précis de ses tournées et il avait été catégorique sur un point : la femme venait jusqu'à lui uniquement le vendredi, jour où il se garait sur le parking de la mairie de Divajeu, une commune d'environ six cents habitants se trouvant à la sortie de Crest.

— Le vendredi ? intervint Benoit. C'est le jour de l'accident !

— Exact ! Je n'ai pas eu le temps de relire le rapport. L'accident s'est produit loin de là ?

— Il s'est produit à l'entrée de Lambres qui est un des trois hameaux qui composent Divajeu ! Quand la conductrice m'a dit qu'elle avait une course à faire en ville, j'ai pensé qu'elle parlait de Crest. C'est étrange… À sa place j'aurais cherché à négocier en disant que je n'avais plus que trois kilomètres à faire.

— Peut-être qu'elle ne voulait pas dévoiler ses habitudes, répondit Daloz songeur. Le restaurateur est sûr de ne pas l'avoir vue ailleurs ?

— Sûr et certain !

— Et sait-on si dans sa tournée il lui arrive d'aller plus au sud ?

— Le jeudi, il se gare à Saoû. Les autres jours, il est soit à Crest, soit plus au nord, vers Valence.

— OK, on peut donc en déduire que cette femme habitait plus près de Divajeu que de Saoû. Quelle distance entre ces deux communes ?

— Une douzaine de kilomètres, répondit Benoit. Mais, sauf votre respect mon capitaine, elle aurait très bien pu vivre après Saoû.

— Qu'est-ce que vous avez en tête ?

— Je ne sais pas vous mais, pour ma part, tous les mercredis mon père nous emmenait manger une pizza. C'était ce jour-là et pas un autre. Peut-être que le vendredi était jour de hamburger pour Léa ?

— Ça n'arrangerait pas nos affaires, mais vous avez raison ! Quoi qu'il en soit, les mailles se resserrent. On a trouvé le corps d'Édouard Lemaire et l'ambulance abandonnée dans la forêt de Saoû, notre conductrice se rendait tous les vendredis à Divajeu en venant de cette direction. Je vais donc demander à votre capitaine de concentrer les recherches dans ce secteur. Je veux bien croire que ça laisse beaucoup de propriétés à visiter mais cela devient plus raisonnable. Vernet, de votre côté, avez-vous pu avancer sur le profil de Violette Vallet ?

— Je n'ai pas réussi à joindre les personnes que je souhaitais, mon capitaine. J'imagine qu'elles sont en vacances. J'ai commencé à faire des recherches sur l'eugénisme de mon côté, mais je n'ai rien trouvé de pertinent pour l'instant.

— Il faut continuer ! Appelez de ma part le capitaine Brémont du DSC. Vous l'avez déjà rencontré. C'est le chef du Département des sciences du comportement, précisa Daloz à l'attention de Benoit qui peinait à suivre. Le profileur de la gendarmerie, si vous préférez ! Je suis persuadé qu'il pourra nous aider. Les trucs tordus, c'est son quotidien !

Benoit espérait pouvoir écouter la conversation qu'aurait Vernet avec ce spécialiste, mais le capitaine attendait autre chose de lui.

— Vous avez eu les collègues de Nantes ?

— Affirmatif, mon capitaine ! Au vu de ce qu'ils m'ont dit, j'ai du mal à croire que Maud Doucet ait pu abandonner sa fille de plein gré. Elle donne plutôt l'image d'une mère surprotectrice. Quand elle a dit à la voisine de Lemaire qu'elle n'avait pas pu mettre Léa dans un établissement scolaire, du fait d'être arrivée dans la région en milieu d'année, je pense qu'elle lui a menti. La petite n'allait déjà pas à l'école à Nantes. Sa mère lui donnait des cours à domicile.

— On sait pourquoi ?

— Pas encore, mais j'aurai peut-être la réponse d'ici demain. J'ai en revanche pu parler à quelqu'un qui s'est rendu chez les Doucet plusieurs fois.

— On vous écoute.

— C'est un adolescent de dix-sept ans, un certain Hugo Chabet. Il m'a expliqué que la mère de Léa a eu la jambe immobilisée pendant un mois et il lui a rendu quelques services en échange d'un peu d'argent de poche. Il lui montait ses courses, par exemple, ou sortait avec Léa en fin de journée pour qu'elle puisse prendre un peu l'air. Il a rencontré Maud Doucet à l'hôpital, dans la zone d'attente. Il était venu faire retirer le plâtre qu'il avait au bras et a discuté avec la mère de Léa en attendant que son tour vienne. La jeune femme paraissait désespérée à l'idée de ne pas pouvoir gérer seule le quotidien et il lui a proposé son aide.

— Et que vous a-t-il appris sur les Doucet ?

— Pas grand-chose, si ce n'est que la mère de Léa a insisté auprès du jeune homme pour qu'il ne dise à personne qu'il se rendait parfois chez elle. Elle a été intransigeante sur ce point. Il fallait également qu'il soit discret, qu'il vérifie que personne ne soit sur le palier avant de sonner et qu'il reste à bonne distance de Léa quand il l'emmenait dans le Jardin des plantes. Hugo la trouvait totalement parano, mais comme il avait besoin d'argent, il a accepté les conditions sans broncher.

— Et j'imagine qu'elle ne lui a pas dit pourquoi il devait prendre toutes ces précautions !

— Malheureusement, non ! Hugo m'a raconté qu'il s'entendait bien avec Léa mais que la petite lui semblait tout droit sortie d'un autre temps. Elle ne connaissait personne à Nantes, n'avait pas accès à Internet et ne sortait pour ainsi dire jamais à l'exception de ses promenades dans le parc. Elle vivait comme une recluse et ne recevait aucune visite. Ce qui l'avait le plus étonné, c'est qu'elle ne s'en plaignait pas. Elle disait que c'était mieux comme ça. Que sa tante serait contente d'elle.

— Sa tante ? s'était étonné Daloz.

— Oui, sa tante. Je vous l'ai mis dans le rapport. Maud Doucet a une sœur. Le problème, c'est que la police n'a pas pu retrouver sa trace et qu'elle ne s'est jamais manifestée après la disparition de Maud et de sa fille. Les collègues de Nantes m'ont promis de relancer les recherches.

— Et on connaît son nom, au moins ?

— Caroline Doucet.

— Très bien. Espérons qu'ils puissent mettre la main dessus ! Et ce Hugo, il sait pourquoi Maud et sa fille sont parties de manière aussi précipitée ?

Benoit relata sa conversation téléphonique avec le jeune homme en essayant d'être le plus exhaustif possible. Hugo Chabet avait admis que Maud Doucet lui avait fait part de son envie de quitter la région pour se rapprocher de sa famille, mais elle n'avait pas évoqué de date précise. Elle en parlait comme d'une possibilité à long terme. Elle ne lui avait jamais parlé d'une sœur ou de qui que ce soit d'autre d'ailleurs. Même si une certaine confiance s'était installée entre eux, Maud était toujours restée discrète sur sa vie privée. Une fois remise de sa blessure, elle avait demandé à Hugo de continuer à travailler pour elle. Maud trouvait que sa fille était plus souriante depuis qu'il était entré dans leur vie, et comme le garçon avait besoin d'argent, il avait accepté la proposition sans hésiter. Il s'entendait bien avec Léa et ne considérait pas vraiment comme un travail de se promener avec elle. Léa débordait de curiosité. Elle lui posait tout un tas de questions. Elle voulait savoir comment vivaient les enfants de son âge et ceux de l'âge d'Hugo. Dans les conditions qu'avait imposées la mère de Léa, il y en avait une qui l'empêchait parfois de répondre honnêtement. Hugo avait dû promettre d'éluder toutes les questions concernant les relations entre les filles et les garçons. Il trouvait que c'était un peu exagéré mais il avait une fois de plus accepté, aussi restait-il toujours vague dès que le sujet était abordé. Au fil des jours, c'était devenu de plus en plus dur car Léa insistait beaucoup sur ce point. Il ne voyait pas en quoi il était dangereux de parler de ça avec une enfant qui n'avait pas encore fêté ses huit ans, d'autant que les questions étaient pour la plupart innocentes, mais cela faisait partie du marché et Hugo ne voulait pas décevoir celle qui l'employait. Il avait bien tenté d'assouplir un peu les règles fixées par Maud, mais cette dernière était restée sur ses positions. Il trouvait d'ailleurs que sa parano se renforçait les derniers temps. Un soir, alors qu'il était convenu qu'il devait faire quelques courses avant de venir récupérer Léa, il s'était présenté à la porte et avait attendu dix bonnes minutes avant qu'un voisin ne finisse par sortir de chez lui. Hugo n'avait nul lieu où se cacher et était donc resté devant la porte, tête baissée. Le voisin avait dû trouver cette attitude bizarre, mais il lui avait tout de même dit que Maud Doucet et sa fille avaient déménagé un peu plus tôt dans la journée. Depuis, Hugo n'avait jamais eu de nouvelles.

43

J'entends tante Câline. Je suis sûre que c'est elle !
Je reconnais sa voix.

Si elle est là, c'est que maman a dû revenir ! Depuis
qu'elle est partie, tante Câline n'est jamais venue me
voir. Elles devaient être ensemble.

Je sais que tante Câline fait parfois peur à ma
maman, mais c'est sa sœur. Moi aussi, elle me fait
peur de temps en temps.

Si on a quitté Nantes, c'est pour venir la retrouver. Maman dit que ma tante nous aime beaucoup
mais qu'elle sait pas toujours bien le dire. Elle donne
toujours des ordres à tout le monde, mais elle dit que
c'est parce qu'elle sait ce qui est bien pour nous. Et
maman dit que sa sœur a toujours raison, alors on
doit lui faire confiance et surtout lui obéir.

Si ça se trouve, maman et tante Câline ont été obligées de partir quelque part et maintenant elles sont
revenues.

Sauf que j'entends seulement la voix de tante Câline
et elle a pas l'air contente. Elle crie sur quelqu'un.

J'entends pas bien ce qu'elle dit. Elle est fâchée, ça c'est sûr, mais je sais pas contre qui.

Elle parle d'un facteur… elle dit que c'était une erreur… que c'était pas sa décision. À qui elle parle ? À maman ? Maman connaît pas de facteur ! En tout cas, elle m'en a jamais parlé. Édouard, il est pas facteur, ça j'en suis sûre. Et puis si maman était revenue, elle serait d'abord venue me voir. Ça fait au moins un mois qu'elle est partie.

Ça y est, j'entends d'autres voix qui crient, maintenant. C'est Violette qui répond. Et puis Hélène aussi. Elles se disputent toutes les trois. Elles parlent encore du facteur mais je comprends rien à ce qu'elles disent. Elles se coupent la parole tout le temps. D'habitude, quand tante Câline est en colère comme ça, tout le monde se tait. Y a jamais personne qui ose lui répondre.

Tante Câline parle aussi de médicaments. Comme quoi c'était stupide de faire ça.

Y en a une qui crie encore plus fort maintenant. Je crois que c'est Hélène. Tante Câline va pas aimer. Elle aime pas qu'on parle trop fort.

A y est ! On dirait que ça s'est calmé. Des portes ont claqué mais au moins j'entends plus crier.

Pourquoi ma tante vient pas me voir ? Elle aussi, je l'ai pas vue depuis un mois. Elle devrait être inquiète pour moi.

Peut-être qu'elle sait même pas que j'ai eu un accident ! Je suis sûre qu'Hélène lui a rien dit. Rien que pour être méchante et que personne s'occupe de moi. Elle dit toujours que je suis trop gâtée et que faut pas s'étonner si le plan a raté. Enfin… elle dit pas « raté », elle dit toujours « foiré » mais je sais que maman aime pas que je dise ce mot.

N'empêche, si quelqu'un m'expliquait c'est quoi le plan, peut-être que je pourrais comprendre ce qu'on attend de moi. J'en ai marre qu'on me prenne pour une petite fille ! Hugo, lui au moins, il me parlait normalement. Si tante Câline nous avait pas vus en train de parler dans le parc, je suis sûre qu'on serait toujours à Nantes aujourd'hui. Elle a fait comme si elle me connaissait pas et plus tard elle a dit que je m'étais trompée, que c'était pas elle que j'avais vue, mais moi je sais que c'est vrai. Je suis pas stupide ! Comme par hasard, le lendemain on devait partir tout de suite la retrouver ici. J'ai même pas eu le temps de dire au revoir à Hugo.

Et ça, je suis sûre que ça faisait pas partie du plan !

44

La juge d'instruction avait débarqué à la gendarmerie alors que personne ne l'attendait. Elle voulait faire un point sur les avancées du dossier, alors que tous s'apprêtaient à partir étant donné l'heure tardive. Le capitaine Daloz proposa de s'entretenir seul avec elle, mais ses hommes n'étaient pas du genre à se défiler et avaient déjà réintégré la salle de réunion.

Il était clair que la magistrate avait été envoyée par le procureur. La pression était montée d'un cran depuis qu'un journaliste du *Dauphiné libéré* avait mené sa propre enquête et découvert que la petite Léa, l'enfant dont le portrait avait été diffusé massivement dans la région pour retrouver ses parents, avait été enlevée à l'hôpital le jour de l'explosion. Il n'avait rien pour l'instant qui puisse lui permettre de relier les deux événements mais il commençait à poser des questions difficiles à éluder.

— Dites-moi que vous avez des pistes ! dit la juge en s'asseyant.

Le chef des Experts exposa les résultats de leurs recherches de manière méthodique et concise.

Il se concentra sur le cas de la petite Léa et de toutes les femmes qui gravitaient autour d'elle. Quand Daloz évoqua le fait que Léa avait une tante mais que personne n'avait réussi à la localiser, la juge voulut en savoir plus.

— Elle s'appelle Caroline Doucet. Il est possible qu'elle soit de la région. Sa sœur a dit vouloir s'installer ici pour se rapprocher de sa famille. Mais Maud Doucet évoquait peut-être une autre personne ou a pu mentir en disant cela.

— Et c'est tout ce que vous avez ? Un nom !

— C'est déjà plus que ce matin, répondit Daloz patiemment. Cette femme n'a pas pu vivre en échappant aux radars. Nous allons bien finir par mettre la main dessus. Les recherches n'ont pas dû être très poussées puisque Maud est partie de Nantes de son plein gré et qu'elle n'était plus recherchée que pour abandon de poste. Un problème qui n'est pas vraiment du ressort de la police, vous en conviendrez. Alors qu'ils n'aient pas remué ciel et terre pour retrouver sa sœur ne me choque pas outre mesure !

— Soit ! Étant donné que cela devient maintenant une priorité, on peut espérer que cette femme n'ait plus de secret pour nous demain matin, n'est-ce pas ?

— Ce n'est malheureusement pas aussi simple, et vous le savez ! Cette femme a très bien pu se marier, changer de nom, partir à l'étranger ou je ne sais quoi encore. Et ça, c'est dans le meilleur des cas. Celui où elle n'aurait pas délibérément cherché à se faire oublier.

— Et pourquoi aurait-elle voulu se cacher ?

— Pourquoi une enfant est enlevée dans un hôpital par des femmes qui n'ont a priori aucun lien de parenté avec elle ? Pourquoi l'une d'elles décide de se faire exploser juste pour faire diversion ? J'ai une liste invraisemblable de « pourquoi » depuis le début de cette enquête, alors je ne présume plus de rien, madame la juge. Et si vous êtes prête à prendre un peu de recul sur ce dossier, je suis sûr que vous en arriverez à la même conclusion !

Daloz n'avait plus l'intention de se faire malmener par cette femme de dix ans sa cadette et le ton qu'il avait employé avait de toute évidence explicité le message. La magistrate s'affaissa d'un cran sur son siège et reprit l'entretien sur le mode de l'échange.

— Y a-t-il quoi que ce soit que je puisse faire pour vous aider ? Voulez-vous que je lance un mandat d'amener ?

— Je pensais que notre dossier était trop léger pour ça !

— Aux grands maux les grands remèdes ! Je vous ferai parvenir ça demain matin à la première heure. Il ne fera que se rajouter à longue liste que nous avons déjà ! En parlant de liste, Hélène Calman et les autres, toujours pas de nouvelles ?

Le lieutenant Vernet intervint pour lui exposer les profils qu'ils avaient pu commencer à dresser. Lorsqu'il expliqua ce qu'avaient pu mettre en exergue les dossiers médicaux des patientes de Violette Vallet, il crut que la juge allait défaillir.

— Vous êtes en train de me dire que cette femme tuait des bébés sous prétexte que c'étaient des garçons ?

— Techniquement, il s'agissait d'interruptions médicales de grossesse, répondit Vernet avec tact.

— Pas la peine de jouer sur les mots avec moi, lieutenant ! Je connais la loi. En revanche, si cette information venait à s'ébruiter, autant vous dire que les journalistes deviendraient le cadet de nos soucis ! Un sit-in des Pro-Vie devant le tribunal pourrait bien achever notre cher procureur. Mais nous n'en sommes pas là. Avant que tout le monde ne hurle à l'injustice parce que, techniquement, comme vous le dites, elle ne pourra pas être accusée de meurtre sur enfant, il va déjà falloir m'amener cette Violette Vallet au Palais. Toujours aucune idée d'où se terrent toutes ces femmes ?

— Nous pensons qu'elles se cachent dans une propriété entre Saoû et Divajeu, répondit Daloz avec assurance.

La juge ne devait pas s'attendre à une réponse aussi précise et parut décontenancée l'espace d'un instant.

— Pourquoi je n'en ai pas été avertie ?

— Parce que cette information est tombée en fin de journée.

— Je crois que vous ne m'avez pas bien comprise, capitaine ! Je veux être tenue au courant de vos avancées heure par heure. Nous sommes assis sur une poudrière, et je ne veux pas me retrouver face à un journaliste qui me coincera avec une info que je n'ai pas ! Nous ne sommes pas en région parisienne, ici. Si tous les gendarmes de proximité se mettent à patrouiller dans la même zone, je peux vous assurer que les langues vont vite s'activer. Je dois pouvoir compter sur votre entière collaboration, est-ce que c'est clair ?

— C'est très clair, madame la juge. Tant que la réciproque s'appliquera, soyez assurée que vous l'aurez !

— Je ne comprends pas !

— J'entends par là que j'attends de vous que nous puissions travailler correctement, mes hommes et moi, sans être entravés par un quelconque problème juridique. Un acte nécessitant votre signature et qui n'arriverait pas à temps, par exemple !

La juge s'était empourprée et commençait déjà à ranger ses affaires. Benoit jubilait en son for intérieur. Cette femme, aussi belle soit-elle, était d'une arrogance détestable. Elle ne cherchait même pas à cacher son mépris en poussant les portes de la gendarmerie. Une commune comme Crest ne devait pas être à la hauteur de ses ambitions. Depuis trois jours, elle se permettait d'invectiver un capitaine dont la réputation n'était plus à faire et semblait obnubilée par l'image qu'elle renvoyait aux caméras. Cette remise au point avait un goût savoureux et, à observer Vernet et Gardel de plus près, Benoit n'était pas le seul à l'avoir appréciée. Il fut cependant déçu de voir la magistrate faire aussi facilement machine arrière.

— Je vois que vous avez la mémoire longue, répondit la juge. J'imagine que c'est un atout dans votre métier. Une fois encore, je ne suis pas votre ennemie, capitaine. Mais comprenez que vous n'êtes pas le seul à travailler sur ce dossier et que je dois répondre à d'autres règles que les vôtres. Pardonnez-moi si je vous ai paru un peu brusque. Pour être tout à fait honnête, je ne traite pas vraiment ce genre d'affaires au quotidien. Je dirais même que c'est la première de cette envergure qu'on me confie. Je comprends maintenant qu'il me reste un peu de travail à faire pour mieux gérer la pression ! J'ai totalement confiance en vous et en vos hommes. Retrouvez-nous ces femmes, capitaine, et je peux vous assurer que je serai derrière vous !

45

Mercredi 7 mai

Pour la première fois, le sous-lieutenant Benoit put se féliciter de ne pas être le dernier arrivé à la gendarmerie. Les lieutenants Gardel et Vernet brillaient par leur absence. Benoit espérait cependant que ce ne soit pas dû à leur soirée de la veille. La lieutenante lui avait demandé de leur faire goûter une spécialité de la région et il n'était pas sûr d'avoir marqué des points culinaires auprès de ses coéquipiers. Manifestement, les gens de la capitale avaient un estomac plus délicat que les Crestois ! En leur faisant tester la défarde, cette spécialité à base de tripes d'agneau roulées en paquet, de quelques pieds de la même bête pour rendre la sauce plus onctueuse, le tout agrémenté de tomates fraîches et de carottes, Benoit pensait ravir leur palais. Le teint blafard de Gardel durant le dîner l'avait vite fait déchanter. Les deux lieutenants ne s'étaient pas plaints ouvertement, mais lorsque Benoit avait proposé de clore le repas par un digestif du coin, ses compères avaient jeté l'éponge. Une objection qui ne leur ressemblait guère et qui, de fait, trahissait leur déconvenue.

Le capitaine Daloz était déjà en action et planchait sur le dossier qui commençait à s'épaissir sérieusement. Benoit se demandait si le chef des Experts passait parfois à son hôtel, ne serait-ce que pour dormir une heure ou deux. Même si Daloz n'affichait aucune trace de fatigue, il était toujours le dernier parti et jamais personne ne le voyait arriver.

Le sous-lieutenant profita de cet instant rare d'être seul en sa compagnie pour s'approcher discrètement de son bureau. Il tenta de lire par-dessus son épaule, de capter ce qui retenait plus particulièrement l'attention de cet homme si réservé, mais Daloz ressentit sa présence alors que deux bons mètres les séparaient encore :

— Alors lieutenant, vous avez mis mes hommes K.-O. ?

Benoit ne s'attendait pas à une telle entrée en matière. Il chercha à comprendre comment le capitaine pouvait être au courant de leur soirée et pria pour que l'un des deux lieutenants n'ait pas fini sa nuit aux urgences. Daloz dut lire dans ses pensées.

— Rassurez-vous, je viens de les avoir au téléphone. Ils seront là dans dix minutes. J'espère que vous avez un remède de grand-mère à leur conseiller car il est hors de question que je les voie se traîner toute la journée à cause d'un pied de veau !

— D'agneau ! rectifia Benoit malgré lui. On dit que la recette originale est avec du veau, mais comme il n'y en a pas dans la région, on la fait avec de l'agneau !

Daloz observa le sous-lieutenant intensément et ce dernier comprit qu'il avait peut-être raté une occasion de se taire. Il espérait profiter de cet instant d'intimité pour se rapprocher de son supérieur et il venait de le gaspiller avec des considérations subalternes.

Le capitaine, pour sa part, était déjà passé à autre chose. La minute de distraction qu'il venait de s'octroyer était oubliée.

— Vous deviez retrouver la trace du mari de la voisine de Lemaire, est-ce que c'est fait ?

Benoit redressa les épaules pour signifier que lui aussi était désormais opérationnel :

— C'est fait, mon capitaine. M. Quentin n'est pas notre première victime ; je lui ai parlé au téléphone et le fait qu'on puisse s'inquiéter de son bien-être a eu l'air de l'amuser.

— A-t-il pu vous en apprendre plus sur Maud Doucet et sa fille ?

— Du tout. Il connaissait leur existence pour avoir entendu sa femme en parler mais il ne les a jamais croisées.

— Et votre théorie suggérant que son épouse et Édouard Lemaire auraient pu être amants ?

— Je n'ai pas vraiment osé lui poser la question de manière aussi directe, mon capitaine, mais à l'entendre, j'ai eu l'impression que les Quentin étaient plutôt un couple uni, sans problème apparent.

Cette fois, Daloz sourit franchement :

— Je me trompe ou vous n'avez jamais été marié ?

L'apparition de Gardel et de Vernet tira Benoit de l'embarras.

Le lieutenant Vernet n'attendit pas qu'on lui pose la question pour relater son entretien de la veille avec le capitaine Brémont, du Département des sciences du comportement de la gendarmerie. Daloz avait vu juste, l'homme s'était immédiatement intéressé au cas de Violette Vallet et des interruptions de grossesse qu'elle avait pratiquées.

— Il m'a d'ailleurs dit de vous saluer, précisa Vernet. Je crois qu'il nous envie cette affaire ! Vous aviez raison, il a l'air d'aimer les trucs tordus !

— Ce n'est pas pour rien si c'est notre profileur ! Que pense-t-il de Violette Vallet ?

— Je lui ai parlé de mon concept d'eugénisme genré auquel il a plutôt adhéré. Il m'a conseillé d'axer mes recherches sur le mythe des Amazones, ce que j'ai commencé à faire hier soir. Comme d'habitude, il y a plusieurs versions et je vais m'y pencher ce matin un peu plus sérieusement. Pour l'instant, de ce que j'ai pu lire, cela pourrait correspondre parfaitement au profil de Vallet. Une femme guerrière qui élimine les hommes de la société pour bâtir un monde exclusivement féminin.

— Sauf que les hommes ont tout de même une utilité, si je ne m'abuse !

— Vous voulez parler de la reproduction ? C'est là où les légendes divergent. Laissez-moi une heure et je vous fais un résumé.

— Parfait ! Gardel, quelles avancées de votre côté ?

— J'ai reçu le livre sur les sigisbées mais ça ne m'a rien appris de plus que je ne vous ai déjà dit ! Je donne également un coup de main aux collègues pour retrouver la trace de la sœur de Maud Doucet, sauf que les nouvelles ne sont pas bonnes. On a pu la pister jusqu'à ses dix-huit ans et après, silence radio. Caroline Doucet a disparu de la circulation. Soit elle est morte sans que personne n'en soit averti, ce qui est peu probable, soit elle a décidé de disparaître des radars, ce qui ne va pas nous faciliter la tâche. Caroline Doucet doit avoir trente-six ans aujourd'hui et, si elle a pu se faire oublier durant tout ce temps, j'ai du mal à croire qu'on puisse la retrouver en quelques jours.

— Qu'est-ce qu'on sait d'elle, exactement ?

— Avant sa majorité ? Pas grand-chose, pour l'instant. On sait que son père est mort l'année de sa disparition. Sa mère neuf ans plus tard. Caroline ne s'est pas présentée devant le notaire mais Maud a remis à ce dernier une attestation de porte-fort, ce qui lui permettait de toucher tout de même son héritage. Ça signifie que les deux sœurs étaient toujours en contact à ce moment-là.

— Caroline devait bien avoir un compte en banque pour encaisser l'argent ?

— Exact ! Il est resté ouvert environ six mois. Le temps de régler la succession. L'adresse fournie pour l'ouverture du compte était celle de Maud. Bref, encore une impasse. En revanche, on a pu récupérer le numéro de sécurité sociale de Caroline. Avec un peu de chance, la juge pourra nous obtenir ses dossiers médicaux et son parcours scolaire. On va pouvoir récolter des infos petit à petit mais ça va prendre du temps. Qui plus est, ça ne nous dira pas où elle se trouve actuellement.

— Je vois ! On n'a plus qu'à espérer qu'elle apprenne que sa sœur a disparu et que sa nièce a été enlevée. Peut-être que ça la fera sortir de sa cache.

Daloz avait prononcé ces mots sans conviction et, à observer le visage des lieutenants, Benoit comprenait que ce ressenti était partagé. C'était la première fois qu'il observait un tel marasme chez les Experts.

Il fallut que chaque membre de l'équipe entende le bip caractéristique d'un texto entrant sur leur téléphone pour sortir de cet état. Ils avaient tous reçu le même message émanant du capitaine Marchal.

Les gendarmes de Crest venaient de localiser l'antre des fugitives.

46

La maison se trouvait à moins de cinq cents mètres du hameau des Lombards, dans une commune située dix kilomètres au sud de Crest. Était-ce un hasard ou le souhait des anciennes membres de l'association, leur repaire se dressait au bout d'un chemin appelé le Prieuré d'Auriplès. Invisible depuis la route principale et entourée de verdure, l'habitation en pierre devait faire dans les trois cents mètres carrés.

En arrivant au bout de l'impasse, les gendarmes avaient failli faire demi-tour car la maison paraissait inhabitée. Tous les volets étaient fermés et certaines fenêtres étaient même barricadées. L'un d'eux avait cependant aperçu un potager au fond du jardin, qui trahissait un entretien quotidien. Les deux militaires avaient poussé le portail qui ne leur avait opposé aucune résistance. C'est à l'arrière de la maison qu'ils avaient compris qu'ils se trouvaient au bon endroit. En plein milieu du jardin, les braises d'un feu de bois rougissaient encore. Un des sous-officiers les avait écartées du bout de sa botte et avait découvert les vestiges d'une carte d'identité. Elle appartenait à

Pascal Forville, le facteur crestois bien connu des deux hommes.

Si les Experts étaient arrivés trop tard, ce n'était cette fois pas dû à la juge d'instruction. La maison avait été désertée au petit matin. C'est en tout cas ce que laissait suggérer l'avancement du feu. D'autres éléments avaient été trouvés au milieu des braises. Une carte de crédit au nom d'Édouard Lemaire, un portefeuille d'homme en cuir mais qui ne contenait aucun papier, et des lunettes de vue dont le verre était noirci de suie. Le reste allait être envoyé à un laboratoire pour une analyse poussée car certains objets étaient trop endommagés pour leur apprendre quoi que ce soit.

À l'intérieur, tout laissait suggérer un départ précipité. La table n'avait pas été débarrassée, de la vaisselle sale traînait dans l'évier, des vêtements avaient été abandonnés dans chaque pièce et les lits étaient défaits. La demeure comportait cinq chambres à coucher et la cuisine faisait office de pièce principale. Chaque pièce avait été fouillée méticuleusement.

Une boîte de Risperdal avait été trouvée dans l'une d'elles. Hélène Calman avait tout compte fait réussi à se procurer des médicaments. Seuls quatre comprimés manquaient sur les soixante que contenait la boîte. Soit Hélène les avait oubliés, soit elle avait délibérément choisi d'arrêter à nouveau son traitement.

Clara Massini dormait dans la plus petite chambre. Gardel avait trouvé une vieille photo aux couleurs passées sous un oreiller. On y voyait la jeune fille encore adolescente entourée d'une femme qui devait être sa mère et de deux garçons aux traits ressemblants. La lieutenante ressentit un pincement au cœur en pensant à cette jeune femme reniée par une famille qu'elle continuait d'aimer secrètement.

Les gendarmes estimèrent que la chambre du fond devait être celle de Violette Vallet. Aucun objet personnel n'y avait été trouvé, mais elle contenait de nombreuses revues scientifiques et un dictionnaire Vidal aux pages cornées. L'ancienne praticienne continuait à parfaire son savoir médical.

Sur les deux dernières chambres qu'ils avaient explorées, ils n'avaient pu en attribuer clairement qu'une seule. Benoit avait senti son cœur se contracter quand il y était entré. C'était la chambre de Léa, la seule qui contenait un lit d'enfant. Les vêtements trouvés dans la penderie ôtaient tout doute possible. Le sous-lieutenant avait reconnu le pull rayé que la petite fille portait le jour où elle avait été prise en photo dans les bras de sa mère. Il avait suffisamment étudié le cliché pour s'en souvenir parfaitement.

Sur la table de chevet étaient posés tout un tas de flacons médicamenteux. Les Experts crurent d'abord cru qu'il s'agissait du traitement suivi par Léa, mais le spécialiste qui les accompagnait les détrompa aussitôt.

— Je vous l'ai dit la dernière fois, elle n'a pas de traitement particulier si ce n'est une perfusion pour l'hydrater et l'alimenter. Pour le reste, il s'agit d'exercer une surveillance accrue de ses fonctions vitales. Dans un hôpital, elle serait sous monitoring, mais j'imagine que vos fugitives n'avaient pas ce genre d'équipement ici.

— Dans ce cas à quoi servent ces médicaments ? demanda Daloz.

— Vous n'allez pas aimer ma réponse, capitaine.

— Si ça peut vous détendre, je n'aime rien dans cette affaire !

Le spécialiste expliqua alors que la plupart des médicaments étaient des sédatifs puissants qu'on injectait par voie intraveineuse.

— Des sédatifs pour une fillette qui se trouve déjà dans le coma ?

— C'est cette partie que vous n'allez pas apprécier ! Je pense que Léa a dû commencer à montrer des signes de réveil et que ses ravisseuses ont décidé de la maintenir dans un coma artificiel.

— Qu'est-ce qui vous fait dire ça ?

— Vous voyez ce matelas gonflable au sol ? J'ai cru en entrant que c'était un lit d'appoint pour la personne qui surveillait les constantes de Léa mais regardez mieux. Il est seulement à moitié gonflé. Je vais vous épargner de vous allonger pour le tester, j'ai déjà la réponse à cette anomalie. En fait, il n'est pas gonflé avec de l'air mais avec de l'eau. Je suis quasiment persuadé qu'il a servi de couverture de refroidissement. On est loin d'un équipement professionnel, mais j'imagine qu'en cas de force majeure elles ont pensé que ça ferait l'affaire.

— Pourriez-vous être plus clair, s'il vous plaît ?

— Bien sûr ! On place généralement un patient sous coma artificiel pour lui assurer un confort physique et psychique durant la récupération d'un traumatisme. Ça lui évite de puiser trop fort dans ses réserves. Dans le cas de la petite Léa, cela peut également maintenir la pression de sa boîte crânienne à un niveau stable. En cela, c'est plutôt une bonne nouvelle ! Pour réaliser cette opération, on utilise généralement des hypnotiques ou des sédatifs comme ceux que vous avez dans la main. Pour être encore plus efficace, on abaisse la température du corps de quelques degrés. Cette hypothermie thérapeutique permet de mettre au repos certaines fonctions vitales comme celles du cerveau.

— Ce qui serait encore un point positif pour Léa, non ?

— Tout à fait ! Sauf qu'on évite de maintenir un patient plus de quarante-huit heures dans cet état. Si on veut aller au-delà, il est fortement recommandé d'alterner les phases de réveil et de retour au coma artificiel, tout en remontant progressivement la température corporelle. Il faut comprendre que plus la phase de sommeil est longue, plus les risques que le patient ne se réveille pas sont grands.

— Et selon vous, cette phase d'alternance a été respectée ?

— Impossible à dire comme ça ! C'est tout ce qu'on peut souhaiter pour cette petite fille.

Benoit, qui avait fait un effort considérable pour tout assimiler, ne put s'empêcher d'intervenir :

— En imaginant que vous ayez raison, cela veut dire que Léa est désormais consciente de ce qui lui arrive ?

— En partie, seulement. Mais ces phases sont généralement très confuses pour les patients. Ils ont du mal à faire la part des choses entre leurs rêves et la réalité. Si cette petite s'en sort, elle aura besoin d'un accompagnement psychologique pour comprendre ce qui lui est arrivé.

— Pas si, docteur ! intervint Benoit, surprenant l'auditoire. C'est quand ! Quand Léa s'en sortira !

Interpellé par cette réaction, le spécialiste s'apprêtait à moduler sa réponse quand un gendarme fit irruption dans la pièce.

— Mon capitaine, dit-il sans même attendre qu'on lui donne la parole, je crois que vous devriez venir dans le jardin !

47

Je vois de la lumière ! C'est la première fois que je vois de la lumière ! Enfin, je la vois pas vraiment puisque je peux pas ouvrir les yeux mais je vois de la lumière à travers mes paupières. Ou alors je rêve ? Non, ça paraît vrai. J'ai un peu mal à la tête. Quand j'ai mal à la tête, c'est que je rêve pas. Ça, j'en suis sûre. Ça fait tout de même beaucoup moins mal qu'avant. Ça pique un peu mais c'est supportable.

Il fait moins froid, aussi. Peut-être que c'est parce qu'il fait chaud dehors.

J'aimerais tellement aller dehors ! Je voudrais sentir le soleil sur ma peau. J'adore ça. Maman dit qu'il faut faire attention, que c'est pas bon pour la santé mais je suis sûre qu'elle exagère. Elle exagère tout le temps. Et puis c'est tellement agréable le soleil, comment ça pourrait être mauvais ?

C'est tout de même bizarre, cette lumière ! D'habitude il fait tout noir même quand il fait plus chaud. Peut-être qu'elles ont fini par retirer les planches sur les fenêtres. Ce serait chouette. J'ai jamais compris pourquoi elles avaient fait ça. On aurait dit une prison. Maman m'a dit que c'était pour notre protection, que tante Câline faisait ça pour qu'on ait pas de problème, mais je vois pas pourquoi on devrait se protéger. Et puis de qui, d'abord ? À part Édouard, on a jamais eu le droit de voir personne. Et encore, maman voulait pas qu'on parle d'Édouard. Elle disait que c'était notre secret. Que si jamais les autres l'apprenaient, elles nous feraient tout un tas d'histoires. Parce qu'Édouard c'était son 6-6-B et que tante Câline ne croyait pas au 6-6-B. Heureusement que maman, elle, elle l'a trouvé. Sans ça, j'aurais jamais rencontré qui que ce soit. À part Hugo.

Depuis qu'elle est partie, par contre, c'est l'hor-reur ! Je dois rester enfermée toute la journée. J'ai même pas le droit de jouer dans le jardin. C'est pire qu'à Nantes ! Au moins là-bas, je pouvais me prome-ner dans le parc. Mais Hélène dit que c'est trop dan-gereux, que quelqu'un pourrait nous voir. La dernière fois, elle m'a hurlé dessus. Comme quoi si je sortais, le plan ne pourrait pas marcher. Toujours ce plan ! J'en ai marre de ce plan. Si au moins je savais ce que c'est !

Heureusement qu'il y a le vendredi ! Ce jour-là, j'ai le droit d'accompagner Fabienne pour aller chercher des hamburgers. Je dois rester dans la voiture, mais au moins je peux sortir de la maison. Hélène était pas d'accord au début mais Fabienne a insisté. Elle a dit que c'était bon pour ce que j'avais. J'ai pas bien com-pris ce qu'elle voulait dire par là, mais c'était pas très grave. Du moment que je pouvais sortir.

Fabienne... J'espère qu'elle va bien ! J'espère même qu'elle va mieux que moi ! J'ai pas été très gentille avec elle depuis que maman est partie, mais *au fond je l'aime bien. C'est vraiment la plus gentille avec moi !*

C'est quand même bizarre cette lumière ! Mais moins que le rêve que j'ai fait cette nuit. En même temps, c'était plutôt agréable. J'ai rêvé que je m'envolais. Que j'étais suspendue dans les airs, mais toute allongée. Comme si je flottais au-dessus de mon lit. C'était chouette, comme sensation. J'entendais des voix qui chuchotaient mais j'arrivais pas à entendre ce qu'elles disaient. Et puis il y avait des portes qui claquaient, mais personne se disputait. C'était comme si tout le monde s'agitait dans la maison, alors que moi je continuais à voler tranquillement.

Par contre, depuis que je me suis réveillée, j'ai pas entendu de bruit. Elles sont peut-être toutes parties en me laissant toute seule dans la maison. De toute façon, c'est pas la peine de me garder puisque je peux pas bouger ! Même si je voulais m'enfuir, j'y arriverais pas.

Je voudrais tellement pouvoir ouvrir les yeux. Comprendre ce qui m'arrive. Je voudrais parler avec quelqu'un, n'importe qui. Même avec Hélène. Je voudrais juste qu'on m'explique ce qui se passe.

Je me sens tellement seule...

48

En inspectant le jardin, les gendarmes étaient tombés sur un monticule composé d'une terre fraîchement retournée et dont les dimensions évoquaient celles d'une tombe improvisée. Depuis, les membres du PJGN attendaient patiemment que les équipes de la scientifique aient fini de déterrer ce qu'ils savaient être un nouveau cadavre. Le corps avait été emmailloté dans une bâche opaque, si bien qu'on ne pouvait pas encore en distinguer le visage. Seule une main s'échappait du linceul plastifié. Une main de femme.

Benoit se demandait si, tout comme lui, Daloz et ses hommes spéculaient sur l'identité de la victime. Pour sa part, il craignait de découvrir le visage de la mère de Léa. Même si l'idée que Maud Doucet ait pu abandonner volontairement son enfant le rebutait, elle lui semblait tout de même préférable à celle-ci. Quel serait le futur de cette petite fille si on devait lui annoncer, à son réveil, que sa mère n'était plus et que son corps se trouvait depuis plusieurs semaines à quelques mètres de là où elle se trouvait ? Benoit se refusait d'envisager un tel scénario. Il préférait encore découvrir une inconnue, au risque d'épaissir le mystère qui entourait cette affaire.

Quand le suspense prit fin, Benoit eut l'impression qu'il n'était pas le seul à être soulagé. La découverte était certes déroutante mais elle était humainement acceptable. Hélène Calman ne méritait peut-être pas de mourir, ni d'être enfouie sous terre comme un vulgaire déchet, mais cette femme avait pris part à une entreprise macabre et ne ferait désormais plus de mal à qui que ce soit.

Le légiste avait attendu que la bâche soit dégagée pour se pencher sur le corps. La fugitive avait reçu un coup à l'arrière du crâne, assez violent pour lui entailler le cuir chevelu. Il était cependant trop tôt pour conclure que cette blessure était la cause de la mort. L'autre constat, que chacun avait pu établir par lui-même, était qu'Hélène Calman n'avait aucune marque sur le front. Cela signifiait que son cadavre ne s'inscrivait pas dans la série meurtrière qui les avait guidés jusqu'ici, sans la dédouaner pour autant des meurtres d'Édouard Lemaire, de Christophe Huguet et de Pascal Forville. Tout ce qu'ils pouvaient conclure à ce stade était que le parcours de cette femme s'était arrêté ici, et qu'elle était maintenant passée de bourreau à victime.

Le profil d'Hélène Calman dressé par Vernet deux jours plus tôt était présent dans l'esprit de chacun, mais ils se souvenaient aussi de celui de sa complice, Violette Vallet. Le lieutenant avait projeté que l'union de ces deux femmes, à la personnalité dominante, pouvait exploser à tout moment. Violette Vallet avait peut-être décidé de prendre le dessus, en se débarrassant d'un élément dont l'équilibre mental dépendait d'une prise de médicaments.

Benoit se remémora également les propos de la psychiatre. Celle-ci avait prédit que les premières à pâtir de cette association seraient, en toute logique, les maillons faibles : Clara Massini, la soumise de la bande, et Léa, l'enfant sans défense. Jamais il n'avait été aussi satisfait de l'erreur d'autrui. Léa était toujours en vie, il le savait, et ses geôlières se démenaient pour la soigner. Le sous-lieutenant s'accrochait à cette idée.

— Je ne vois aucun autre traumatisme, avait ajouté le médecin, ramenant tout le monde à la réalité. Mais vous connaissez le principe : je vous confirmerai la cause de la mort après l'autopsie !

Daloz avait acquiescé, le visage fermé.

— Une idée de l'heure de la mort ?

— Température corporelle de vingt-cinq degrés, rigidité cadavérique maximale, je dirais que votre fugitive est morte depuis huit à douze heures ! Tout dépend quand elle a été enterrée. En tout cas, cela fait plus de six heures, aucun doute là-dessus.

— Calman a donc été tuée hier soir entre vingt et une heures et deux heures du matin ! précisa Daloz à l'attention de ses hommes. Reste à savoir si c'est la raison de ce départ précipité.

En disant ces mots, le capitaine avait soulevé un problème que personne n'avait osé évoquer jusqu'ici. Les fugitives se terraient dans cette maison bien avant l'enlèvement de Léa. Certains indices avaient révélé ce point, comme des journaux accumulés au pied de la cheminée ou des vêtements d'hiver rangés dans des placards. Cette demeure ne donnait pas l'impression d'avoir servi de planque provisoire. Ces femmes vivaient ici et n'avaient jamais craint d'être démasquées. Alors pourquoi l'avaient-elles désertée du jour au lendemain ? Si ce n'était pas à cause de la mort d'Hélène Calman, alors une seule réponse s'imposait : elles avaient été prévenues de leur arrivée.

Daloz avait attendu que le légiste s'éloigne pour s'adresser discrètement à son équipe :

— Je veux la liste de tous ceux qui étaient au courant de la zone dans laquelle s'effectuaient les recherches !

— Il n'y a pas forcément eu de fuite, mon capitaine ! intervint Gardel, endossant le rôle de l'avocat du diable. Les collègues ont patrouillé pas mal d'heures dans le coin. Il suffit qu'une de nos fugitives les ait remarqués pour avoir donné l'alerte !

— Et puis comme vous l'a dit la juge d'instruction, renchérit Benoit, par chez nous, la moindre activité sortant de l'ordinaire devient sujet à discussion. Je suis sûr que vous pouvez entrer dans le premier café du coin, il ne se passera pas deux minutes avant qu'on ne vous parle de la chasse à l'homme orchestrée sous leur nez !

— Vous avez raison, lieutenant, la juge d'instruction nous a effectivement prévenus de ce qui arriverait !

Le ton employé avait glacé l'assemblée. Seul Vernet avait osé clarifier la pensée de Daloz :

— Vous croyez vraiment que la juge y est pour quelque chose ?

— Je m'interroge, c'est tout ! Je trouve ses réactions assez exacerbées depuis le début de l'enquête.

— Elle nous a avoué mal gérer le stress, la défendit Gardel.

— Ne vous méprenez pas, je ne cherche pas à l'accuser ! Simplement, je me souviens de son emportement hier soir quand on lui a dit qu'on balayait cette zone de la vallée !

— Vous voulez que j'enquête sur elle ? finit par demander la lieutenante à court d'arguments.

— J'ai besoin de savoir qu'on peut lui faire confiance ! répondit Daloz indirectement. Mais, lieutenant, il va sans dire qu'une totale discrétion s'impose !

— Il va sans dire, mon capitaine !

49

Benoit avait proposé à Gardel de l'aider dans son enquête officieuse sur la juge d'instruction. Il connaissait quelques gendarmes basés à Valence, ainsi qu'un greffier qui travaillait au tribunal de grande instance. Ils pourraient récolter des informations plus discrètement en le faisant sur le ton de la conversation. La lieutenante avait accepté sans rechigner. Elle n'était pas forcément à l'aise avec la mission que lui avait confiée son supérieur. Pour elle, il était inconcevable que la magistrate ait entravé délibérément le déroulement de l'enquête. Si les fugitives avaient été averties de leur arrivée, ça ne pouvait pas lui être imputé. Cependant, Gardel devait admettre que le comportement de la juge n'inspirait pas confiance. Elle remettait en cause leurs initiatives et semblait parfois vouloir freiner leurs démarches. L'affaire était assez compliquée pour ne pas s'encombrer d'un doute au sein de l'équipe. Il n'était pas rare qu'une enquête se termine en fiasco à cause d'un simple grain de sable dans les rouages. Si la juge d'instruction ne les appuyait pas à cent pour cent, il valait mieux demander son remplacement. Le capitaine Daloz avait assez de poids pour obtenir satisfaction si cela s'avérait nécessaire.

En un déjeuner et une pause café, les deux lieutenants en avaient appris plus qu'ils n'auraient pu le faire par les voies officielles, canaux qu'ils n'auraient de toute façon pas pu emprunter sans se faire remarquer. Gardel avait découvert un Benoit assez sournois pour tirer les vers du nez de ses interlocuteurs sans que ceux-ci ne se doutent de quoi que ce soit. La technique était en soi assez pathétique, mais elle avait eu le mérite de fonctionner. Il avait suffi d'un « Dis donc, sacré petit lot la juge d'instruction ! » pour que les langues se délient. Benoit s'était excusé auprès de sa coéquipière dès qu'il en avait eu l'occasion, mais Gardel n'était pas assez naïve pour croire que cette discussion n'aurait pas eu lieu en d'autres occasions. Sa présence avait au moins évité les rires gras ou les commentaires douteux.

Ce qu'il en était ressorti n'était pourtant pas inintéressant. Passé le fait indéniable que la magistrate ne laissait pas les hommes indifférents, son comportement soulevait bon nombre de questionnements.

Mutée deux ans plus tôt, la juge avait fait parler d'elle, moins d'une semaine après son arrivée, en portant plainte contre son ancien supérieur hiérarchique. Selon elle, son affectation à Valence n'était qu'une punition pour avoir refusé ses avances. L'affaire aurait dû être traitée en toute discrétion, comme c'était généralement le cas pour ce genre d'accusation, mais la femme de loi ne l'avait pas entendu de cette oreille. Elle avait tout de suite pris les devants en contactant une journaliste de la presse locale, s'attirant ainsi les foudres de ses confrères masculins et la sympathie des femmes notables de la région. Tout le monde s'attendait à des remontrances de la part du parquet, une mise à pied ou même une nouvelle mutation. Ce fut à peu près l'opposé qui se produisit. Plutôt que de se faire des ennemis, la juge avait trouvé des alliés de poids notamment en la personne du procureur. Des bruits commencèrent dès lors à courir dans les couloirs du Palais.

« Pas la peine de te dire ce qui s'est raconté ! » avait ajouté un gendarme à Benoit, sans oser soutenir le regard de Gardel.

Les commérages s'étaient tassés au bout de quelques semaines, sauf que la juge avait à nouveau fait parler d'elle six mois plus tard. Au cours d'une audience, elle avait agressé un suspect en lui envoyant son dossier d'instruction au visage. L'homme de trente-trois ans, soupçonné d'exhibitionnisme sur une fillette de douze ans, avait porté plainte pour coups et blessures avant de se désister quelques jours plus tard.

« J'imagine qu'ils ont trouvé un arrangement qui convenait à tout le monde ! » avait-il dit d'un air désabusé. Pour la juge, on a simplement parlé de burn out. Comme quoi elle était sous pression et que c'était l'affaire de trop. On lui a demandé de faire une pause, ce qu'elle a fait, et elle est revenue quelques semaines après comme neuve. Avec la même hargne qu'on lui avait connue à son arrivée, si ce n'est plus !

« Depuis, pas un gars n'ose se frotter à elle, tu peux me croire ! Cette nana, elle a un truc qui cloche dans sa tête, si tu veux mon avis ! Je serais toi, je ne m'y intéresserais pas trop. »

Benoit avait joué son rôle à la perfection. Il avait haussé les épaules d'un air de dire : « Tant pis, c'était bien tentant ! »

Le greffier, à qui ils avaient proposé un café en terrasse, avait été encore plus virulent. Pour lui, cette femme était une sorcière dont il fallait se méfier comme de la peste. Un jour, elle était tout sourire, le lendemain, elle poignardait un de ses confrères dans le dos sans même un battement de cils. Depuis qu'elle était en poste, une ambiance délétère s'était installée au Palais et personne n'osait s'exprimer du fait de son accointance affichée avec le procureur.

Gardel avait voulu savoir si cette animosité était partagée par les femmes.

— Certaines osent s'opposer à elle, mais elles sont rares. Les autres ont épousé sa cause et sont prêtes à tout lui pardonner !

— Sa cause ?

— La juge milite ouvertement pour qu'un quota soit instauré au sein de la magistrature valentinoise et que les femmes soient représentées au moins à égalité. Je dis au moins parce que je suis persuadé que si on la laissait faire, elle dégagerait tous les hommes en robe du Palais. Notez que je n'ai rien contre l'égalité, lieutenant, mais je suis sûr qu'il existe d'autres moyens d'y arriver qu'en déglinguant ses collègues !

— La méthode douce n'a jamais vraiment fonctionné non plus ! ne put s'empêcher de rétorquer Gardel. Mais quand vous dites déglinguer, qu'est-ce que vous entendez par là, exactement ?

— Ça fait vingt ans que je bosse au tribunal, et je peux vous assurer que je n'ai jamais vu autant de magistrats demander leur mutation dans un laps de temps aussi court ! Je ne sais pas ce qu'elle leur dit et encore moins ce qu'elle leur fait, mais le moins qu'on puisse dire, c'est qu'elle est sacrément douée pour faire le ménage !

— Et quelqu'un connaît son parcours ? Je veux dire, avant qu'elle n'arrive à Valence, elle était où ?

— Aucune idée ! Vous aurez compris que je n'ai pas vraiment cherché à faire copain-copain avec elle ! Et je ne pense pas être le seul dans ce cas. Elle n'était déjà pas commode avant son pétage de plombs, mais depuis qu'elle est revenue, je n'en connais pas beaucoup qui ont envie de se frotter à elle, aussi bien gaulée soit-elle !

Gardel avait levé les yeux au ciel, signifiant que cette remarque n'était pas forcément utile, mais seul Benoit s'en était aperçu. Le greffier avait déjà tourné la tête pour observer les jambes nues d'une jeune femme qui passait devant la terrasse du café.

50

La lieutenante Gardel ne pouvait pas se contenter de quelques discussions de comptoir pour établir son rapport sur la juge d'instruction. Les enjeux étaient trop importants pour se baser sur des informations s'apparentant plus à des ragots qu'à des faits avérés. La discrétion étant toujours de rigueur, Gardel devait trouver un moyen d'en apprendre plus sans attirer l'attention. Elle demanda à Benoit de la conduire à la médiathèque de la ville.

— Si cette femme a pris contact avec la presse dès son arrivée, on trouvera certainement d'autres sujets la concernant. Quand les journalistes trouvent une source d'intérêt comme celle-ci, il est rare qu'ils la mettent de côté !

Chacun devant un ordinateur, les deux gendarmes balayaient les moteurs de recherche depuis une heure, décortiquant la moindre information. De nombreux articles avaient été dédiés à la juge depuis son arrivée. La plupart étaient élogieux mais rédigés par la journaliste qui avait couvert la première affaire. Un parfum de connivence s'en dégageait. D'autres ne la concernaient pas directement. Son nom était régulièrement cité en fonction de l'actualité judiciaire, son portrait revenait parfois pour illustrer une affaire en cours, et son combat pour l'égalité des sexes était mis en avant dès que le sujet était abordé à l'Assemblée nationale, ce qui arrivait environ tous les six mois.

Benoit, dont les yeux commençaient à fatiguer, survolait un de ces articles quand son attention fut retenue par une photo prise lors d'une manifestation. Le cliché n'était pas de bonne qualité et il mit plusieurs secondes à ajuster sa vue avant de pouvoir discerner avec certitude les visages qu'il observait. La juge d'instruction défilait en tête de cortège aux côtés de Joséphine Ballard et de Violette Vallet.

Cette photo justifiait à elle seule la remise en cause de l'impartialité de la magistrate dans leur enquête, mais Gardel ne s'en contenta pas. Elle changea de stratégie et lança cette fois sa recherche au nom de Ballard et de son association. En moins de dix minutes, l'existence d'un lien entre la juge et la responsable du prieuré ne faisait plus aucun doute. Les deux femmes se connaissaient et militaient ensemble pour la cause des femmes. Cette information aurait dû être transmise aux hommes du PJGN dès leur arrivée, or personne n'avait jugé utile de les prévenir. Même le procureur qui avait saisi la magistrate ne pouvait ignorer cette relation. Cela dépassait l'entendement.

La lieutenante savait que cette révélation allait avoir de lourdes conséquences dans les jours à venir, aussi n'attendit-elle pas d'être de retour à Crest pour la communiquer.

Le capitaine Daloz ne laissa rien paraître à l'autre bout de la ligne. Benoit, qui avait écouté la conversation, aurait été bien en peine de dire si le chef des Experts était surpris ou à l'inverse conforté dans son idée. Il leur demanda de compiler un dossier le plus exhaustif possible avant de leur assigner une nouvelle mission :

— Le cadastre indique que la maison dans laquelle se cachaient les fugitives appartient à un certain Marc Pistre. L'enquête de voisinage nous a révélé que ce monsieur a disparu de la circulation depuis une dizaine d'années. Il serait parti un beau matin pour s'établir à l'étranger. Cette version a été donnée par une de ses cousines qui a débarqué quelque temps après et qui s'occupe depuis de louer la maison.

— On a le nom de cette cousine ? demanda Gardel qui notait tout sur son carnet.

— Même pas une vague description ! Personne ne l'a vue depuis cette époque. Les voisins pensent qu'elle gère le bien à distance.

— Et vous, vous en pensez quoi ?

— Que beaucoup d'hommes disparaissent dans cette région ! Essayez d'en savoir plus sur ce Marc Pistre. On nous a dit qu'il était pigiste pour *Drôme Hebdo*. Leur siège est à Valence.

Il n'avait pas fallu beaucoup de temps aux deux lieutenants pour se faire une idée de la situation. Lorsque vous savez où chercher, les informations viennent à vous sans forcer. Le patron de *Drôme Hebdo* se souvenait parfaitement de Pistre et de son départ précipité. Il avait reçu un mail du journaliste lui expliquant qu'une opportunité s'était présentée et qu'on lui proposait un poste au Mexique. L'éditeur avait été surpris car Pistre n'avait pas vraiment l'âme d'un baroudeur, mais il n'avait aucune raison de le retenir. Marc Pistre était freelance.

— Honnêtement, je pensais que son escapade ne durerait pas plus de six mois ! avait-il dit en souriant. J'étais persuadé qu'il s'était laissé embarquer par une de ses conquêtes et qu'il allait revenir à la fin de leur idylle.

— M. Pistre avait une petite amie ?

— Une ? Vous voulez rire ! Marc avait le tableau de chasse le plus impressionnant de la région !

Le regard noir de Gardel suffit à rehausser le niveau de la conversation.

— Ce que je veux dire, c'est que Marc était un coureur pathologique. Il ne pouvait pas s'empêcher de draguer tout ce qui bougeait. Et les femmes le lui rendaient bien ! Elles tombaient littéralement dans ses bras au premier regard. Sauf que le garçon n'était pas très correct. Ça se finissait rarement bien ! Je peux vous dire que j'en ai vu un paquet défiler ici, dans l'espoir de le croiser ou même d'obtenir son adresse. Marc ne les faisait jamais venir chez lui et il disparaissait de leur existence du jour au lendemain sans aucune explication. Alors forcément, certaines ne le vivaient pas très bien.

— Vous pensez à une femme en particulier ?

Le patron grimaça, ce qui incita Gardel à réitérer sa question.

— Je n'aime pas spécialement me mêler des affaires des autres, vous savez ?

— Rappelez-moi votre métier ?

— Je suis journaliste d'investigation, lieutenant !
Je ne dirige pas un tabloïd !

Benoit comprenait que la lieutenante perdait
patience à force d'entendre des discours machistes ou
tout du moins déplacés depuis la fin de matinée. Il se
permit de prendre le relais.

— Nous pensons que M. Pistre n'est pas parti
volontairement. Si nous voulons comprendre ce qui lui
est arrivé, nous devons en savoir plus sur lui.

— Pourquoi cet intérêt soudain ?

— Parce que Marc Pistre détient peut-être des informations qui pourraient nous aider dans notre enquête,
mentit Benoit.

Le patron de *Drôme Hebdo*, certainement plus
habitué à soutirer des on-dit qu'à en colporter, capi-
tula devant la gravité du ton employé par le sous-
lieutenant.

— Une jeune femme est venue peu de temps avant
que Marc ne s'éclipse. Elle devait avoir une petite trentaine d'années, à peine. Jolie mais un peu effacée. Un
petit côté candide, vous voyez ? Je me souviens m'être
dit en la voyant que Marc n'avait dû en faire qu'une
bouchée. Elle cherchait un moyen de le contacter. Au
début, j'ai bien évidemment refusé. Je ne donne jamais
d'informations personnelles sur mes employés, mais
quand elle m'a dit qu'elle était enceinte de quatre mois
et que Marc était le père de l'enfant, j'ai craqué ! Il
était temps que ce gamin assume ses conneries.

— Je vois.

— Je n'ai d'ailleurs pas été totalement franc avec
vous, tout à l'heure. Quand j'ai reçu le mail de Marc,
j'ai d'abord pensé qu'il avait choisi de fuir plutôt que
d'endosser son rôle de père.

— Vous dites « d'abord », intervint Gardel, cela veut dire que vous avez changé d'avis par la suite ?

— J'ai recroisé la gamine six mois plus tard. Elle était accompagnée d'un magnifique bébé. Nous avons échangé quelques mots et j'ai fini par lui demander si elle avait eu des nouvelles de Marc.

— Et ?

— Elle m'a dit qu'elle avait fini par changer d'avis et qu'elle ne s'était pas rendue chez lui. Elle avait décidé de taire sa grossesse pour pouvoir élever sa fille toute seule, comme elle l'entendait.

— Sa fille ? réagit Benoit. Vous vous souvenez de son nom ?

— Le nom du bébé ? Aucune idée, mais je me souviens de celui de sa mère ! Elle s'appelait Maud.

51

Suite aux informations récoltées par ses lieutenants, Daloz avait attribué de nouvelles missions à chacun, se réservant la plus délicate. Tandis que Vernet et Gardel enquêteraient plus avant sur Marc Pistre, en particulier sur sa disparition et sur son potentiel lien de parenté avec Léa, le capitaine devait trouver un moyen de confondre la juge d'instruction sans passer par les voies officielles. Même s'il n'était pas homme à se fier aux rumeurs, la saisine de cette magistrate par le procureur soulevait bon nombre de questions. Les deux protagonistes n'étaient peut-être pas amants, comme le laissaient suggérer les témoignages récoltés par Gardel et Benoit, mais la juge n'aurait jamais dû être en charge de cette instruction si l'on prenait en compte ses relations avec l'association du prieuré. Le procureur aurait tout le loisir de s'en expliquer. Pour l'heure, c'était avec elle que souhaitait s'entretenir Daloz, et il n'avait pas l'intention de lui donner l'occasion de se préparer. Pour ce faire, il avait demandé l'aide de Benoit. Le sous-lieutenant s'en était enorgueilli, le temps d'une respiration, avant que le capitaine ne lui expose ses attentes.

— J'ai besoin de votre inexpérience, Benoit ! La juge ne se laissera pas avoir par une de mes manœuvres, mais je suis sûr qu'elle ne se méfiera pas de vous !

Benoit avait fait son possible pour faire bonne figure en attendant la suite.

— Vous allez l'appeler pour la prévenir que nous serons au prieuré d'ici une heure. Que vous avez bien intégré le fait qu'elle tenait à être au courant de la moindre de nos actions et que c'est pour cette raison que vous avez pris l'initiative de lui téléphoner. Vous lui direz que nous avons encore quelques questions à poser à Joséphine Ballard, mais que nous ne voulons pas prendre le risque d'être reçus par son avocate, et que c'est pour cela que nous allons débarquer à l'improviste.

— Vous me demandez de mentir à une magistrate ?

— Qui vous a parlé de mensonge ? s'amusa le capitaine. J'ai bien l'intention de me rendre au prieuré et vous allez m'accompagner. La seule chose qu'elle pourra vous reprocher sera votre approximation sur le timing car nous partirons dès que vous aurez fini votre conversation. Je tiens à y être dans vingt minutes, donc je vous suggère de ne pas traîner ! Vous n'aurez qu'à dire que je vous ai pris de court. Cela vous pose un problème ?

— Aucun ! répondit Benoit en décrochant son téléphone.

En débarquant au prieuré, Benoit remit pour la première fois en cause l'instinct du capitaine. Il s'attendait à voir l'avocate de Joséphine Ballard en haut des marches, or seule la sexagénaire les attendait les bras croisés. Le plan de Daloz n'avait pas fonctionné. Ballard n'exprima aucune surprise, mais cette femme ne l'avait jamais fait jusqu'ici et cette attitude ne pouvait pas trahir le fait qu'elle ait pu être alertée de leur visite.

Joséphine Ballard les invita à s'installer dans le jardin tout en demandant à une de ses pensionnaires de leur préparer du thé. L'arrogance avec laquelle elle les avait traités jusqu'ici avait totalement disparu. La responsable de l'association affichait au contraire un esprit serein, comme si ses derniers aveux l'avaient libérée d'une posture qu'elle s'était imposée.

Daloz attaqua l'entretien avec délicatesse et Benoit comprit qu'il était le seul à n'avoir rien vu venir.

— Je pensais que le thé serait déjà prêt, car vous nous attendiez, n'est-ce pas ?

Joséphine Ballard sourit légèrement sans toutefois répondre à la question.

— Depuis combien de temps connaissez-vous la juge d'instruction ? continua-t-il, sans douter un seul instant du bien-fondé de sa question.

— Cela doit faire deux ans, avoua-t-elle enfin. C'était peu de temps après sa mutation. J'ai tout de suite compris que cette femme pourrait être une alliée pour l'association. Sa compassion pour les femmes et sa position dans la société ne pouvaient que nous être bénéfiques.

— Et vous pensiez sincèrement que nous n'aurions pas vent de votre relation ?

— Je n'ai jamais cherché à vous la cacher, capitaine ! J'ai d'ailleurs été la première étonnée de la voir saisie du dossier ! Je pensais qu'elle vous en parlerait et j'avoue que je ne sais pas pourquoi elle ne l'a pas fait. Mon avocate m'a conseillé d'éviter tout contact avec elle tant que l'enquête serait en cours.

— Sauf que vous vous doutez que cette nouvelle va remettre tout notre travail en cause !

— Ce serait une erreur, capitaine ! Karine n'a rien à se reprocher. Je suis persuadée qu'elle a fait en sorte d'être affectée au dossier pour être sûre qu'aucune injustice ne soit commise.

— Aucune injustice ? Vous pensez donc que ce serait une injustice que d'arrêter Violette Vallet et ses complices ?

— Ce n'est pas ce que j'ai dit !

— Savez-vous que votre protégée, Hélène Calman, a été retrouvée morte, pas plus tard que ce matin, et enterrée à la va-vite au fond d'un jardin ?

— Karine m'en a informée, répondit gravement Ballard, les yeux baissés.

— Et la juge vous a-t-elle aussi dit que nous soupçonnions Violette Vallet d'être l'auteur de ce crime ?

— C'est ce que j'aurais pensé à votre place, éluda la sexagénaire.

— Et pourtant, vous semblez estimer qu'il ne serait pas juste de mettre un terme à la cavale de cette femme !

— Ne vous méprenez pas, capitaine, je serais la première à vous aider si je le pouvais ! Simplement, je crains que la disparition de cette enfant n'entraîne les forces de l'ordre dans une croisade dénuée de toute impartialité ! Si Violette a participé à l'enlèvement de cette petite fille, elle doit forcément avoir des raisons qui nous échappent pour l'instant. Quant à Clara

Massini, je suis persuadée qu'elle s'est laissée enrôler dans une entreprise qui la dépasse totalement. Je sais que tant que Karine sera sur le dossier, ces deux femmes auront la garantie d'une défense équitable et que s'il existe des circonstances atténuantes, elle ne les écartera pas d'un revers de la main pour répondre à des exigences politiques ou pour satisfaire la vindicte sociétale. Je me méfie de la justice des hommes et de ses raccourcis.

— De mon côté, j'ai pour habitude de me méfier de toute personne qui cache la vérité ! Nous sommes tombés sur une photo de la juge se tenant aux côtés de Violette Vallet. À notre place, qu'est-ce que vous en déduiriez ?

— Je ne comprends pas.

— Pensez-vous vraiment que nous allons nous contenter de remettre son objectivité en question ?

— Je suis désolée, mais je ne vois vraiment pas où vous voulez en venir !

— Ce qu'il essaie de te dire, Joséphine, c'est que je fais maintenant partie de la liste des suspects !

Tous s'étaient retournés en entendant la voix de la juge d'instruction. Elle se tenait à trois mètres d'eux et Benoit se demandait depuis combien de temps elle se trouvait là. La magistrate s'amusa de l'expression du sous-lieutenant.

— Vous n'avez rien à vous reprocher, lieutenant, vous avez joué votre rôle à la perfection mais votre capitaine m'a légèrement sous-estimée. Je savais parfaitement quel était le but de votre visite en venant ici. Il faut dire que le greffier à qui vous avez tiré les vers du nez n'était pas le plus discret sur lequel vous pouviez tomber. Il n'a pas pu s'empêcher de se vanter de m'avoir descendue en flèche. Cet abruti n'a toujours pas compris comment fonctionnent les rouages du Palais.

La juge était maintenant à leur hauteur. Daloz, qui ne la quittait pas des yeux, lui présenta un siège libre de la main.

— Madame la juge, nous vous attendions, justement !

52

*La lumière est de plus en plus forte. Ça me fait mal
à la tête. J'aimerais revenir dans le noir, au moins ça
fait moins mal. De toute façon, je peux pas ouvrir les
yeux, alors ça sert à rien !*

*J'ai l'impression que des choses ont changé depuis
hier. J'entends des bruits mais ils sont tout étouffés. Ça
résonne pas comme d'habitude. Parfois, j'ai l'impression que y a des portes qui claquent mais sans faire de
bruit. C'est comme si tout était emballé dans du coton.*

*Et puis personne n'est venu me voir depuis long-
temps. Même si y a jamais personne qui me parle, je
sais quand y a quelqu'un dans ma chambre. Là, y a
personne. J'en suis sûre.*

*J'entends plus personne se disputer, non plus. Ça,
c'est pas plus mal ! J'aime pas les entendre crier. J'ai
toujours l'impression que c'est de ma faute. Sauf que,
du coup, j'entends plus tante Câline non plus. J'ai
l'impression qu'elle est repartie sans même venir me
voir. J'aurais tellement aimé lui parler. Je suis sûre
qu'elle sait ce qui est arrivé à maman. Elle m'aurait
pas menti, elle ! Hélène dit que maman est morte, mais*

à tous les coups elle dit ça pour me faire de la peine. Maman m'a dit un jour qu'Hélène était jalouse de notre relation parce que elle a plus de maman. Sauf que c'est pas ma faute, ça !

J'ai mal à la tête ! Et puis je suis fatiguée d'être paralysée. J'ai envie de parler, j'ai envie d'ouvrir les yeux, j'ai envie de marcher. Et puis j'ai envie de pleurer, aussi. Maman dit que ça fait du bien de pleurer de temps en temps. Que ça fait retomber la pression. Qu'après, on se sent plus détendu. Moi je suis pas vraiment tendue mais je suis sûre que je me sentirais mieux si je pouvais pleurer un peu. Ou alors au moins parler à quelqu'un. Je me sens tellement seule.

Je peux pas croire que tante Câline soit repartie sans être venue me voir. Ça lui ressemble pas. Elle a toujours été sévère avec moi mais elle dit sans cesse que je suis très importante ! Qu'elle a des grands projets pour moi ! Elle peut pas m'avoir abandonnée comme maman !

Maintenant j'ai mal à la jambe. Ça me brûle sous mon mollet. Ça brûle fort, même ! On dirait qu'on vient de mettre une flamme juste en dessous. C'est la première fois que je ressens ça. C'est horrible comme sensation ! Mais en même temps, ça doit être bon signe, non ? On peut pas avoir mal à un endroit quand on est paralysé, si ? Non, forcément que non ! Si j'ai mal, c'est que je peux ressentir quelque chose ! Et si je peux ressentir quelque chose, c'est que je suis guérie. C'est logique !

Faut que je trouve un moyen de le dire à quelqu'un ! Concentre-toi, Léa ! Trouve un moyen !

53

La juge d'instruction répondait depuis dix minutes aux questions de Daloz avec détachement, comme si ses réponses ne pouvaient avoir d'incidence sur sa carrière. Benoit se doutait que le simple fait qu'elle ait accepté de se charger de l'affaire était en soi une faute qui lui coûterait cher.

Elle n'avait pas nié connaître Violette Vallet, même si elle se défendait d'en être proche. Oui, elles avaient manifesté côte à côte pour les droits des femmes et oui, elles s'étaient rencontrées plusieurs fois au prieuré, mais non, elles n'entretenaient aucun lien particulier et ne s'étaient pas vues depuis que l'ex-obstétricienne avait quitté l'enceinte de l'association.

La juge avait avoué d'elle-même connaître également Hélène Calman et avoir été affectée en apprenant sa mort quelques heures plus tôt.

— Je sais qu'Hélène avait des choses à se reprocher, qu'elle était peut-être même responsable de la mort de ces hommes que vous avez trouvés, mais je ne peux pas m'empêcher de penser à ce qu'elle a vécu et enduré avant de faire la connaissance de Joséphine.

Et je n'oublie pas non plus que cette jeune femme avait une santé mentale fragile. Je l'ai connue alors qu'elle prenait son traitement, capitaine, et je peux vous assurer qu'elle ne ressemblait aucunement à un monstre qu'il fallait stopper !

— Je n'ai jamais considéré Hélène Calman comme un monstre, se défendit Daloz. Ne me faites pas endosser le rôle du méchant pour vous donner bonne conscience. Ces femmes ont enlevé une petite fille de huit ans, elles ont abandonné trois cadavres derrière elles, qui pensiez-vous aider en ralentissant notre enquête ?

— Je n'ai pas cherché à la ralentir ! J'ai voulu tempérer vos certitudes, vous donner l'occasion de mieux connaître celles que vous traquiez.

— Vous jouez sur les mots et je n'ai plus de temps à perdre ! Qu'est-ce qui me prouve que vous n'êtes pas l'instigatrice de toute cette affaire ?

— Rien ! Je pourrais vous dire que je me trouvais à dix kilomètres quand Léa a été enlevée à l'hôpital, ou vous dire que je ne connaissais même pas les trois hommes dont vous avez retrouvé les corps. Je pourrais vous dire également que je n'ai jamais vu la conductrice de la 205 qui se trouve à la morgue en ce moment même, mais tout ça ne constituerait pas une preuve à vos yeux, je me trompe ?

— C'est exact ! J'aurais pu vous croire sur parole si je ne connaissais pas votre propension au mensonge !

— Alors vous allez être obligé de mener votre enquête, capitaine, et quand vous serez persuadé de mon innocence, peut-être pourrez-vous me pardonner.

— Vous pardonner quoi, précisément ? Si au moins vous nous expliquiez pourquoi vous avez cru bon de nous cacher votre relation avec ces femmes !

La juge d'instruction sembla peser le pour et le contre. Elle interrogea du regard Joséphine Ballard, qui se contenta de baisser les paupières lentement, évitant ainsi de prendre la responsabilité d'une décision qui ne lui appartenait pas. La magistrate trouva le courage qui lui manquait après avoir avalé une gorgée de thé.

— Je crois que je voulais avoir une occasion de réparer mes erreurs ! finit-elle par dire en scrutant le fond de sa tasse. C'est de ma faute si Hélène a mis fin à son traitement.

— Tu ne peux pas dire ça, intervint la sexagénaire.

Mais la juge ne cherchait plus d'échappatoire et avait au contraire besoin de parler.

— J'ai vu le lithium d'Hélène comme une entrave à sa liberté ! J'ai cru que c'était un moyen de la museler. J'ai conscience aujourd'hui de m'être laissée aveugler par mon combat contre l'injustice faite aux femmes. Et Hélène était pour moi l'exemple parfait de cette injustice. Son père était également son grand-père, et cette pauvre enfant avait été abandonnée à la naissance car elle était le fruit d'une ignominie. Sa mère s'est détruite à petit feu pour finalement mourir d'une overdose, seule, dans une impasse. Hélène s'est laissée maltraiter toute sa vie par des hommes qui se sont servis d'elle. Toute son existence n'a été qu'une succession d'humiliations, de déshonneurs, tout ça parce qu'un homme, au départ, n'a pas su retenir ses pulsions. Ce sale porc a ruiné la vie de deux femmes et personne ne s'en est pris à lui. Des injustices telles que celle-là, capitaine, j'en ai vu défiler des centaines depuis que je fais mon métier. Et vous savez quoi ? Jamais je n'ai eu la sensation, ne serait-ce qu'une seule fois, que la loi avait pu rectifier la balance. Il m'est arrivé de voir des hommes sortir de prison à peine trois ans après avoir commis des viols à répétition sur leur femme, leur sœur ou même leur enfant. Un vice de procédure, une circonstance atténuante, un témoignage favorable. Il y avait toujours une bonne raison pour considérer que le mal qui avait été fait n'était peut-être pas aussi grave qu'il n'en avait l'air. Un matin, je suis venue au prieuré et j'ai vu Hélène près de la source, les yeux dans le vague et l'esprit embrumé. Je savais que cette jeune femme était dotée d'une intelligence vive, mais la chimie qu'elle ingurgitait la lobotomisait petit à petit. J'ai eu l'impression qu'on demandait à cette victime de s'excuser d'être ce qu'elle était devenue. Une enfant qu'on avait traumatisée au point de lui faire perdre toute stabilité. Sauf que c'était de notre faute à tous et certainement pas de la sienne ! Je voulais qu'elle puisse au moins être libre de ressentir de la joie ou de la peine. Qu'elle ne soit pas obligée de se plier aux diktats d'une société bien-pensante qui n'a rien fait pour elle quand elle en a eu besoin.

Le capitaine écoutait la juge sans chercher à l'interrompre. Chaque mot semblait lui coûter et Benoit se fit malgré lui la réflexion que la faiblesse qu'elle affichait ne faisait que renforcer sa beauté. Elle paraissait plus fragile, et de fait plus attirante encore.

La magistrate acheva son plaidoyer en expliquant qu'elle se sentait responsable de tous les incidents qui s'étaient déroulés par la suite. Elle avait pu observer le changement de comportement d'Hélène Calman et avait remarqué son agressivité croissante, mais elle ne s'en était inquiétée que trop tard. Quand la jeune femme avait quitté le prieuré, la juge avait cherché à garder le contact mais elle avait été vite évincée de ce qu'Hélène appelait « le plan ». Jamais elle n'avait imaginé que le plan en question consisterait à torturer des hommes et à enlever une enfant.

— Pourtant, vous avez continué à l'aider en nous retardant ! opposa Daloz qui n'avait plus l'intention de la laisser s'apitoyer.

— La seule chose que j'ai faite est de traîner à vous apporter une commission rogatoire pour perquisitionner le prieuré ! se défendit la juge. Je ne voulais pas que Joséphine soit mêlée à tout ça sans avoir eu le temps de se préparer. Je ne vous ai fait perdre qu'une demi-journée, alors que j'ai bataillé comme une folle pour vous obtenir les dossiers médicaux des patientes de Violette Vallet ! Admettez que ça ne pèse pas lourd dans la balance !

— Parce que prévenir les fugitives de notre arrivée, pour vous, ça ne pèse pas lourd ?

— De quoi parlez-vous ?

— Je pense que vous le savez très bien ! Violette Vallet et ses complices savaient que nous allions débarquer.

— Je vous jure que je n'ai rien à voir là-dedans !

— Et moi je pense que si, au contraire. Ces femmes ont disparu au petit matin, à peine trois heures avant qu'une patrouille ne trouve leur repaire. Vous saviez que nous tournions dans cette zone de la vallée. Avouez que la coïncidence est troublante !

— Capitaine, je vous assure, il faut me croire ! Je n'ai pas contacté Hélène Calman ou Violette Vallet pour leur dire que vous arriviez. Je n'avais de toute façon aucun moyen de le faire puisque je ne savais pas où elles se cachaient !

— Et pourtant quelqu'un les a prévenues. Si ce n'est pas vous, qui est-ce ?

La magistrate sembla tout à coup se vider de son sang. Elle s'enfonça au fond de son siège, le visage blême. Joséphine Ballard, alertée par ce qui ressemblait fort à un malaise, se précipita vers elle mais le capitaine la retint en posant une main ferme sur son bras. Il n'avait pas l'intention de lâcher l'affaire aussi facilement.

— Madame la juge, il me suffit de passer un coup de fil pour obtenir votre mise en examen. Si vous ne voulez pas que je vous passe les menottes, je vous conseille de me dire tout ce que vous savez !

Benoit crut d'abord mal interpréter le geste de la femme de loi mais quand le capitaine lui fit un signe de tête, le gendarme comprit qu'il devait enserrer les poignets que la juge d'instruction venait de leur présenter.

54

Les lieutenants Gardel et Vernet avaient eu du mal à cacher leur étonnement en voyant débarquer la juge d'instruction, menottes aux poignets, escortée par Benoit. Ils avaient néanmoins attendu d'être en salle de réunion pour avoir des explications.

Le capitaine n'avait pas pris la peine de relire ses notes pour leur relater son entretien avec Karine Lechaix et la raison de son arrestation. Il s'attendait à recevoir à tout moment un appel du procureur, mais Daloz avait assez d'éléments pour le faire trembler et temporiser toute décision du parquet. Il redoutait en revanche l'arrivée de l'avocate de Joséphine Ballard. La responsable de l'association l'avait contactée avant même qu'ils n'aient quitté le prieuré. Le capitaine était convaincu que la juge d'instruction avait communiqué la zone de recherches des gendarmes et que cette fuite d'information avait permis aux fugitives de lever le camp à temps.

— Je ne pense pas que c'était intentionnel, admit Daloz, ou alors cette femme est une comédienne hors pair, mais j'ai la nette impression qu'elle a pris conscience de quelque chose durant notre entretien, un fait qui l'a déstabilisée au point de s'être retranchée depuis dans un mutisme complet. Je serais très étonné qu'on la laisse passer la nuit ici, ce qui veut dire que nous n'avons que quelques heures pour lui faire dire ce qu'elle sait. Vernet, utilisez la méthode que vous jugez utile, je ne veux même pas le savoir. Tout ce que j'exige, c'est de connaître a minima le nom de la personne à qui elle a parlé de notre descente avant qu'on ne soit contraints de la relâcher.

— C'est parti ! répondit le lieutenant en se levant. Même si j'aurais bien aimé voir votre tête quand Gardel vous racontera ce qu'on a trouvé, de notre côté !

Daloz fronça les sourcils tout en se retournant vers sa lieutenante.

— On vous a laissé un message, se justifia-t-elle, mais quelque chose me dit que vous ne l'avez pas écouté !

Les lieutenants Gardel et Vernet s'étaient rendus dans la maison des fugitives afin de trouver des indices sur Marc Pistre, le journaliste disparu dix ans plus tôt. Cette demeure avait été la sienne avant qu'une cousine, dont on pouvait douter de la réelle existence, ne s'autoproclame, un beau matin, gestionnaire du bien. L'ancien employeur de Pistre n'avait pas gardé le mail annonçant son départ précipité mais il se souvenait parfaitement du mois et de l'année de son envoi. Le pigiste avait officiellement quitté la vallée de la Drôme au cinquième mois de grossesse de Maud Doucet. Cela faisait neuf ans que cette maison n'était plus habitée par son propriétaire initial, mais cela ne voulait pas dire qu'il ne restait aucune trace de lui.

Forts de ce nouvel état d'esprit, les lieutenants avaient fouillé la maison de fond en comble à la recherche d'un objet ou tout autre élément qui aurait pu appartenir à cet homme. Les placards avaient été vidés, les matelas retournés, des lattes de plancher arrachées. Il n'était plus question de trouver des preuves du passage des fugitives ou des informations sur leur prochaine destination, il s'agissait de découvrir ce qu'il était advenu de Marc Pistre.

Une cantine militaire fut retrouvée au grenier. Elle contenait une tenue de footballeur ainsi qu'une photo d'une équipe de minimes. Le cliché était de trop mauvaise qualité et leur connaissance de Marc Pistre trop faible pour l'identifier avec certitude sur la photo. Il y avait également un classeur qui recensait tous les articles signés par le journaliste. Gardel le feuilleta rapidement mais ne trouva rien qui puisse les intéresser. La dernière coupure datait de quelques jours avant sa disparition.

Il leur fallut relever les manches pour trouver ce qu'ils étaient venus chercher. La chambre qu'ils n'avaient pas réussi à attribuer à une des fugitives était la seule qui disposait d'une surélévation de plancher. Il fallait grimper une marche pour pouvoir accéder au lit, ce qui était assez surprenant dans cette maison aux aménagements minimalistes.

Gardel et Vernet s'étaient munis d'une hache et d'un pied de biche pour éventrer l'estrade qui mesurait six mètres carrés.

La laine de verre, dont les propriétés isolantes n'avaient aucune utilité à cet emplacement, n'arrêta pas les lieutenants. Pas plus que l'odeur qui se répandit dans la pièce une fois le revêtement de fibres retiré. Ce n'était pas celle d'un corps en décomposition, comme celle à laquelle ils avaient été confrontés plus d'une fois ces derniers temps, mais les relents de renfermé ne pouvaient signifier qu'une chose. Ils venaient de retrouver Marc Pistre, ou tout du moins ce qu'il en restait.

Le journaliste ne s'était pas enfui au Mexique, ni même au bout de son allée. Il était resté là, toutes ces années, peut-être même dans ce qui avait été sa chambre à coucher. Gardel avait fait venir le légiste mais elle n'avait pas eu besoin d'attendre ses premières constatations pour remarquer l'entaille barrant verticalement le haut du crâne. Les lieutenants venaient de trouver la toute première victime de cette affaire.

Les os, relativement bien conservés, leur permettraient de récolter un échantillon d'ADN. Personne ne s'interrogeait sur l'identité de ce squelette, mais l'ADN permettrait aux Experts d'attester que Marc Pistre était bel et bien le père de Léa. Cela ne résoudrait pas leur enquête, cela ajouterait même une nouvelle pièce à cet écheveau mais, si ce fait était avéré, cela leur donnerait une indication de taille : Léa avait toujours été au cœur de cette affaire. Elle en était à la fois la cause et l'effet.

55

Le sous-lieutenant Benoit regrettait malgré lui cette découverte. Savoir que Marc Pistre était la première victime signifiait en d'autres termes que Maud Doucet n'était pas forcément morte. Et si la mère de Léa était encore en vie, cela voulait dire qu'elle avait délibérément abandonné sa fille. Cette idée le dérangeait. Le gendarme n'avait pu garder ses réflexions pour lui et le capitaine prit un instant pour apaiser la tension qui s'était installée.

— Vous pourrez faire ce métier depuis aussi longtemps que moi, lieutenant, certaines affaires continueront à vous toucher plus que d'autres. Celles qui impliquent des enfants sont bien évidemment toujours plus difficiles à gérer, mais ce sont justement celles qui demandent toute notre attention et nous obligent à laisser nos sentiments de côté. J'ai bien conscience que c'est plus facile à dire qu'à faire mais vous ne pouvez pas vous laisser submerger par vos émotions. Vous y perdriez votre objectivité et c'est Léa, la première, qui en pâtirait. Qui plus est, votre conclusion est hâtive. Rien ne vous dit que Maud Doucet a laissé tomber sa fille délibérément !

Daloz n'attendit pas la réaction de Benoit et développa sa pensée. Selon lui, plusieurs cas de figure pouvaient être envisagés.

Le premier, qui n'était bien sûr pas à souhaiter, était que Maud Doucet avait été assassinée le soir de son départ, à l'instar de son amant Édouard Lemaire. Jusqu'ici, les marques sur le front n'avaient été observées que sur les victimes masculines. Pour preuve, on n'avait relevé aucun stigmate sur le corps d'Hélène Calman. La numérotation macabre avait peut-être une signification tout à fait particulière pour les meurtrières.

L'autre possibilité était que la mère de Léa n'avait eu d'autre choix que de disparaître. Comme sa fille, elle était peut-être retenue quelque part, contre son gré, et attendait qu'on vienne la délivrer.

Cette hypothèse déstabilisa Benoit. Il se surprit à l'imaginer ligotée et terrorisée, implorant depuis plus d'un mois ses ravisseurs pour qu'ils ou elles lui rendent sa fille. Cette optique lui fit regretter d'avoir été prêt à juger cette femme sans autre forme de procès.

Daloz avait une fois de plus raison. Il allait devoir apprendre à ne se fier qu'aux faits s'il voulait un jour avoir l'opportunité de rejoindre une équipe comme celle des Experts.

— Enfin, il existe une autre éventualité, reprit le capitaine. Celle-ci ne vous plaira pas plus qu'à moi, mais cela ne veut pas dire que nous pouvons nous dispenser de l'étudier. Avez-vous envisagé, ne serait-ce qu'une seule fois, que Maud Doucet pouvait être à l'origine de toute cette affaire ? Qu'elle aurait pu confier sa fille aux anciennes pensionnaires du prieuré, comme elle aurait pu les mandater pour récupérer Léa à l'hôpital, après son accident ? Maud Doucet est peut-être l'auteur de tous ces meurtres ! Imaginons un instant que Marc Pistre soit le père de son enfant mais qu'il n'ait pas voulu assumer sa responsabilité quand il en a eu connaissance. Maud a pu voir rouge et le tuer. Prenons Édouard Lemaire, maintenant ! Qui nous dit qu'il n'avait pas changé d'avis quant à leur tour du monde ? Ce ne serait pas la première fois qu'un homme fait marche arrière une fois placé au pied du mur. Peut-être voulait-il tout annuler et que Maud ne l'a pas supporté. Rien de ce que nous avons pu récolter comme éléments jusqu'ici ne nous permet d'écarter cette hypothèse !

Le sous-lieutenant n'avait aucun argument qui puisse venir à l'encontre de cette théorie. Il était même prêt à admettre qu'elle était celle qui apportait le plus de réponses à leurs questions.

— Cela veut-il dire que Maud Doucet devient notre suspecte numéro un ?

— Au même titre que Violette Vallet et Clara Massini ! Notre priorité n'est pas de mettre la main sur le cerveau de cette association, mais de retrouver Léa saine et sauve. S'il le faut, je suis prêt à me contenter d'une simple exécutante pour le moment si cela peut nous aider à mettre fin à cette cavale infernale !

— Sauf que vous semblez penser qu'il y a quelqu'un d'autre impliqué dans cette affaire, je me trompe ?

Daloz observa intensivement Benoit et le sous-lieutenant comprit à son expression qu'il avait vu juste.

— Le comportement de la juge d'instruction me laisse croire ça, en effet ! Si, comme je le pense, cette femme a communiqué des informations sensibles au sujet de notre enquête sans imaginer un instant que cela pourrait entraver son bon déroulement, cela ne peut signifier qu'une seule chose : la magistrate s'est confiée à une personne qu'elle estimait digne de confiance. Or qui était mieux placée qu'elle pour connaître la liste des suspectes ?

C'était donc l'identité de cette personne qu'espérait obtenir Daloz en retenant la juge en garde à vue mais Vernet, qui se trouvait avec elle depuis vingt minutes, n'avait pas encore réussi à la faire plier. Karine Lechaix jouait la montre et attendait son avocate dans le silence le plus complet. Elle devait savoir que cette attitude ne plaiderait pas en sa faveur quand ses délits seraient examinés de près. C'était un risque qu'elle semblait cependant prête à assumer.

Le lieutenant Vernet avait tenté différentes approches tout en ayant conscience que la magistrate connaissait chacune d'elles. Il était le premier à les lui avoir expliquées dans le détail. S'il voulait obtenir des aveux de sa part, il allait devoir la surprendre ou toucher le point sensible qui la ferait craquer, sauf qu'il manquait cruellement d'informations pour pouvoir jauger au plus juste son adversaire. Pressés par le temps, Gardel et Benoit avaient été obligés de se contenter de faits et de rumeurs relatés par des habitants de la région. Cela signifiait que le lieutenant ne savait rien de la vie de cette femme avant qu'elle ne soit mutée.

Laissant la juge seule dans ses pensées, il s'attaqua à la relecture de son dossier. Il lui jetait parfois un regard sans même relever la tête et émettait quelques bruits de bouche à intervalles réguliers. Il ne comptait pas la déstabiliser aussi facilement, il voulait simplement lui faire croire qu'il avait tout son temps.

Vernet avait tenté de faire appel à l'instinct maternel de la juge en lui parlant de Léa et de la détresse dans laquelle elle se trouvait. Il avait également essayé l'axe de la sororité en lui faisant comprendre que les femmes qu'elle cherchait à épargner risquaient au contraire de payer son silence au prix fort. Que si elle voulait leur offrir une chance d'être arrêtées sans heurt et de bénéficier d'un procès équitable, elle devait mettre un terme à la traque qui s'était mise en place. La magistrate avait encaissé tous ces arguments sans esquisser la moindre réaction. Elle fixait le lieutenant sans vraiment le regarder.

Il n'y avait qu'un point du dossier que Vernet n'avait pas encore exploité. Une dernière carte qu'il s'apprêtait à abattre quand un voyant lui signifia que l'avocate venait d'arriver.

56

Y a pas que ma jambe qui me fait mal maintenant ! C'est pareil avec mes bras. Ça brûle et ça pique. Un peu comme quand on a des fourmis sauf que ça brûle beaucoup plus. J'ai envie de les bouger, mais j'y arrive toujours pas. C'est bizarre. Comment je peux avoir mal si je suis paralysée ? Au moins avant, je ressentais rien du tout !

Je comprends pas ce qui m'arrive ! J'ai peur...

Peut-être que je suis en train de perdre mes bras et ma jambe, en fait ! Peut-être qu'à force de plus bouger ils sont en train de se... c'est quoi le mot... de s'autodétruire ? Non, de se décomposer. Oui, c'est ça, le mot que maman disait quand elle me faisait la leçon sur les Égyptiens. Elle disait que les pharaons étaient entourés dans des bandelettes quand ils mouraient pour pas se décomposer et finir en poussière. C'est ça qui va m'arriver ? Je vais finir en poussière ? Je veux pas ça, moi. Je suis pas morte, je peux pas me décomposer ! Ou alors je suis morte ? Maman m'a dit que quand on mourait, c'était que le corps qui s'arrêtait de fonctionner. Que l'âme, elle, elle continuait de vivre. Ça voudrait dire que je ne suis plus qu'une âme ? Pourtant j'ai l'impression d'être en vie ! J'entends même des bruits.

Tout à l'heure, quelqu'un est entré dans ma chambre, j'en suis sûre ! Si j'étais qu'une âme, je pourrais pas en être sûre, si ?

Si au moins quelqu'un voulait bien me parler. Me dire ce qui m'arrive.

Ah, voilà, quelqu'un vient encore d'entrer. Je le sens ! La porte a pas claqué mais y a eu un bruit bizarre. Un peu comme celui que fait l'objet qu'on prend pour souffler sur le feu. Un soufflet, je crois.

On me tient la main ! C'est la première fois que je ressens ça ! Oui, c'est ça, quelqu'un vient de prendre ma main. Faut que j'arrive à la bouger. Si j'arrive à la bouger, je suis sûre qu'on me parlera. La personne doit croire que je suis morte, c'est pour ça qu'elle me parle pas. Si je peux lui montrer que je suis pas qu'une âme, elle me parlera, c'est certain.

On me caresse maintenant. On me caresse le bras. Ça fait du bien ! Ça fait partir la brûlure. C'est comme si on mettait quelque chose de frais sur mon bras. Ça fait tellement de bien ! Je sens qu'on fait pareil avec ma jambe sauf que c'est pas celle qui me brûle. Celle-là je sens quasiment rien. C'est la première fois qu'on s'occupe de moi comme ça. Est-ce que c'est tante Câline qui est revenue ? À moins que ce soit maman ! Maman a toujours su me soigner quand j'allais pas bien. C'est forcément elle !

J'aimerais tellement que ce soit elle.

Maman, parle-moi, s'il te plaît ! Dis-moi que tu es revenue…

57

La juge d'instruction avait pu s'entretenir avec son avocate et les membres du PJGN s'attendaient à devoir relâcher Karine Lechaix d'un instant à l'autre. Contre toute attente, l'avocate vint les prévenir que sa cliente était prête à parler à la condition que l'interrogatoire soit mené par la lieutenante Gardel en personne. Nul ne chercha à négocier.

La lieutenante s'installa face aux deux femmes, le dossier compilé par Vernet entre les mains. Son collègue avait à peine eu le temps de la briefer sur l'axe qu'il s'apprêtait à prendre, mais Gardel devinait que ce ne serait pas elle qui amorcerait l'entretien. Si Karine Lechaix avait décidé de déposer les armes, elle était disposée à l'écouter sans rien dire.

La juge tint dans un premier à temps à répéter ce qu'elle leur avait déjà dit. Elle n'avait jamais cherché à tromper qui que ce soit en prenant en charge l'instruction. Elle voulait s'assurer au contraire que l'enquête serait menée en toute impartialité et qu'à aucun moment un dérapage ne serait à déplorer.

L'enlèvement d'une enfant lui avait fait craindre des réactions exacerbées de la part des forces de l'ordre.

— C'est tout à votre honneur ! répondit Gardel froidement. Nous n'oublierons pas de le consigner dans votre dossier !

La magistrate ne se départit pas de son sang-froid et continua sur sa lancée. Elle tint à raconter sa version de l'histoire. Comment elle avait fait la connaissance de Joséphine Ballard et, par la suite, de celle de ses pensionnaires. Karine Lechaix avait tenté d'apporter sa pierre à l'édifice en aidant les femmes qui débarquaient au prieuré.

— Je leur donnais des conseils juridiques, expliqua-t-elle. Je les aidais à monter des dossiers pour récupérer la garde de leur enfant, ou pour faire appliquer les mesures d'éloignement à l'encontre de leur ancien conjoint. Ces femmes, dont la plupart n'ont pas trente ans, arrivent généralement brisées au prieuré et personne ne les aide à réintégrer le système ! L'association de Joséphine Ballard est leur porte de salut, vous comprenez ?

Gardel ne se donna pas la peine de répondre. Elle attendait que la juge en vienne au fait.

— Quand j'ai compris que certaines pensionnaires avaient décidé de faire bande à part et de mener leur combat à leur manière, j'ai eu peur que Joséphine en fasse les frais et que son travail soit remis en question. Peut-être que j'ai cherché à minimiser la gravité de la situation.

— Qu'entendez-vous par « bande à part » ou encore « mener leur combat à leur manière » ?

— Hélène et Violette trouvaient que nous étions trop laxistes avec les hommes. Que nous nous battions avec des armes qui n'étaient pas assez affûtées et que si nous voulions obtenir réparation pour tout ce qu'ils nous avaient fait, nous devions sévir. Ce n'était que des mots, que je n'étais d'ailleurs pas loin de partager, mais j'étais loin de mesurer leur portée. Jamais je n'aurais cru qu'ils pourraient mener à des meurtres.

— Vous me dites que vous étiez là pour les aider mais, à vous entendre, vous faisiez partie du combat ! Vous dites « nous » à chaque fois. Quelle était réellement votre motivation ? Vous aussi vous aviez une revanche à prendre ?

— Nous avons toutes une revanche à prendre, lieutenante ! Vous devez facilement imaginer ce que c'est que de vouloir être l'égal d'un homme quand on a un physique comme le mien ? Oh, je sais que beaucoup de femmes rêveraient d'être à ma place ! Que beaucoup d'entre elles voudraient être belles au point qu'aucun homme ne puisse leur résister. Elles ne savent pas ce que cela engendre ! Personnellement, je l'ai vécu comme une malédiction ! Il a fallu que je me batte comme une forcenée pour réussir à me faire une place à Paris, et pourtant il a suffi que j'évince un vieux salace pour qu'on me rétrograde d'un claquement de doigts. Encore aujourd'hui, je dois sans cesse faire mes preuves, et j'aurai beau me tuer à la tâche, cela n'empêchera pas mes confrères de penser que c'est grâce à mes cuisses si je suis à ce poste !

— C'est ça votre justification ?! Pardonnez-moi si je n'ai pas l'air affectée par vos révélations, madame la juge, mais la vie d'une petite fille est en jeu et vous préférez nous faire perdre un temps précieux en nous parlant de vos petits problèmes d'ego plutôt que de nous aider à la retrouver ?

— Mes petits problèmes d'ego ?

— Oui, d'ego ! persifla Gardel. Vous auriez aimé qu'on dise de vous que vous êtes une femme d'esprit, une femme brillante qui mérite sa place tout autant qu'un homme, si ce n'est plus, mais en retour, vous avez été jugée par des crétins qui ont ressenti le besoin d'assurer leur virilité en vous rabaissant. La belle affaire ! Vous croyez vraiment que parce que je suis une femme, je vais faire preuve d'empathie pour vos petits états d'âme ? Depuis une semaine, vos sœurs d'armes mènent un combat qui dépasse largement le cadre de l'égalité des sexes ou du respect de la femme ! Personnellement, je me fous de savoir si j'ai eu mon poste pour répondre à un quota ou à une politique bien-pensante de la gendarmerie ! Et je me fiche encore plus de savoir que certains collègues pensent que je suis ici parce que le capitaine m'a à la bonne ! Ils peuvent bien fantasmer tous les soirs dans leur lit, je m'en contrecogne, vous comprenez ? Je me suis engagée dans l'armée, et je n'étais pas assez naïve pour croire que sortir major de ma promotion m'octroierait de fait le respect ! Mais ça aussi je m'en tape. Et vous savez pourquoi ? Parce que je sais qui je suis et ce que je vaux ! Donc oui, au risque de vous paraître insensible ou de ne pas répondre à votre pathétique appel à la solidarité féminine, vos petits problèmes d'ego sont le cadet de mes soucis !

Benoit qui se trouvait devant les moniteurs de contrôle ne comprenait pas l'attitude de Gardel. Il était convaincu que la lieutenante ferait tout pour mettre la juge en confiance, qu'elle chercherait à comprendre ses motivations. À la place, il venait d'assister à une agression en règle. Il interrogea Vernet du regard qui lui apporta un début d'explication :

— Le seul accroc que nous connaissons avec certitude dans la vie de Lechaix est le burn out qu'elle a fait quelque temps après son arrivée. Avec un caractère comme le sien, c'était peu probable. Une femme qui ressent un besoin irrépressible d'imposer son autorité ne se laisse pas facilement dépasser par la situation. Ou alors, elle le sent venir et se cache le temps de reprendre le contrôle. Les nerfs de la juge ne sont donc pas aussi solides qu'elle le souhaiterait. C'est en tout cas ce que j'ai dit à Gardel avant qu'elle n'entre dans la salle et m'est avis qu'elle vient de lui asséner un coup dont Lechaix n'est pas près de se remettre !

Vernet n'aurait pas pu choisir meilleure image. La posture de la juge évoquait à Benoit celle d'une boxeuse acculée au coin d'un ring, attendant qu'un arbitre vienne la déclarer forfait par K.-O. L'avocate endossa ce rôle en prononçant quelques mots à l'oreille de sa cliente. Karine Lechaix avoua tacitement sa défaite en baissant les yeux face à Gardel qui attendait désormais patiemment ses aveux.

— N'allez pas croire que je cherche à me trouver des excuses, dit-elle dans un filet de voix, ni même à gagner du temps. Depuis que le capitaine m'a parlé de cette fuite, j'essaie de me convaincre que je ne peux pas en être la responsable parce que jamais je n'ai voulu ce qui arrive, il faut me croire !

— Je vous crois, répondit Gardel sur le même ton.

— Je n'en ai parlé qu'à une seule personne, finit-elle par avouer. Cette affaire était beaucoup trop lourde pour moi. J'avais besoin de la partager, vous comprenez ? J'avais besoin d'être sûre de faire les bons choix.

Jamais je n'aurais pu imaginer que cette femme me trahirait. Elle devait m'aider ! C'est ce qu'elle a toujours fait ! Sans elle, je n'aurais jamais trouvé la force de continuer après mon burn out. C'est elle qui m'a conseillé de m'impliquer plus dans l'association. Elle pensait que ça me ferait du bien et elle a eu raison ! J'ai trouvé un sens à ma vie en me battant pour ces femmes. Je ne sais plus quoi penser, maintenant. J'ai l'impression d'avoir été manipulée. Elle me posait des questions sur l'enquête et moi, comme une idiote, je pensais que c'était pour m'épauler. Pour m'aider à prendre les bonnes décisions. Comment aurais-je pu deviner ? Caroline a toujours été là pour moi !

— Caroline ? répéta Gardel interloquée. Caroline Doucet, la sœur de Maud ?

— Non, bien sûr que non ! Pour qui me prenez-vous ? Si j'avais connu Caroline Doucet, je vous l'aurais dit ! Non, Caroline Guyet. Vous la connaissez ! C'est la psychiatre du prieuré.

58

Benoit avait pu se faire une idée de la pugnacité du capitaine Daloz en l'espace d'une heure à peine. Le chef des Experts avait réussi à mobiliser tous les hommes de la gendarmerie pour se lancer à la recherche du docteur Guyet. Il était vingt et une heures passées, veille de pont, ce qui signifiait que son cabinet serait bien évidemment fermé et qu'ils auraient besoin d'une autorisation pour procéder à l'arrestation de la psychiatre à son domicile en dehors des heures légales. Le procureur de la République avait tout d'abord mis son veto mais Daloz avait bataillé ferme. Caroline Guyet venait de rejoindre la liste des suspectes de ce qui pouvait s'apparenter à un crime organisé et, sous cette condition, la loi lui permettait d'obtenir une dérogation. Le procureur n'avait pas spécialement apprécié qu'un gendarme se permette de lui faire la leçon, mais il n'oubliait pas non plus que les décisions qu'il avait prises jusqu'ici risquaient de lui coûter sa carrière.

Vernet s'était proposé pour diriger les opérations sur le terrain, laissant le soin à Gardel et Benoit de récolter un maximum d'informations sur Caroline Guyet. Daloz, lui, avait préféré en apprendre davantage de la bouche de la juge d'instruction qui était désormais disposée à parler, quel que soit son interlocuteur.

— Depuis quand consultez-vous le docteur Guyet ?

— Je l'ai croisée plusieurs fois avant mon burn out, répondit la magistrate qui n'avait plus rien à cacher. Joséphine nous a présentées un jour que nous nous trouvions toutes les deux au prieuré. Nous nous sommes tout de suite bien entendues. Quand j'ai perdu pied, je suis naturellement allée la voir. Je la consulte deux fois par semaine depuis un an et demi environ.

— Vous disiez tout à l'heure que vous avez l'impression d'avoir été manipulée. Qu'est-ce qui vous fait dire ça ?

— Si je remets tout en perspective, c'est effectivement la sensation amère qui me reste. Caroline ne s'est pas contentée de m'écouter. Son approche était plus… comment dire… intrusive. Elle me donnait parfois des conseils sur ma façon de mener mes dossiers. Elle ne me disait pas ce que je devais faire, bien entendu, mais elle m'incitait à étudier les affaires que je gérais avec mon œil de femme et non avec celui de la magistrate que je suis. Selon elle, mon burn out était dû au fait que j'avais fini par prendre conscience que la justice que je m'évertuais à appliquer n'était pas forcément celle que je voulais rendre. Il y a une grande différence entre la loi et la justice, vous savez !

— Je le sais ! L'une a été codifiée par des esprits apaisés, l'autre mène à la vengeance si elle n'est pas justement cadrée par des gens comme vous et moi.

— C'est ce que vous vous répétez le matin pour vous rassurer ? Sérieusement ! Ne me dites pas que vous ne vous êtes jamais retrouvé confronté à des situations qui allaient à l'encontre de votre morale ! Combien de monstres avez-vous dû relâcher parce que la loi ne vous autorisait pas à les garder ? Combien de fois avez-vous estimé qu'une peine n'était pas à la hauteur du crime qui avait été commis ?

— Et vous pensez sincèrement que la vengeance est une meilleure solution ? Qu'il faudrait revenir à la loi du talion ? Pour être franc avec vous, je pense qu'il est impossible de réparer un tort, quel qu'il soit. Ce qui est fait est fait ! Une mère ne se remettra jamais de l'assassinat de son enfant, que son meurtrier soit enfermé à vie ou qu'il soit tué d'une balle dans le dos ! La justice ne pourra pas lui rendre sa raison de vivre, pas plus que la vengeance.

— Alors pourquoi avez-vous choisi ce métier ?

— Je ne peux pas réparer ce qui a été fait, mais je peux essayer de faire en sorte que cela ne se produise pas. J'arrête les monstres, comme vous dites, pour qu'ils ne sévissent plus. Mais j'ai choisi de le faire en toute légalité car c'est le seul moyen de ne pas me perdre en chemin.

— J'admire votre abnégation, capitaine, moi je crois que j'ai perdu la foi !

— Alors quittez au moins la robe avec honneur et dites-nous ce que vous savez sur Caroline Guyet !

La juge d'instruction n'avait malheureusement pas grand-chose à leur apprendre. La psychiatre avait su rester discrète sur sa vie privée, comme avaient pu le constater Gardel et Benoit de leur côté. Ils n'avaient pu récolter que des informations administratives sans grand intérêt. Caroline Guyet avait obtenu un doctorat de recherche en psychopathologie et psychanalyse à l'université de Paris-Diderot en 2009 et s'était installée à Valence l'année suivante. Sa déclaration d'impôts indiquait qu'elle était célibataire, sans enfant, et qu'elle était locataire de son appartement. Les premiers chiffres de son numéro de sécurité sociale indiquaient qu'elle était née à l'étranger et qu'elle avait trente-sept ans, mais ils n'avaient aucun moyen d'en savoir plus à cette heure tardive. Ils avaient été obligés de se contenter des documents consultables en ligne. Gardel avait espéré en apprendre davantage grâce aux réseaux sociaux et aux informations que les internautes postaient volontairement, mais Caroline Guyet ne semblait pas être une adepte du 2.0.

Benoit avait également relu les notes qu'il avait prises lors de l'entretien mené par Vernet avec la psychiatre. Le sous-lieutenant peinait à se relire mais il était sûr d'un point. Tout ce qu'avait dit Caroline Guyet pouvait maintenant être remis en question. Quand elle leur avait dit que Clara Massini ou Léa pouvaient être les prochaines victimes de cette entreprise, savait-elle déjà que ce serait en réalité Hélène Calman qui en ferait les frais ? Sous couvert du secret professionnel, elle avait pu se permettre de ne divulguer que les informations qu'elle souhaitait leur transmettre. S'y référer n'était pas forcément la bonne solution.

Personne ne cacha son soulagement quand Vernet annonça qu'il était sur le chemin du retour et que Caroline Guyet se trouvait à l'arrière du véhicule qui le précédait.

La psychiatre avait été trouvée à son domicile en train de boucler des valises qui trahissaient un long voyage en perspective. Elle n'avait opposé aucune résistance à son arrestation et avait même tenu à préciser qu'elle ne souhaitait pas la présence d'un avocat. Il n'en avait pas fallu plus à Vernet pour ébaucher le profil de leur suspecte.

— Je suis prêt à parier l'apéro que nous n'aurons même pas besoin de lui poser une seule question ! avait-il dit au bout du fil. Nous sommes face à un cas flagrant de mégalomanie ! Je suis persuadé qu'elle espérait qu'on arrive avant son départ. Il suffisait de voir sa tête ! La fuite devait être un choix raisonné, mais nous affronter était certainement plus jouissif à ses yeux ! Vous cherchiez le cerveau de cette histoire, capitaine, je vous l'apporte sur un plateau !

— Vous semblez bien sûr de votre coup, lieutenant !

— Parce que j'ai un petit avantage sur vous ! s'amusa Vernet avant de s'expliquer.

59

Vernet avait profité du temps de trajet qui le séparait de la gendarmerie de Crest pour briefer le capitaine avant que celui-ci n'interroge Caroline Guyet. La psychiatre vivait dans un appartement qui ressemblait en tout point à son cabinet. Entièrement peint et décoré de blanc, son trois-pièces n'offrait aucune touche de couleur, hormis trois photos encadrées qui avaient de fait attiré l'attention du lieutenant. Sur chacune d'elles, Caroline Guyet se trouvait entourée de Maud Doucet et sa fille.

— Quand je dis « entourée », ce n'est pas tout à fait exact. Léa se trouve sur les genoux de notre suspecte tandis que Maud reste en arrière-plan. La pose est toujours la même, seule l'année où elles ont été prises diffère. Sur la première, Léa ne doit avoir que quelques mois alors que la dernière semble assez récente. Et elles ont toutes été prises dans le jardin de Marc Pistre !

— Vous en déduisez quoi ?

— C'est trop tôt pour le dire, mais Maud Doucet paraît totalement effacée sur ces clichés. En revanche, de les voir côte à côte comme ça, je suis bien obligé d'admettre que la ressemblance est frappante. Je pense que Caroline Guyet est la sœur de Maud.

— Et donc la tante de Léa !

— Ou sa mère ! À ce stade, tout est envisageable. La posture de la psy laisse supposer que c'est elle le chef de famille. Elle a cette assurance que confère souvent la maternité. Mais je vous parlais de sa mégalomanie. Cela peut biaiser mon analyse.

— Expliquez-moi pourquoi vous tenez absolument à la taxer de mégalomane.

— Outre son comportement à notre arrivée, il y a un point que je ne vous ai pas précisé. J'aurais préféré être sur place pour vous les montrer, mais quelque chose me dit que vous n'avez pas envie d'attendre.

— Content de voir que vous m'avez cerné après toutes ces années ! répliqua Daloz froidement.

Vernet expliqua alors être tombé sur des esquisses sur la table de travail de la psychiatre. Toutes représentaient la même scène : on y voyait Caroline Guyet en madone, sauf que l'enfant qu'elle tenait dans les bras n'était pas le chérubin auquel on pouvait s'attendre mais une petite fille qui ressemblait à s'y méprendre à Léa. Au deuxième plan, on pouvait distinguer une multitude de silhouettes féminines se tenant un genou à terre, les mains jointes en prière.

— Je vous rappelle que la mégalomanie est une psychose qui se caractérise entre autres par une surestimation de soi, un délire de puissance ou d'une immense gloire, le tout saupoudré bien évidemment d'un orgueil démesuré ! Je crois qu'on peut estimer, sans trop s'avancer, qu'on est en plein dedans, vous ne croyez pas ?

L'arrivée de la psychiatre, escortée par deux sous-officiers, avait accru une tension déjà bien palpable. Il était rare qu'autant d'hommes soient encore présents à vingt-trois heures dans cette gendarmerie de proximité, mais tous voulaient voir celle dont il se disait déjà qu'elle était la responsable de leur course infernale. Caroline Guyet semblait s'en gargariser. Elle regardait chacun d'eux avec une lueur de fierté dans les yeux, ce qui exaspéra Benoit. Il aurait aimé que ses collègues se fassent plus discrets et ne donnent pas d'importance à une femme qui manifestement n'attendait que ça. Le capitaine Daloz le surprit lui aussi en accueillant la psychiatre avec affabilité. Le sous-lieutenant se doutait qu'il ne s'agissait que d'une posture calculée, mais il restait impressionné par la capacité de son supérieur à masquer son ressenti.

Caroline Guyet s'était installée à la table d'interrogatoire telle une reine se préparant à ratifier un ordre souverain. Le dos droit, le port altier, n'utilisant qu'un tiers de l'assise et les jambes légèrement de biais, elle avait posé ses poignets menottés sur la table et attendait patiemment qu'on vienne la délivrer de son entrave.

Benoit admettait à regret que la psychiatre dégageait un charisme troublant et qu'en d'autres circonstances, il n'aurait pas rechigné à s'allonger sur un canapé pour lui raconter toute sa vie. En l'espace d'un instant, il conçut comment la juge d'instruction avait pu se laisser berner aussi facilement. L'autorité naturelle de Caroline Guyet, mêlée à la pureté de ses traits, donnait envie de se confesser dans l'espoir d'obtenir sa clémence.

Les auras contradictoires qui se dégageaient de cette femme avaient dû déstabiliser plus d'un patient.

Le capitaine Daloz s'installa face à elle, droit comme un I, donnant l'étrange impression d'être le reflet masculin de la psychiatre. Il la fixait des yeux, sans rien dire, et inclinait son visage à l'exact angle opposé du sien. Un silence pesant s'installa et les trois lieutenants qui observaient la scène sur les moniteurs de contrôle ne purent s'empêcher de retenir leur respiration en attendant le début des hostilités.

Caroline Guyet fut la première à rompre cette joute muette.

— Admettez que je vous ai fait courir, capitaine !

— Au risque de vous décevoir, c'est Léa qui nous a fait courir jusqu'ici.

— Alors gardez votre souffle, répondit-elle les lèvres pincées, car vous n'êtes pas près de la retrouver !

— Vous semblez sûre de vous.

— Le doute est pour les faibles !

— Ce que vous n'êtes pas.

— Je vois que vous comprenez vite. Tant mieux ! Il se fait tard et je n'ai pas l'intention de rester ici toute la nuit.

— À votre place, je me préparerais quand même à cette idée.

— Oh, je parlais uniquement de cette pièce ! Je ne suis pas assez naïve pour croire que vous allez me laisser repartir. J'ai perdu cette bataille, j'en conviens, mais il faut savoir parfois sacrifier quelques pièces, même majeures, pour arriver à ses fins. Le combat continuera sans moi, tout au moins pour un temps. Mon arrestation n'est qu'un petit accroc sur la toile. En aucun cas elle ne pourrait être un obstacle au plan. Mon plan.

60

Caroline Guyet avait dû attendre un auditoire de qualité depuis de nombreuses années car le capitaine n'eut à lui poser aucune question pour qu'elle lui livre tous les tenants et aboutissants de cette histoire. La psychiatre tenait à ce que les gendarmes en connaissent le moindre détail. Elle voulait leur exposer sa vision des choses et leur démontrer à quel point son plan était brillant dans sa forme et inattaquable sur le fond, et elle trouvait nécessaire de revenir à la genèse de son élaboration. Caroline Guyet ne cherchait aucunement à justifier ses décisions, elle voulait simplement s'assurer que tout le monde suivrait son raisonnement.

Comme l'avait soupçonné Vernet, Caroline était la sœur de Maud Doucet. Bien que de trois ans sa cadette, Caroline avait toujours été la dominante de la fratrie.

— Ma sœur est incapable de prendre une décision, tint-elle à ajouter. Elle est tellement influençable qu'on peut lui faire faire n'importe quoi. J'ai passé ma vie à la protéger !

La psychiatre leur parla alors de leur enfance et de l'inceste qu'elles avaient subi à partir de leurs quinze ans.

— Ma mère, cette cruche, n'a jamais rien fait pour nous protéger de ce sale porc qui lui servait de mari. Dès qu'il élevait la voix, elle se mettait à pleurer. Elle nous demandait d'accepter sans rien dire, de peur des représailles qu'il pouvait lui faire subir. Ma sœur ne valait pas mieux ! Elle vivait dans la crainte de décevoir ses parents. Pour ma part, mon père n'a eu l'occasion de me violer qu'une seule fois. Le lendemain, je me suis enfuie. Je ne suis revenue que trois ans plus tard. J'avais dix-huit ans et je me sentais en âge de l'affronter. Je voulais le regarder dans les yeux et lui cracher tout mon mépris. Ma sœur, qui avait vingt et un ans à l'époque, et qui était donc largement en âge de partir, vivait toujours sous son toit. Elle semblait totalement lobotomisée. C'est à ce moment-là que j'ai compris qu'elle aurait besoin de moi tout au long de sa vie.

Caroline Guyet avoua sans détour avoir mis fin au calvaire de sa sœur en assassinant leur père de sang-froid. Elle était restée un mois dans la maison familiale, acceptant sans broncher les avances de son paternel afin d'acquérir sa confiance. Chaque soir, elle buvait un verre en sa compagnie, au coin du feu. Son père ne s'était tout d'abord pas alarmé des suées auxquelles il était sujet. Il mettait ça sur le coup de la chaleur ambiante et de son excitation à retrouver sa benjamine, plus belle que jamais. Quand les coliques et les premiers vomissements étaient survenus, Caroline l'avait convaincu que la venue d'un médecin n'était pas une bonne idée. Un inconnu dans leur maison aurait pu rompre l'harmonie familiale qui était en train de se créer. Elle avait promis de le soigner aussi bien que n'importe quel praticien. Aux premiers signes d'affolement cardiaque, il était déjà trop tard pour sauver le père Doucet. Caroline l'avait regardé agoniser toute une nuit alors qu'il était allongé dans son lit.

— Notre maison se trouvait à flanc de montagne près d'un torrent, dit-elle, les yeux brillants de haine. Un environnement propice aux plantes herbacées comme l'aconitum, vous connaissez ?

Daloz avait simplement bougé la tête de gauche à droite, ne voulant pas perturber le cours de ce monologue.

— C'est une plante hautement toxique. Les Borgia en raffolaient ! Mais ces gens n'étaient pas patients. Ils se contentaient de faire ingurgiter une dose létale à la première contrariété. Où est la beauté du geste, vous pouvez me le dire ? Et puis c'est tellement moins discret ! Personnellement, je ne sais pas ce que j'ai préféré : observer la vitalité lubrique de mon père s'étioler peu à peu ou le voir déguster en toute confiance ce verre que je lui tendais tous les soirs.

Caroline Guyet, ou encore Doucet, avait terminé ce chapitre de sa vie en évoquant les soupçons de sa mère et la manière dont elle les avait étouffés. Caroline n'avait pas hésité à menacer sa génitrice. Elle lui avait dit qu'elle n'hésiterait pas un instant à rapporter son manque d'interférence, son silence et donc sa complicité. Elle était même prête à en rajouter s'il le fallait en l'associant aux agissements de son mari. Le corps de Doucet père fut transféré dans le lit parental et la mère expliqua aux secouristes que son tendre époux avait cessé de respirer dans la nuit. L'homme avait cinquante-quatre ans, fumait trois paquets de cigarettes par jour et aimait la bonne chère plus que de raison. La conclusion d'un arrêt cardiaque ne fut jamais remise en question.

On pouvait lire une certaine jouissance sur le visage de Caroline. Elle n'avait pas dû pouvoir raconter cette histoire autant de fois qu'elle l'aurait souhaité et le faire devant un représentant de la loi semblait la galvaniser. Elle avait commis le crime parfait et cela faisait dix-huit ans qu'elle se retenait de s'en vanter. En avouant ce meurtre, elle déclanchait bien évidemment l'ouverture d'une enquête, mais il était clair que Caroline ne cherchait plus à esquiver quoi que ce soit. Elle voulait être reconnue pour ce qu'elle était. Une femme qu'on ne pouvait pas malmener impunément.

La psychiatre avait survolé de manière succincte les années qui s'étaient ensuivies. Caroline avait souhaité rompre tout lien avec sa famille, en dehors de sa sœur. Elle était partie pour la capitale et n'avait eu aucune difficulté à changer d'identité, moyennant quelques billets. L'annonce de la mort de sa mère ne lui avait tiré aucune larme. À cette époque, Caroline suivait ses études de psychanalyse avec succès et son passé était déjà enterré.

Ce n'est que bien plus tard que le plan de Caroline s'était mis en place, exactement neuf ans après la mort de son père.

— Maud vivait à Valence, à cette époque-là, et elle s'était amourachée d'un don Juan qui la respectait autant qu'une vulgaire paire de chaussettes. Il enfilait ma sœur quand il en ressentait l'envie et puis la laissait de côté quand une autre pointait son nez. Notez que Maud était entièrement responsable de ce qui lui arrivait ! J'étais persuadée que ma sœur se reprendrait en main une fois notre père éliminé du paysage, mais c'était déjà trop tard. Le mal était fait. Maud n'a eu de cesse d'entamer des relations qui étaient d'avance vouées à l'échec. Je n'ai jamais compris ce qu'elle recherchait exactement. Ce n'est pas faute d'avoir étudié le sujet, vous pouvez me croire ! Je pense qu'elle avait besoin d'être maltraitée pour se sentir désirée, ou tout du moins utile. Quoi qu'il en soit, il m'a fallu constamment rectifier ses choix.

Quand Caroline avait appris que sa sœur était enceinte de Marc Pistre, un déclic s'était produit chez la psychiatre. Était-ce la perspective de devenir tante qui l'avait fait s'impliquer à ce point dans la suite des événements. Elle-même était incapable de le dire encore aujourd'hui. Ce qui était sûr, c'est que la simple idée que sa sœur puisse accoucher d'un garçon la révulsait. Cela revenait à dire qu'elle allait prolonger une lignée que Caroline s'était évertuée à stopper. Que cet enfant puisse ressembler de près ou de loin à son grand-père lui était insupportable.

Durant ses études, Caroline avait fait la connaissance d'une femme qui était intervenue à plusieurs reprises pour partager avec les étudiants son expérience des traumatismes pré- ou post-maternité. La psychiatre en devenir avait été fascinée par l'assurance de cette obstétricienne, déjà à la tête d'un service réputé malgré son jeune âge. Les deux femmes s'étaient tout de suite trouvé de nombreux points en commun et une sorte d'amitié était née.

— Vous voulez parler de Violette Vallet, j'imagine ? intervint Daloz qui tenait à ce que le nom soit notifié sur les enregistrements.

— Je pensais que ça allait de soi mais oui, vous avez bien compris, il s'agit de Violette ! Une femme remarquable que vous n'aurez malheureusement jamais la chance de connaître !

Le capitaine ouvrit la bouche mais se ravisa. Il savait que Caroline Doucet lui dirait tout ce qu'il voulait entendre à condition qu'il sache patienter. L'interrompre ne ferait que retarder la révélation qu'il attendait, à savoir où se trouvait Léa. La psychiatre fit une moue de déception, elle aurait certainement préféré être relancée. Elle reprit néanmoins son histoire là où elle l'avait arrêtée.

Quand Maud avait raconté à sa sœur son entrevue avec Marc Pistre, le père de son futur enfant, et comment celui-ci l'avait chassée de sa maison, Caroline avait décidé de prendre les choses en main et de venir une fois de plus à la rescousse de sa grande sœur. Elle avait fait monter Maud à Paris et avait demandé à Violette de s'en occuper. Bien sûr, Maud n'avait jamais su que sa sœur et l'obstétricienne s'étaient préalablement entendues sur un point : si l'enfant à naître devait être un garçon, une interruption de grossesse serait aussitôt déclenchée.

Caroline, de son côté, ne pouvait pas laisser Marc Pistre s'en tirer à si bon compte. Elle était descendue le voir dans le but de lui faire endosser ses responsabilités.

— Je ne vous répéterai pas ses mots par respect pour ma sœur, précisa Caroline, mais je peux vous assurer qu'il les a amèrement regrettés, et même définitivement si vous voyez ce que je veux dire.

— Je vois tout à fait. Nous avons retrouvé son corps, enfin ce qu'il en reste.

— Parfait ! Voilà donc un point que je n'ai pas besoin de développer.

Caroline admit que la naissance de Léa l'avait troublée à un point qu'elle n'aurait jamais pu imaginer. Voir cet être sans défense, à la fois si pur et si fragile, lui avait remué les tripes, et l'idée qu'on puisse un jour salir cette enfant, comme son père l'avait fait avec sa sœur et elle, l'avait rendue malade plusieurs semaines durant.

— En découvrant l'histoire des femmes qui habitent le prieuré, vous avez dû comprendre que les hommes ne peuvent pas s'empêcher de pourrir tout ce qu'ils touchent ! Ils sont une gangrène pour la société. La beauté les attire mais ils ne peuvent pas s'empêcher de la détruire. Je ne pouvais pas laisser Léa grandir dans un monde comme celui-ci ! Je refusais l'idée qu'on puisse lui faire du mal. Pas à elle, et certainement pas sous mon contrôle !

Caroline Doucet avait partagé ses angoisses avec Violette Vallet, qui n'était pas loin de penser comme elle depuis des années. Une idée avait germé dans la tête des deux femmes et chacune commença alors à la mettre en action à sa façon.

L'obstétricienne s'attela à couper le mal à la racine, en élaguant la race masculine, tandis que Caroline prit en charge l'éducation de Léa. Cette enfant devait devenir la première femme d'un *nouveau monde*, un monde purifié, un monde où les hommes seraient ramenés à leur juste valeur : des semences sans aucune autre utilité !

Le capitaine Daloz prit une fois de plus sur lui pour ne rien commenter. Il savait que son procès en tant qu'homme avait débuté et qu'il n'avait d'autre choix que d'y assister.

— Vous devez penser que vous êtes différent des autres ! attaqua la psychiatre. Que vous êtes au-dessus de tous ces porcs récemment dénoncés ? Mais ne vous faites aucune illusion, capitaine ! Vous êtes né homme, et ce simple fait vous condamne. Vous pensez que parce que vous avez une femme dans votre équipe, cela vous dédouane de tout jugement ? Que parce que vous respectez la gent féminine et lui attribuez volontiers des qualités, ça ne fait pas de vous un nuisible, un parasite de notre société ? Combien de fois vous êtes-vous retenu d'embrasser une fille contre sa volonté ou avez-vous cru que si elle vous disait non ce n'était que par jeu de séduction ? Vous n'êtes peut-être pas passé à l'acte jusqu'ici, mais cela pourrait vous arriver à tout moment. C'est intrinsèque à votre espèce, vous comprenez ? Vous et vos congénères êtes des prédateurs, c'est dans votre nature ! Vous aimez la guerre, les combats de gladiateurs. Vous aimez qu'une femme vous résiste, cela rend la chasse plus attrayante ! Votre testostérone vous guide, vous n'y pouvez rien !

Daloz encaissa chaque coup sans rien dire, sachant pertinemment qu'il aurait été vain de se défendre. Il n'était pas là pour alimenter le débat. Caroline devait se répéter ce discours depuis des années et avait certainement trouvé nombre d'adeptes dans le foyer du prieuré. Aucun argument n'aurait pu l'atteindre, cette femme s'était construite sur ces certitudes qui étaient devenues ses vérités.

— Toutes les études montrent que notre monde est voué à disparaître, que sa surpopulation en sera la première cause, et que la deuxième cause viendra de notre façon de le gérer. Mon plan est l'unique solution pour sauver l'humanité !

Caroline utilisait le même vocabulaire que Violette Vallet, ce que ne manqua pas de relever Daloz. Maintenant qu'il avait compris le principe du plan, il voulait passer à autre chose. Le temps n'était pas son allié. Mais Caroline Doucet n'avait pas fini sa démonstration :

— Imaginez un monde peuplé uniquement de femmes ! Un monde qui se serait débarrassé de toute agressivité et où la population vivrait en harmonie tout en étant réduite de moitié. C'est une chance de survie que j'offre aux prochaines générations, vous comprenez ?

— Votre point de vue se tient, mentit Daloz, mais vous oubliez notre semence ! Comment ferez-vous pour vous reproduire à terme ?

— Nous sommes bien obligées de vous octroyer une qualité ! Vous avez une capacité reproductive nettement plus efficace que la nôtre. Là où il nous faut neuf mois pour créer une seule vie, il vous suffit de cinq minutes pour fournir de quoi fonder une famille ! Charge à nous de préserver nos récoltes.

— Je ne suis pas sûr de vous suivre…

— Je crois savoir que vous avez retrouvé les corps de plusieurs hommes, ces derniers jours.

— En effet.

— Dites-vous que leur mort n'aura pas été vaine ! Ils ont tous contribué à la constitution du nouveau monde. Enfin, je m'avance peut-être ! Leur semence ne servira pas avant quelques années. Disons que nous avons commencé à constituer nos réserves. Et puis, la science est notre alliée. Un jour, nous saurons

synthétiser votre semence et même, qui sait, sélection-
ner d'emblée les bons chromosomes ! Violette, elle,
en est persuadée.

Le visage du capitaine s'était légèrement durci, affichant les premiers signes de fatigue. Il décida de réo-
rienter l'interrogatoire.

— J'aimerais que nous parlions de ces morts, justement. Qu'ont-ils fait exactement pour mériter ce sort ?

Caroline souffla un grand coup, exprimant par là
même son désintérêt pour la question, mais le capitaine la relança plus sévèrement, si bien qu'elle obtempéra.

— Si c'est à moi que vous posez la question, je vous
dirai que ces hommes ne m'ont rien fait. Ça ne veut pas
dire qu'ils n'étaient pas coupables ! Personnellement,
je ne me suis occupée que d'Édouard.

— Édouard Lemaire, l'amant de votre sœur ?

— L'amant, quel grand mot ! Cette sotte a cru
qu'elle et lui étaient amoureux. Qu'elle avait enfin
trouvé son prince charmant ! Sauf qu'Édouard était un
beau parleur comme les autres et qu'il lui aurait fait du
mal à la première occasion. Je ne peux même pas lui
en vouloir, ma sœur attire ce genre de comportement !

— Et c'est pour ça que vous l'avez tué, parce qu'il
pouvait être nuisible à votre sœur ?

— Si Maud avait été la seule concernée, je ne serais
peut-être pas intervenue, mais vous oubliez Léa ! Ma
sœur les avait fait se rencontrer, ce qui était tout bonnement inacceptable ! Je ne pouvais pas avoir fait tout
ça pour qu'un sigisbée de pacotille détruise mon travail avec trois belles paroles ! Depuis huit ans, j'ai tout
orchestré pour que Léa soit à l'image de ce qu'on attend
d'elle. Pour qu'elle soit la pureté incarnée. Quand Maud

a voulu s'installer à Nantes, j'ai tout organisé pour que ma nièce ne soit jamais polluée. J'ai choisi un appartement face à un parc qui permettait à Léa de s'aérer sans trop s'éloigner, j'ai imposé les cours à domicile, j'ai fait en sorte qu'elle n'ait jamais à croiser la route d'un prédateur, quel que soit son âge. Puis Maud a eu son accident et cette idiote a choisi un garçon pour l'aider à gérer la situation. Un adolescent, qui plus est ! Elle n'a pas osé me le dire, à l'époque, mais je ne suis pas stupide et j'ai tout de suite remarqué un changement dans la voix de ma nièce. Même au téléphone, je pouvais deviner son attitude. J'entendais pointer cette minauderie affligeante qui contamine les filles en grandissant. J'ai dû reprendre la situation en main et rapatrier Maud et Léa à Valence. C'était plus facile pour moi pour les surveiller. La maison de Marc Pistre était inhabitée depuis des années puique j'en avais gardé les clés. En m'installant dans la région, j'avais pensé y prendre mes quartiers mais l'idée de dormir au-dessus d'un cadavre m'en avait dissuadée. Après neuf ans, je savais que les filles ne seraient pas perturbées par ce colocataire, d'autant qu'elles ignoraient sa présence. Je ne suis pas sûre qu'il eût été bon pour l'équilibre mental de Léa de savoir qu'elle dormait à quelques mètres de son géniteur. Quand Maud m'a parlé de son départ imminent pour entreprendre un tour du monde, je lui ai dit qu'elle avait ma bénédiction à condition qu'elle laisse Léa en dehors de ça. Ma sœur n'a rien voulu entendre et son sigisbée en a fait les frais.

Daloz comprenait que Maud Doucet avait tenté de s'extraire de la mainmise de sa sœur et qu'elle n'avait été qu'une figurante dans toute cette histoire. Il pouvait également en conclure qu'elle n'était pas morte comme il l'avait craint un temps. Caroline s'en serait sinon certainement vantée.

Mais Caroline ne tenait pas à développer cette partie de l'histoire. Elle suivait le fil de sa réflexion et ce qui l'avait amenée à parler d'Édouard Lemaire et de ces morts en série. Elle se dédouana des meurtres de Christophe Huguet et du facteur. Les deux hommes avaient succombé à la paranoïa grandissante d'Hélène Calman, qui refusait de poursuivre son traitement. Le premier avait fait l'erreur de l'observer par-delà la grille de la maison de Pistre. Hélène se trouvait dans le jardin et l'avait invectivé sans plus de formalité. Huguet s'était excusé et avait prétexté s'être égaré, sauf qu'Hélène se souvenait parfaitement de cet homme et de leur échange au prieuré. Elle s'était mis en tête que l'ex-fugitif la suivait et plutôt que de le laisser partir, elle lui avait proposé d'entrer. L'homme avait dû croire à une invite et ne s'était pas méfié. Dix minutes plus tard, Hélène lui arrachait les yeux pour avoir osé poser son regard sur elle.

Caroline avait décrit la scène comme si elle y était, même si elle ne semblait pas approuver l'attitude de sa protégée.

— J'aurais dû sévir à ce moment-là mais j'avais une réelle tendresse pour cette jeune fille. C'était une combattante qui avait su s'en sortir malgré un parcours chaotique. Quand je lui ai demandé pourquoi elle lui avait arraché les yeux, elle m'a répondu qu'elle s'était inspirée de mon geste. Elle savait que j'avais tranché la langue d'Édouard car je lui reprochais d'avoir trop parlé au point d'embobiner ma sœur. Je crois que je me suis sentie flattée. Hélène tenait à me prouver qu'elle était ma plus fidèle disciple ! Pour la peine, je l'ai autorisée à marquer sa proie. J'avais commencé à numéroter mes victimes, me disant qu'un jour j'obligerais ma sœur à dénombrer ses erreurs. N'ayant jamais eu le cœur de lui dire ce qu'il était advenu de ses amants, ce rituel n'avait finalement que peu d'importance et Hélène pouvait tout à fait se l'attribuer. J'imagine que si j'avais été plus dure, ce petit facteur n'aurait pas connu le même sort !

Caroline avoua qu'Hélène s'en était prise à lui sans raison. Pascal Forville s'était engagé dans l'impasse du Prieuré d'Auriplès pour effectuer un demi-tour. Sa tournée n'incluait d'ordinaire pas le hameau. Pourquoi se trouvait-il sur ce chemin, personne ne le saurait jamais, mais son errance l'avait mené à la mort. Hélène était convaincue qu'il était venu les épier et que cette seule raison suffisait à l'éliminer.

— J'ai fini par reconnaître ce jour-là qu'Hélène était un élément instable qui mettait en péril notre projet. Sa haine pour Léa grandissait de jour en jour, son refus de se soigner la rendait irascible et les cadavres qui s'accumulaient étaient autant de petits cailloux qui vous indiquaient le chemin à suivre pour nous retrouver. Je devais agir.

— Et vous l'avez tuée !

— Je n'avais pas le choix !

— On a toujours le choix, rétorqua Daloz malgré lui. Où sont les autres, maintenant ?

— Vous voulez parler de Violette ?

— De Violette, de Clara, de Maud… et de Léa, bien sûr !

Caroline regarda le capitaine intensément avant de jeter un œil à l'horloge murale. Quand elle le fixa à nouveau, Daloz sut qu'il était trop tard. Caroline Doucet avait gagné la partie.

61

Caroline Doucet ne fit que confirmer ce qu'avait pressenti Daloz : Léa et ses ravisseuses étaient déjà loin.

— Allez, je vous donne un indice ! s'amusa la psychiatre. À l'heure où nous parlons, mes protégées ont dû sortir des eaux territoriales. C'est une piste assez vague, je vous l'accorde, mais vous pensiez réellement que j'allais vous laisser détruire tout ce que j'ai construit durant toutes ces années ? J'aurais préféré les accompagner, c'est certain, mais le temps m'a manqué. Il fallait que j'organise la suite, que j'assure la pérennité du plan. J'ai choisi de leur laisser une grande longueur d'avance afin d'être sûre que ma propre fuite ne puisse pas vous mener à elles. Je ne voulais prendre aucun risque ! Je savais que vous déteniez Karine Lechaix et que vous ne tarderiez pas à venir me chercher.

Daloz savait au fond de lui que Caroline Doucet ne lui mentait pas. Léa pouvait être n'importe où désormais et si la femme qui lui faisait face n'était pas disposée à parler, lui et ses hommes n'auraient aucun moyen de la retrouver. Il tenta une approche détournée, espérant que la psychiatre se trahirait à force de s'écouter.

— Où se trouve la mère de Léa depuis un mois ?

— Ailleurs ! répondit Caroline en souriant. Et bientôt elle ne sera plus seule.

— Léa est partie la rejoindre ?

— Léa et les autres. Maud va avoir besoin de Violette d'ici peu de temps.

— De Violette ? répéta Daloz.

— Absolument ! Pour le meilleur ou pour le pire !

Caroline jubilait tandis que le capitaine affichait clairement sa perplexité. Elle finit par s'expliquer, non sans avoir levé les yeux au ciel devant le peu de répondant qu'on lui offrait.

— Ma sœur est enceinte !

Cette seule phrase suffisait à expliquer beaucoup de choses. Maud Doucet attendait un enfant d'Édouard Lemaire et c'était certainement la raison qui avait poussé les deux tourtereaux à vouloir quitter la région. Maud devait savoir que sa sœur ne la laisserait pas reprendre sa vie en main aussi facilement. Si elle voulait avoir une chance d'élever son enfant comme elle le souhaitait, elle devait fuir. Caroline avait compris ce qui se tramait et avait mis un terme à ses rêves d'indépendance. Daloz devinait que cette femme aurait préféré tuer sa propre sœur plutôt que de renoncer à son plan. Mais les conséquences de cette grossesse ne se résumaient pas seulement à la mort d'Édouard Lemaire. La psychiatre se fit un plaisir de les lui exposer.

Caroline y voyait une deuxième chance. Une alternative en cas d'échec. Le comportement de Léa avait changé depuis quelque temps. Entre ce garçon qu'elle avait fréquenté à Nantes et Édouard qu'elle n'était pas loin de considérer comme un père, Caroline trouvait que sa nièce s'était émancipée et elle craignait qu'elle n'ait perdu de sa pureté. Le second enfant de Maud, à condition que ce soit une fille bien évidemment, était peut-être un cadeau tombé du ciel. Une élue de rechange, dit-elle cyniquement.

— Il faut parfois plusieurs essais avant d'atteindre la perfection !

— Et si cet enfant est un garçon ?

— Violette saura quoi faire et nous reprendrons plus sérieusement l'éducation de ma nièce. Rien n'est perdu, pour l'instant. Léa est encore jeune.

— Il y a une chose que je ne comprends pas, commença Daloz.

— Une seule ?

— Pourquoi vous contenter des enfants de votre sœur ? continua-t-il, ignorant la provocation. Si vous cherchiez la perfection, n'était-il pas plus simple de vous en occuper vous-même ?

Le visage de Caroline se ferma et Daloz sut qu'il avait enfin réussi à déstabiliser son interlocutrice.

— Pensez-vous sérieusement que j'aurais pris le risque de tomber enceinte de mon père ? cracha-t-elle. Quand j'ai compris ce qui arrivait à ma sœur, je n'avais que treize ans. C'est jeune, me direz-vous. On pourrait même penser que je n'étais qu'une enfant. Sauf qu'il y a certaines choses qui vous font grandir d'un coup et votre innocence devient alors votre pire ennemie. Cette nuit-là, je suis devenue une adulte. J'ai perdu toute naïveté en comprenant que mon père s'en prendrait à moi par la suite, dès que ma poitrine me trahirait. Mon tour n'allait pas tarder. J'ai commencé à envisager toutes les conséquences que cela pourrait avoir sur ma vie. Certaines étaient plus acceptables que d'autres. Tomber enceinte n'en faisait pas partie. J'ai fait en sorte que cela ne puisse jamais arriver ! Une nuit, alors que j'entendais les pleurs étouffés de ma grande sœur dans la chambre d'à côté, je suis descendue au salon et j'ai récupéré les aiguilles à tricoter de ma mère. Je suis remontée et me suis enfermée dans ma chambre. Là, j'ai commencé à me charcuter. À chaque fois que j'entendais Maud crier, j'enfonçais les aiguilles avec hargne. J'acceptais la douleur. Je me répétais que c'était le seul moyen pour ne pas tomber un jour enceinte du monstre qui m'avait engendrée. Je me disais aussi que je lui détériorais son terrain de jeu et que si je m'y prenais bien, il n'aurait peut-être plus envie de me toucher. Je ne sais pas combien de temps ça a duré. Mes parents m'ont retrouvée le lendemain, allongée sur le sol, inconsciente et en sang.

Les yeux de Caroline étaient emplis de larmes mais aucune d'elles ne fut autorisée à couler. La psychiatre refusait d'afficher la moindre faiblesse, même en cet instant. Elle se racla la gorge et reprit son monologue comme si de rien n'était.

— J'espère que vous comprenez maintenant à quel point je suis une personne déterminée, capitaine ! Jamais vous ne les retrouverez car c'est ainsi que cela doit se passer. Léa sera notre salut, et si ce n'est elle ce sera sa sœur. Ou encore la fille d'une de mes adeptes. Qu'importe ! Elles sont pléthore. Les femmes que vous cherchez ne représentent que la partie émergée de l'iceberg. Le plan est en marche, que vous le vouliez ou non ! Le monde de demain sera féminin ou ne sera pas, autant vous y préparer ! « Nous sommes les petites-filles des sorcières que vous n'avez pas pu brûler »[1] et rien ne nous arrêtera. Vous m'entendez ? Rien !

---

1. *Nous sommes les petites-filles des sorcières que vous n'avez pas pu brûler*, titre du spectacle de Christine Delmotte, Avignon off 2018.

62

C'était fini. Caroline Doucet n'avait plus rien à leur dire. Elle s'était tue avec un regard triomphant et le capitaine Daloz n'avait d'autre choix que de mettre fin à l'interrogatoire. Ce qui arriverait à cette femme par la suite n'était déjà plus de son ressort.

Le sous-lieutenant Benoit était resté pétrifié devant les écrans de contrôle. Il n'arrivait pas à concevoir que le rôle du PJGN s'arrêtait là. Vernet avait tenté de le réconforter en posant une main sur son épaule mais Benoit s'était dégagé dans un geste d'humeur. Il comprenait que ce n'était pas la première fois que les lieutenants se retrouvaient dans une impasse et qu'ils s'en étaient fait une raison avec le temps. Lui n'était pas encore prêt.

Le capitaine Daloz était ressorti éreinté de cet entretien mais avait tenu à remercier tous les hommes qui se trouvaient encore à la gendarmerie pour le travail qu'ils avaient effectué.

— Alors c'est vraiment fini ? avait persiflé Benoit malgré lui. On abandonne ? On va laisser Léa entre les mains de ces folles ?

— Ce n'est pas fini, lieutenant, bien au contraire ! Ça ne fait que commencer. Le dossier sera transféré aux personnes compétentes. Léa et ses ravisseuses ne sont plus sur notre territoire, et c'est à la BNRF et à Interpol de prendre le relais.

— Mais nous, on laisse tomber ! conclut-il amèrement.

— On passe à autre chose, répondit patiemment Daloz. J'aimerais cependant m'entretenir avec vous en privé avant de partir.

Benoit suivit le capitaine dans la salle de réunion. Ses nerfs étaient à fleur de peau et il craignait de ne pouvoir soutenir le regard de son supérieur sans flancher. Il s'attendait à des remontrances pour s'être exprimé de la sorte en public, aussi dut-il demander à Daloz de répéter sa première phrase tant il ne s'y attendait pas.

— Je disais que Léa n'est pas votre sœur !

— Qu'est-ce que vient faire ma sœur là-dedans ? se rebiffa Benoit.

— Je sais qu'elle s'est noyée quand vous aviez dix ans. Je sais également que vous vous sentez responsable de sa mort malgré ce qu'en pensent vos parents.

— Comment savez-vous tout cela ?

— Je me suis entretenu avec eux, expliqua Daloz calmement. J'aime savoir avec qui je travaille, lieutenant, et j'ai pour habitude de récolter des informations sur les personnes que je ne connais pas. Vous

362

trouverez ça peut-être envahissant, ou même déplacé, mais c'est comme ça ! J'ai besoin de travailler en confiance et de savoir que je pourrai compter sur mon équipe à chaque instant.

Benoit ne décolérait pas. Il n'aimait pas qu'on s'intéresse à sa vie privée et les explications du capitaine ne suffisaient pas à le calmer. Daloz ne pouvait que s'en rendre compte, mais il continua sur le même ton.

— Quand vos parents m'ont raconté votre histoire, j'ai hésité à vous garder sur l'enquête. Je savais que l'enlèvement d'une enfant ayant le même âge que votre sœur au moment de son accident risquait d'altérer votre jugement.

— Ce n'était pas un accident ! Ma sœur s'est noyée par ma faute.

— Votre faute ?

— J'étais censé la surveiller. C'était moi l'aîné.

— De deux ans.

— Elle était sous ma responsabilité !

— Vous n'auriez pas pu la sauver.

— Mais j'aurais dû essayer ! J'étais censé être près d'elle quand c'est arrivé. J'aurais dû être à ses côtés mais ce n'était pas le cas. J'essayais mon nouveau vélo ! Si j'étais resté près du lac, j'aurais pu voir qu'elle se noyait. Quand je suis revenu, il était déjà trop tard !

— Je sais que je n'arriverai pas à vous convaincre que vous n'y êtes pour rien. Vos parents ont déjà essayé et n'y sont pas arrivés, alors ce n'est pas moi qui vous ferai changer d'avis en si peu de temps. Tout ce que je peux vous dire, c'est que Léa n'est pas votre sœur et que vous n'êtes pas responsable de ce qui lui arrive.

— Je suis le seul à l'avoir vue ! C'est à moi qu'elle s'est adressée ! À moi !

— Je ne le sais que trop bien et c'est la raison pour laquelle je vous ai laissé sur ce dossier. J'espérais sincèrement que nous pourrions la retrouver. Que vous pourriez tourner la page après cette affaire. Ce n'est pas le cas et j'en suis désolé. Mais vous oubliez que Léa n'est pas morte et que les enquêteurs qui prendront la relève n'auront de cesse de la chercher. Vous devez leur faire confiance. Le sort de Léa n'est plus entre vos mains, cela ne veut pas dire que vous avez échoué dans votre mission. Vous passez simplement la main.

Benoit hocha la tête brièvement sans pour autant être convaincu. Il voulait mettre un terme à cet entretien qui le mettait mal à l'aise. Daloz, lui, n'avait pas fini.

— J'ai besoin de savoir que je ne perds pas mon temps avec vous !

— Je ne comprends pas…

— J'ai autre chose à faire que de rédiger des lettres de recommandation, figurez-vous ! Avant de la signer et de l'envoyer à qui de droit, je préfère vérifier que vous êtes toujours prêt à intégrer notre division !

Malgré la confusion de ses sentiments, Benoit dut faire appel à une immense maîtrise pour ne pas sourire en cet instant.

63

Qu'est-ce que j'aime regarder la mer ! C'est tel-
lement beau ! Je pourrais la regarder toute ma vie,
je crois. Surtout quand il fait beau comme aujourd'hui.

J'en ai un peu marre d'être dans ce fauteuil rou-
lant mais Violette m'a promis que y en avait plus pour
longtemps. Que bientôt je pourrai remarcher norma-
lement. Je pense qu'elle dit ça pour me faire plaisir
parce que pour l'instant j'arrive même pas à me tenir
debout toute seule. Il paraît que c'est normal après ce
qui m'est arrivé. Que je dois être patiente.

Au moins maintenant je peux parler. J'ai du mal à
articuler mais ça aussi ça va revenir, il paraît.

Je suis tellement contente d'avoir retrouvé maman !
Je savais bien qu'Hélène m'avait menti ! Maman pou-
vait pas être morte. Maman m'a dit qu'elle avait dû
partir en vitesse et qu'elle avait pas eu le droit de me
dire où elle était. Que ça devait rester secret. Elle
aurait pu me faire confiance. J'aurais jamais rien dit.
Je sais garder un secret ! Si j'avais su, j'aurais pas
parlé à ce policier et on aurait pas eu cet accident.

Violette m'a dit que Fabienne avait eu moins de chance que moi. Qu'elle était morte mais que je devais pas me le reprocher. J'essaye mais c'est pas facile. Je voudrais tellement revenir en arrière.

C'est tellement beau là où on est ! La maison est plus grande et les fenêtres, ici, sont pas bouchées. Je peux même voir la mer de ma chambre. Et puis l'ambiance est plus sympa aussi. Faut dire que c'est pas difficile vu que y'a pas Hélène ! Violette m'a dit qu'elle avait pas eu envie de venir et qu'on la verrait certainement plus jamais. Tant mieux ! On est plus heureuses sans elle !

Tante Câline non plus est pas venue avec nous. Maman m'a dit qu'elle était retenue ailleurs. Qu'un jour peut-être elle nous rejoindrait, mais que ce serait pas avant longtemps. J'arrive pas à savoir si ça rend maman triste ou pas. Je sais qu'elle aime beaucoup sa sœur mais je trouve qu'elle est moins nerveuse quand elle est pas là. Elle est plus heureuse. En même temps, y a une bonne raison pour ça ! Elle osait pas me le dire mais j'ai bien vu que son ventre avait grossi. Je suis plus un bébé ! Quand je lui ai demandé si elle était enceinte, elle a eu l'air surprise. Comme si à mon âge, on était pas censé connaître ce mot. Parfois je me dis que maman est vraiment à côté de la plaque ! Mais c'est aussi pour ça que je l'aime. Elle me fait rire. Parfois on dirait une petite fille.

Je suis tellement heureuse qu'elle attende un bébé ! J'espère juste que ce sera un garçon. J'aimerais bien avoir un petit frère ! En plus, y a que des femmes ici. C'est comme si les hommes n'existaient pas sur cette île !

Oh oui, ce serait tellement mieux si c'était un garçon !

Ouvrage composé par
PCA 44400 Rezé

Imprimé en juillet 2020
en Espagne par Liberdúplex

POCKET – 92, avenue de France – 75013 Paris

S30665/01